RACHEL BATEMAN

GLÜCKS SPUREN IM SAND

RACHEL BATEMAN

GLÜCKS SPUREN IM SAND

ROMAN

Aus dem Amerikanischen
von Ute Brammertz

heyne>fliegt

Die Originalausgabe erscheint unter dem Titel
Someone Else's Summer
bei Running Press, Perseus Books LLC, Philadelphia

FSC
www.fsc.org
MIX
Papier aus verantwortungsvollen Quellen
FSC® C083411

Verlagsgruppe Random House FSC® N001967

Redaktion: Steffi Korda, Büro für Kinder- und Jugendliteratur
Umschlaggestaltung: Eisele Grafik-Design, München,
unter Verwendung eines Motivs von © Thinkstock Images/Wavebreakmedia Ltd
Satz: Leingärtner, Nabburg
Druck und Bindung: CPI books GmbH, Leck
Printed in Germany

ISBN: 978-3-453-27149-4

Für Rani,
die den cooleren Namen
und die coolere Schwester
abbekommen hat.

Das Sushi damals hättest du
dir allerdings sparen können.

JUNI

Vor allem erinnere ich mich an den Regen.

Es war ein schöner Tag. Die Sonne lugte gelegentlich durch die Wolken und schickte ihre Strahlen über den Rasen, wo die Schulabgänger auf metallenen Klappstühlen saßen. Eine leichte Brise spielte mit den Quasten an den Baretten und ließ billige Polyestertalare flattern, während die Redner vom Podium aus floskelhafte Weisheiten von sich gaben.

Auf einmal, genau in dem Moment, als Hunderte kastanienbrauner Kopfbedeckungen in den Himmel flogen, öffneten sich die Wolken, und Regen wusch über die Erde.

Erst war es nur ein Nieseln gewesen, genug, um Schultern mit dunklen Flecken zu sprenkeln und sonnenverbrannte Haut abzukühlen. Im weiteren Verlauf des Tages jedoch verfinsterte sich der Himmel immer mehr, bis es am Nachmittag an Dämmerung erinnerte. Als die Party anfing, die die ganze Nacht dauern sollte, hatten sich die Rinnsteine mit kleinen Flüssen gefüllt, und der Garten hinter unserem Haus war ein einziger Sumpf.

Stunden später, als mich ein schrilles Klingeln aus dem Schlaf riss, trommelte der Regen immer noch einen gleichmäßigen Rhythmus auf das Dach. Mom und Dad bestanden auf einem Festnetzanschluss mit mehreren Telefonen im Haus, auch wenn wir ihn nur selten benutzten. Das uralte, nicht einmal schnurlose Telefon, das gleich neben meiner Zimmertür schrillte, hätte der erste Hinweis sein sollen, dass etwas nicht stimmte. Ich hätte gleich Bescheid wissen müssen. In Filmen ist es jedenfalls immer so – da gibt es so ein intuitives Gefühl tief im Bauch. Bei mir war es nicht so; stattdessen war ich nur ein wenig von dem Anrufer genervt, wer auch immer es sein mochte. Und von dem unaufhörlichen, hartnäckigen Regen.

Dann endete meine Welt mit Moms ohrenbetäubendem Schrei.

KAPITEL 1

Menschen strömen an Fotocollagen und einer ausufernden Ansammlung rührselig hübscher Blumen vorbei und kommen auf dem Weg zu ihren Plätzen an mir vorüber. Sie versuchen, mich nicht anzustarren, aber wie soll das gehen? Ich sitze da, nicht in traditionellem Schwarz, sondern in leuchtendem Blau, ein heller Stern, der sie in dunkelster Nacht blendet. Die zurückgelassene kleine Schwester. Schon bald werde ich die große Schwester sein. Die einzige Schwester.

Die Kirche ist gerammelt voll. In den Nebenräumen sind Bildschirme aufgestellt worden, um den Gottesdienst für diejenigen zu übertragen, die nicht in die Kapelle passen. Als Tante Morgan mich am Vormittag herführte, errichtete das Kirchenpersonal gerade eine Leinwand auf dem Rasen, da mit mehr Menschen gerechnet wurde, als in dem winzigen Gebäude Platz haben. Anscheinend ist man darauf gefasst, dass ganz Muscatine hier aufkreuzt.

Denn genau das passiert, wenn ein so junger Mensch tragisch ums Leben kommt. Die ganze Stadt war erschüttert, als sich die Neuigkeit herumsprach – Storm Holloway, funkelnder Stern der Muscatine Highschool, stirbt bei einem Autounfall auf der Heimfahrt von einer bis zum Morgengrauen andauernden Abschlussparty im Civic Center. Storm, die im Herbst mit einem Stipendium an die University of North Carolina in Wilmington gegangen wäre.

Storm, die der Stadt als das tapfere kleine Mädchen in Erinnerung geblieben ist, hinter das sich vor zehn Jahren alle geschlossen gestellt hatten, als es gegen den Krebs ankämpfte und ihn besiegte.

Jovani verkrampft; sein Arm legt sich fester um mich, und Tante Morgan drückt meine Hand so fest, dass die Knochen aneinanderreiben. Ich zwinge mich, den Blick nach vorn in die Kapelle zu richten. Ein Junge steht vor einer Collage mit Bildern von uns dreien als Kinder, und selbst von hinten ist ihm anzusehen, dass er am Boden zerstört ist. Sein Körper besteht nur aus scharfen Ecken und spitzen Winkeln, wie von Kinderhand mit Klebeband und Klebestift zusammengesetzt. Nichts passt zusammen. Er hält die Taille so fest mit den schlaksigen Armen umklammert, dass es aussieht, als habe er Angst auseinanderzufallen, sobald er loslässt. Seine Schultern beben, und ich fürchte, sein ganzer Körper könnte durch die Vibrationen in Stücke gerissen werden.

Cameron Andrews: der Junge, der sie eigentlich nach Hause hätte fahren sollen.

Ich werfe einen verstohlenen Blick auf Mom und Dad. Ob sie Cam die Schuld geben, weiß ich nicht – ich weiß überhaupt nicht, was sie denken oder empfinden. Es ist, als hätte jener frühmorgendliche Anruf meine Eltern nicht nur aus dem Schlaf gerissen, sondern aus ihrem Leben. Die Tochter, bei der sie so hart gekämpft haben, um sie zu beschützen, sie gesund zu pflegen. Die Tochter, bei der sie entgegen aller Wahrscheinlichkeit gewonnen haben, ist tot. Sie reden nicht mehr mit mir oder sonst jemandem, nur noch miteinander. Tante Morgan musste den Gottesdienst planen, weil meine Eltern sich weigerten, irgendwelche Entscheidungen zu treffen. Sie haben völlig dichtgemacht, und ich habe keine Ahnung, wie man sie zurückholen kann.

Als Cameron sich von den Bildern wegdreht und mir direkt in die Augen sieht – seine blutunterlaufen und nass, umrahmt von fleckiger Haut und völliger Verzweiflung, meine klar und stählern –, sehe ich die Angst in seinem Gesicht. Er glaubt, dass ich ihn hasse, dass alle ihn hassen. Als er an unserer Reihe vorübergeht und kurz zögert, wird mir unvermittelt klar, dass er sich selbst die Schuld gibt.

»Ich …« Da ich nicht weiß, was ich sagen soll, weise ich unbestimmt auf den Mittelgang, den Cameron soeben frei gemacht hat.

Tante Morgan lässt zum ersten Mal seit unserem Eintreffen in der Kirche meine Hand los. »Komm aber schnell zurück«, flüstert sie. »Ich glaube, es fängt gleich an.«

Als ich Jovanis Arm abstreife und aufstehe, wird mein Rücken mit Blicken bombardiert. Ich spüre, wie sich die Augen sämtlicher Anwesenden in meine Richtung wenden, beobachtend, darauf wartend, dass ich eine Szene mache. Aber die liefere ich ihnen nicht. Stattdessen straffe ich die Schultern, schaue geradeaus und gehe auf den Mittelgang zu, indem ich über Jovani und meine beste Freundin Piper steige. Ich hole tief Luft und drehe mich dem Saal zu. Ich kämpfe die Panik nieder, die in mir aufsteigt und mit Tränen droht. Diese Menschen haben meine Tränen nicht verdient, werden nicht zu sehen bekommen, wie ich zusammenbreche. Sie sind nicht hier, um mich oder meine Familie zu unterstützen. Sie sind nicht hier, um zu trauern.

Nein, wenn so viele Menschen die Beerdigung einer Jugendlichen besuchen, die sie eigentlich nicht kannten, tun sie das allein aus einem Grund: um ihr eigenes Leben zu feiern. Um sich ins Gedächtnis zu rufen, wie kurz das Leben sein kann, und wie viel Glück sie hatten, es über achtzehn hinaus geschafft zu haben.

Eine Bewegung zu meiner Rechten erregt meine Aufmerksamkeit, und mein Blick huscht dorthin, bevor ich es verhindern kann. Taylor sitzt am anderen Ende der Reihe, umgeben von den übrigen Cheerleaderinnen. Sie sind meinetwegen hier, ermahnt mich der logische Teil meines Hirns. Piper und ich, wir gehören zu ihnen. Wir gehen auf ihre Partys, essen gemeinsam zu Mittag. Wir übernachten beieinander und weihen einander in Geheimnisse ein. Doch wenn ich Taylor jetzt sehe, geht mir der Gedanke nicht aus dem Kopf, wie herzlos sie sein kann. Wie sie sich über jeden lustig macht, der nicht genau wie wir Übrigen ist.

Wusste es Storm damals? Wusste sie, dass meine Freundinnen sie verspotteten? Dass ich zu schwach, zu unsicher war, um dem einen Riegel vorzuschieben?

Zornig ballen sich die Hände an meinen Seiten zu Fäusten. Taylor lächelt traurig und winkt kurz, aber ich wende mich ab und gehe den Mittelgang weiter.

Cameron zuckt zusammen, als ich mich zwischen ihn und die Frau mittleren Alters quetsche, die beinahe ganz hinten neben ihm sitzt. Er starrt mich einen Moment mit unverhülltem Entsetzen an, bevor er einen Ton herausbringt.

»Hübsches Kleid«, sagt er tonlos.

»Danke.« Ich spiele an dem weiß-pinkfarbenen Tüll herum, der unter dem blauen Rock hervorschaut. Das Kleid ist beinahe lächerlich bunt. »Es war …«

»Ihr Lieblingskleid. Ich weiß. Ich war dabei, als sie es gekauft hat.«

Ich weiß nicht, warum mich das überrascht. Sie waren immer zusammen. Cameron und Storm. Storm und Cameron. Nur im Doppelpack erhältlich. So war es seit unserer Kindheit. Aber irgendwie habe ich nie darüber nachgedacht, was das bedeutete. Dass Cam dabei war, wenn sie ein Kleid kaufte, und dass er vor der Umkleidekabine wartete, bis sie etwas Perfektes gefunden hatte. Seit ich dem Cheerleader-Team beigetreten war und angefangen hatte, mit meinen eigenen Freunden auszugehen, statt den beiden hinterherzudackeln, habe ich wohl vergessen, wie das mit Storm und Cameron war.

»Es steht dir gut«, sagt er.

Ein kleines Lachen schleicht sich auf meine Lippen, und ich schlage mir die Hand vor den Mund. Ein paar Leute in der Reihe vor uns drehen sich mit zornigen Blicken um.

»Dieses Ding geht mir kaum bis über den Po«, flüstere ich. »Ich komme mir wie die wahr gewordene Fantasie irgendeines Perversen vor.« Das passiert wohl, wenn ich meine 1,78 Meter in ein Kleid zwänge, das für meine 1,52 Meter große Schwester gemacht ist.

»Es kann auch nicht kürzer als dein Cheerleader-Rock sein«, erwidert Cameron. Er verzieht das Gesicht zu seinem schiefen Grinsen, immer noch mit einem Hauch von Traurigkeit, aber er versucht offensichtlich, witzig zu sein. »Außerdem hast du tolle Beine. Sie hat immer gesagt, sie wünschte, sie hätte deine Beine. Wahrscheinlich freut es sie total, endlich eines ihrer verrückten Kleider an dir zu sehen.« Er schüttelt den Kopf. »Entschuldige. Das war so …«

»Nein, ist schon gut. Ich bin es so leid, dass die Leute mich behandeln, als könnte ich jeden Moment explodieren, wenn man sie erwähnt.«

Er zuckt die Schultern und senkt dann den Kopf, um auf seine Hände zu starren, die zwischen seinen Knien hängen. Die Brille mit dem dicken Gestell rutscht ihm die Nase hinunter. Ich greife nach seiner Hand. »Komm schon.«

Cameron schenkt mir einen verwirrten Blick, und ich ziehe ein wenig an ihm. »Du gehörst zur Familie, hast du schon immer. Komm und setz dich zu uns.«

Er starrt auf unsere ineinander verschränkten Hände. »Ich weiß nicht, Anna. Deine Eltern ...«

»Meine Eltern stehen so neben sich, dass sie noch nicht einmal wissen, was im Moment vor sich geht. Aber wenn sie es wüssten, würden sie wollen, dass du bei uns bist.«

»Bist du dir sicher?« Seine Stimme bricht beim letzten Wort, und ein Schaudern durchläuft seinen Körper, durch seinen Arm hinab und bis in meine Hand. »Ich hätte – warum habe ich sie allein fahren lassen?«

Ein Riss tut sich in meinem Herzen auf, und ich schlucke die Tränen hinunter, bevor sie aus meinen Augen quellen. Ich lege die andere Hand um seine. »Ich liebe Storm mehr als alles andere auf der Welt, Cameron. Das weißt du. Aber sie ist – war«, das winzige Schluchzen klingt wie Schluckauf in meiner Kehle, »der größte Sturkopf in der Geschichte der Sturköpfe. Wenn sie nicht wollte, dass du mit ihr mitfährst, hättest du sie k. o. schlagen müssen, um in den Wagen zu steigen.«

»Vielleicht hätte ich das tun sollen.«

»Und dann, Cam?« Mir ist bewusst, dass meine Stimme hysterisch klingt. Die Leute starren uns jetzt unverhohlen an, ohne sich um Diskretion zu bemühen. Der Pastor steht gleich links von der Kanzel und beobachtet uns ebenfalls. Die prunkvolle Uhr hinter ihm verrät mir, dass der Gottesdienst eigentlich vor drei Minuten hätte losgehen sollen. Ich senke die Stimme ein wenig. »Und dann?

Ihr wärt beide da vorn beim Altar? Hätten wir euch Urnen im Partnerlook besorgen sollen? Du hast überhaupt nicht ahnen können, was passieren würde.«

Er kneift die Augen fest zu und schüttelt langsam den Kopf, als versuche er, die Gefühlsflut abzuwehren, die ihn überspült. »Ich hätte trotzdem …«

»Schluss«, sage ich. »Der Gottesdienst fängt gleich an. Bitte komm und setz dich zu uns. Storm hätte es so gewollt.« Ich stehe auf und ziehe sanft an seiner Hand. »Ich will es so.«

»Okay«, sagt er so leise, dass das Wort kaum an meine Ohren dringt. Er erhebt sich, und wir gehen zurück, um uns zu meiner vor Trauer gebrochenen Familie zu setzen.

Den ganzen Weg über halte ich seine Hand fest umklammert, als wäre es das Einzige, was mich daran hindert davonzuschweben.

KAPITEL 2

An der Muscatine Highschool bin ich nicht die Bienenkönigin, aber fast. Ich weiß, wie man mich wahrnimmt: stellvertretende Kapitänin der Cheerleaderinnen, beliebt, hübsch. Die anderen sehen nicht das Mädchen, das ich mal war – und das ich irgendwo tief in meinem Innern immer noch bin. Das Mädchen, das seine große Schwester vergötterte, das genau wie sie sein und alles tun wollte, was sie tat. Nein, sie sehen, was ich sie sehen lasse. Und so wären die Mädchen gern ich und die Jungs gern mit mir zusammen. Meine beste Freundin ist das heißeste Mädchen an der ganzen Schule, und mein Immer-mal-wieder-Freund spielt im Footballteam. Seit dem ersten Jahr an der Highschool, als Piper und ich die einzigen neuen Mädchen im *Varsity Team* waren, hatte ich es geschafft.

Storm war eine Ausgestoßene, ein *Geek*. Sie war das Mädchen, das sich eigenartig kleidete, immer einen alten Fotoapparat mit sich herumschleppte und im Abschlussjahr fünf AP-Kurse belegte – das heißt, der Stoff war auf Collegeniveau! Sie fand Bands gut, von denen noch keiner was gehört hatte, und verbrachte ihre Mittagspausen damit, mitten auf dem Schulhof an einem Pfeiler zu lehnen, mit überdimensionalen Kopfhörern auf den Ohren und ebenso überdimensionalen russischen Romanen im Schoß. Jeder kannte sie – wegen ihrer schrägen Outfits, dem Getuschel über den Krebs und oft erzählten Geschichten von Revolten, die sie in

Klassenzimmern anzettelte, wo sie ihre Lehrkräfte so lange unter Druck setzte, bis sie bekam, was sie wollte. Aber keiner kannte sie wirklich so wie ich.

Wir wurden nur elf Monate nacheinander geboren. Irische Zwillinge nannte Mom uns immer gern, auch wenn unsere Familie nichts Irisches an sich hatte. Als Storm und ich noch Kinder waren, witzelten Mom und Dad immer, ich wäre so erpicht gewesen, Storm nachzueifern, dass ich sogar so schnell wie möglich nach ihr auf die Welt kam.

Und ich eiferte ihr tatsächlich nach. Alle meine frühesten Erinnerungen sind von uns beiden, sie immer vorneweg. Zusammen mit Storm war der Garten hinterm Haus nicht einfach der Garten hinterm Haus. Er war ein verwunschener Wald und ein mittelalterliches Schlachtfeld und eine Geisterfestung. Wir verbrachten unsere Tage damit, Elfenfallen unter der Eiche auszulegen und Zutaten für Zaubertränke zu sammeln. Mit Storm zusammen zu sein war alles, was ich wollte, und am liebsten wäre ich genau wie sie gewesen. Unsere Tage waren voller Fantasie und Zauber, nur wir beide in unserer eigenen Welt.

Dann bog eines Tages ein neues Auto in die Einfahrt nebenan, und ein Junge in Storms Alter stolperte von der Rückbank. Er war groß und schlaksig, die Haare standen ihm seitlich in einem seltsamen Winkel vom Kopf ab, und die Brille, deren Bügel fast einmal um seine Ohren reichten, dominierte sein ganzes Gesicht. Seine Hose war gute zweieinhalb Zentimeter zu kurz, und er kratzte mit der Spitze eines abgewetzten Tennisschuhs über den entblößten Knöchel des anderen Beins. Als er sah, dass wir ihn beobachteten, hob er zögerlich eine Hand. Ich ahmte sein schüchternes Winken nach. Storm lief quer über die Einfahrten auf ihn zu.

Aus zwei wurden drei. Von da an war Cameron Teil unserer Welt, jeden Tag direkt an unserer Seite. Die beiden sollten im Herbst in die Vorschule kommen, und wir setzten alles daran, den Sommer zu verlängern. Wir waren vor Sonnenaufgang wach und flehten unsere Eltern jeden Abend an, uns bis weit nach unserer normalen Bettzeit draußen bleiben zu lassen. Es war ein Sommer voll Eis am Stiel, Schwimmbädern und Übernachtungen im Zelt. Wir trieben unsere Mütter tagsüber an den Rand des Wahnsinns und schleiften die Väter in ihren Anzügen und Krawatten direkt nach der Arbeit zu dem kleinen Wäldchen am Ende unserer Gärten, damit sie uns bei der Suche nach Feenringen halfen.

Am ersten Schultag stand ich da und beobachtete, wie sich Storm und Cameron in ihrem neuen Klassenzimmer niederließen, Seite an Seite hinter ihrer Schulbank, mit sich berührenden Knien und Schultern. Ich schluckte den Kloß im Hals hinunter, winkte ihnen zum Abschied und versuchte zu lächeln.

Die ganze Rückfahrt über weinte ich und flehte Mom an, umzudrehen und mich auch in die Schule gehen zu lassen. Zu Hause angekommen lief ich schnurstracks durch den Garten zu der großen Eiche, um nach unserer Elfenfalle zu sehen. Doch ohne Storm an meiner Seite war der Baum nichts weiter als ein Baum. Der Zauber steckte nicht im Wald oder im Garten oder sonst wo, der Zauber steckte allein in meiner Schwester, und sie war nicht da. Verloren ging ich ins Haus.

In dem Schuljahr drückte ich mich tagsüber um Mom herum und versuchte, alles zu lernen, was sie machte, um einen neuen Menschen zu haben, dem ich nacheifern konnte. Ich lernte, wie man Pfirsiche einmacht und Eiscreme herstellt und wie man ein Spannbetttuch perfekt zusammenlegt. Wir spielten stundenlang

Mensch ärgere Dich nicht, lasen *Nancy Drew* und die gesamte Reihe von *Unsere kleine Farm* und sahen uns in Dauerschleife *Die unendliche Geschichte* an – bis es halb vier war und das Kreischen der Schulbusbremsen Storms und Camerons Rückkehr verkündete. Dann kehrte der Zauber für den Abend zurück.

Storms Diagnose kam kurz vor meinem siebten Geburtstag. Non-Hodgkin Burkitt-Lymphom. Es klang wie eine Fremdsprache. Ich hatte keine Ahnung, was es bedeutete und warum Mom und Dad solche Angst hatten. Ich wusste nur, dass sich aufgrund dieser Wörter alles änderte.

Statt aus Fußballspielen und Bäumeklettern bestanden unsere Tage aus Arztbesuchen und fanatischem Hausputz. Ich bekam Ärger, wenn ich genau die Dinge machte, um die sich vor einem Monat noch niemand geschert hatte. Mom befahl mir ständig, leise zu sein, und schob mich aus dem Haus, damit Storms Ruhe nicht gestört wurde. Cameron verbrachte den Sommer in Nevada bei seinen Großeltern, weshalb nur ich im Garten war, getrennt von meiner Schwester und einer ganzen Welt.

Dann musste sie ins Krankenhaus, und ich war wirklich allein. Tante Morgan kam, um auf mich aufzupassen, gab mir Tiefkühlpizza zu essen und ließ mich lange aufbleiben, damit ich mir mit ihr *Law & Order* ansehen konnte. Der Sommer verstrich in einem Dunst aus Krimis, Pepperoni und Besuchen auf der Kinderkrebsstation, wo mir Mom sogar dann noch einen Ganzkörperanzug und eine Papiermaske überzog, als die Ärzte sagten, das Infektionsrisiko sei verschwindend gering. Am Ende des Sommers kehrte Cameron nach Hause zurück, aber ohne Storm war es nicht das Gleiche. Cam und ich fuhren zusammen mit dem Schulbus und spielten im Freien, wenn wir nach Hause kamen. Wir hatten Spaß, aber die Abwesenheit meiner Schwester hing ständig wie eine schwarze Wolke über uns.

Als sie nach Hause zurückkehrte, war ihr Haar nichts weiter als weicher schwarzer Flaum auf ihrem Kopf, und ihre Augenbrauen waren verschwunden. Doch ihr Lächeln war noch genau dasselbe: größer als groß und so strahlend, dass ich jedes Mal, wenn ich es sah, grinsen musste. Damals schlich ich jeden Abend nach der Zubettgehzeit in ihr Zimmer, kroch zu ihr ins Bett und rollte mich neben ihr ein.

In der achten Klasse war es am schlimmsten. Von der Vorschule bis zur achten gingen wir alle auf eine Privatschule, sodass ich seit dem Schulanfang mit Storm und Cameron zusammen gewesen war. Doch in dem Jahr waren sie an die staatliche Schule, die Muscatine High, gewechselt und hatten mich ganz allein zurückgelassen. Da sie nun fort waren, wurde mir endlich bewusst, wie sehr sie der Mittelpunkt meines Lebens waren. Ich hatte keine anderen Freunde. Zwar kannte ich die Kinder in meinen Kursen und kam mit ihnen aus, aber ich hatte nie versucht, ihnen näherzukommen, und in der achten Klasse hatte jeder längst eine Gruppe, mit der er abhing. Ich saß schließlich beim Mittagessen neben ein paar Mädchen aus meinem Sozialkundekurs, aber ich war entschieden »anders«. Man lud mich nicht zum Bowling oder zu Geburtstagsfeiern ein. Ich war einsam.

Während unseres letzten Monats kamen die Cheerleaderinnen der Muscatine High an unsere Schule, um Mädchen fürs Probetraining zu rekrutieren. Sie veranstalteten eine kleine Schülerversammlung in der Turnhalle, wo sie ein paar ihrer Routinen vorführten und uns erzählten, wie wunderbar das Cheerleading sei. An das, was sie sagten, erinnere ich mich eigentlich nicht mehr. Ich saß dort, gelangweilt, mit meinen übrigen Klassenkameradinnen, und sah zu, wie die Uhr bis zum letzten Läuten weitertickte. Allerdings erinnere ich mich noch sehr wohl daran, wie eine Cheerleaderin am Ende der Versammlung zu mir nach oben gelaufen kam. Sie bestand aus nichts als wilder roter Mähne und Glitzerlidschatten, ein Energiebündel in einem neonfarbenen Tanktop.

»Hey«, stieß sie atemlos hervor.

»Ähm. Hi?«

Sie schob sich einen Kaugummistreifen in den Mund und hielt mir die Packung hin. Ich winkte ab, und sie ließ sie mit einem Schulterzucken in die Tasche zurückgleiten. »Wirst du zum Probetraining gehen?«

»Ähm …«

»Denn das solltest du unbedingt. Dieses Jahr bin ich bloß im Team der *Junior Varsity*, aber ich glaube, nächstes Jahr schaffe ich es ins *Varsity-Team*.« Sie lachte und warf die Haare über die Schulter. »Oh, tut mir leid.« Sie kicherte. »Ich heiße übrigens Piper.«

»Anna«, sagte ich mit einem matten Lächeln.

»Wirst du also hingehen? Unsere Trainerin will unbedingt, dass jede von uns jemanden mitbringt, und ich bin gerade mitten im Schuljahr hergezogen und kenne deshalb eigentlich keine Achtklässlerinnen, die ich fragen könnte.«

Mein Zögern musste mir ins Gesicht geschrieben stehen, denn sie packte meine Hand, und ihre Stimme bekam einen flehenden Unterton. »Bitte? Ich glaube, du wärst toll – nein, echt! Das sehe ich dir an. Bitte!«

Die Zuschauertribüne leerte sich allmählich. Manche meiner Klassenkameradinnen blieben zurück, um mit den anderen Cheerleaderinnen zu reden und sich Faltblätter geben zu lassen. Ich bemerkte die Mädchen, mit denen ich in dem Jahr zu Mittag aß. Sie standen in einer kleinen Gruppe am Hallenrand und verdrehten jedes Mal die Augen, wenn jemand mit einem Formular fürs Probetraining an ihnen vorüberging. Ich sah wieder Piper an und zuckte die Schultern. »Okay.«

Sichtlich erfreut hakte sie sich bei mir unter und führte mich auf den Anmeldetisch zu. »Louis«, sagte sie, »ich glaube, das ist der Beginn einer wunderbaren Freundschaft.«

Und so war es auch. Vom ersten Abend des Probetrainings an waren Piper und ich unzertrennlich. Schon bald hatte ich einen neuen Freundeskreis, konnte auf Partys gehen und bei Spielen als Cheerleaderin auftreten. Ich verbrachte immer weniger Abende mit Storm und Cameron, bis sie eines Tages aufhörten, mich dazuzubitten. Damals war es keine große Sache gewesen, ich hatte meine eigenen Freundinnen. Aber jetzt? Jetzt fühlte ich die Entfernung wie eine Kluft in meinem Herzen, und es war zu spät, um die Lücke zu schließen.

KAPITEL 3

Mom und Dad erheben sich, und mir wird schlagartig klar, dass der Gottesdienst zu Ende ist und die Menge vor dem Aufstehen darauf wartet, bis die Familie hinausgegangen ist. Die nächste Gelegenheit, sich das Spektakel unserer Trauer vorführen zu lassen. Meine Eltern umarmen sich, halten sich verzweifelt aneinander fest. Tränen strömen an Dads Gesicht hinunter, und Moms schmaler Leib erbebt unter ihrem Schluchzen. Sie klingt wie ein Tier, wild und verletzt.

Wir stehen als Einheit auf: Tante Morgan, Cameron und ich. Piper und Jovani folgen unserem Beispiel. Die beiden treten leise in den Mittelgang, um nicht den Weg zu versperren. Ich weigere mich immer noch, meine Anker loszulassen, und so gehen wir als unbeholfenes sechsbeiniges Wesen an den nun leeren Plätzen meiner Freunde vorbei, dicht gefolgt von meinen zitternden Eltern. Ein alter Mann – vielleicht der Bestattungsunternehmer? – führt uns durch eine kleine Tür hinter einem Vorhang aus der Kapelle, dann sind wir allein. Endlich lasse ich die Hände von Cameron und Tante Morgan los. Ich bewege vorsichtig die Finger, um wieder Blut in die Spitzen zu bekommen.

Piper drängt sich an Cameron vorbei und schlingt die Arme fest um mich. Mein Gesicht verschwindet in ihrem Haar, und ich atme tief ein. Ihr vertrauter Duft nach Vanille und Zimt erdet mich.

»Vielen Dank, dass du gekommen bist«, sage ich.

Sie drückt mich noch fester. »Sei nicht dumm«, erwidert sie. »Wo sollte ich sonst sein?«

»Keine Ahnung.« Ich spüre, wie sich ein Lachen in meine Stimme schleicht. Es fühlt sich fremd an. »Irgendwo auf der Welt, bloß nicht in einer Kirche.«

Sie lässt mich los und weicht gerade einmal so weit zurück, dass sie mich ansehen kann. »Und es ist auch nicht irgendeine Kirche«, sagt sie. »Das hier ist die absolut verklemmteste, konservativste Kirche überhaupt.«

Cameron lacht glucksend, und ich merke, dass er so dicht an meiner Seite geblieben ist, als hätte ich seine Hand nie losgelassen.

»So sind die Holloways«, erklärt er Piper. »Ganz oder gar nicht. Wenn du in die Kirche gehst, dann gehst du *richtig* in die Kirche.«

Dad durchquert jetzt das Zimmer, legt einen Arm um meine Schulter und zieht mich an seine Seite. Ich schmiege mich an ihn, und endlich bricht der Damm. Tränen schießen so schnell aus meinen Augen, dass ich noch nicht einmal weiß, wie sie dorthin gekommen sind. Schon bald bin ich ein Häufchen aus Schluchzen, Rotz und Tränen. All die Trauer, die Wut, die Angst – alles, was ich in den letzten anderthalb Stunden unterdrückt habe – stürzen an die Oberfläche und kämpfen darum, als Erstes aus mir hervorzubrechen. Ich ringe keuchend nach Luft, meine Lunge schreit. Vor meinen Augen tanzen schwarze Punkte.

»Bringt sie her«, sagt Tante Morgan. Sie klingt weit weg, ihre Stimme gedämpft. Es ist wie damals, als Storm und ich während des Sommers im Pool spielten und uns unter Wasser unterhielten, einander Geheimnisse und Witze erzählten, ohne je zu wissen, ob das Gehörte stimmte. Auf einmal sind da Hände an meinen Oberarmen und führen mich durch den Raum. Durch die Tränen hindurch kann ich nichts erkennen.

Etwas stößt gegen meine Kniekehlen. Einen Augenblick kämpfe ich dagegen an, doch schließlich lasse ich zu, dass sie sich beugen, und ich sacke auf dem Sofa zusammen. Eine Hand drückt gegen meinen Rücken, schiebt mich vorwärts. Ich setze mich nicht zur Wehr. Es geht gar nicht – ich kann mich einzig darauf konzentrieren, Luft in meine Lunge zu saugen. Sie brennt. Mein Kopf dröhnt. Das Zimmer dreht sich.

Die Hand zwingt meinen Kopf zwischen meine Knie und beginnt dann mit sanften Kreisbewegungen auf meinem Rücken.

»Atme«, flüstert die Stimme in mein Ohr. »Einfach einatmen, Anna.«

Ich strecke die Hand aus und greife erst in die Luft, bis Jovani begreift, was ich tue. Er nimmt meine Hand in seine, während er mit der anderen weiter die Kreisbewegungen vollführt. »Komm schon, Anna«, sagt er. Seine Stimme ist so ruhig und fest wie eh und je. »Wir sind hier. Einfach einatmen.«

So redet er mit mir, sanft und beruhigend, bis sich mein Schluchzen in einen leisen, unberechenbaren Schluckauf verwandelt hat. Als ich mich wieder aufsetze, obwohl mein Kopf heftig gegen die Bewegung protestiert, ist Jovani gleich neben mir. Meine Eltern sitzen dicht zusammengedrängt am Rand des Sofas, Tante Morgan hält Moms Arm, und Cameron und Piper stehen gleich hinter Jovani.

»Tut mir leid«, sage ich bebend. »Ich weiß auch nicht …«

»Es braucht dir nicht leidzutun«, entgegnet Jovani. »Du darfst ja wohl zusammenbrechen.«

Ich nicke. Während ich mich ein paar Minuten auf meine Atmung konzentriere und spüre, wie sich mein Herzschlag wieder zu einem normalen Rhythmus verlangsamt, sehe ich zu allen Anwesenden im Zimmer auf. »Mir geht's besser.« Ich wende mich an Mom und Dad. »Es tut mir leid, falls ich euch einen Schreck eingejagt haben sollte.«

Mom sieht immer noch aufgewühlt aus, aber Dad lächelt sanft. »Ist schon okay, Mäuschen. Ist schon okay.« Er wirft einen Blick auf die Uhr. »Wir müssen zurück nach Hause. Cameron?«

»Ja, Sir?« Cameron zieht am Kragen seines Hemds. Soweit ich mich entsinne, hat er meinen Dad noch nie mit *Sir* angeredet. Niemals. Rote Flecke klettern Cams Hals empor und auf seine Wangen.

Dad scheint Camerons Nervosität nicht zu bemerken. »Pastor Willitz wird uns nach Hause fahren. Kannst du bitte Anna mitnehmen?«

Das Zimmer ist ein Vakuum – ich bin mir nicht sicher, ob auch nur geatmet wird. Cams Gesicht verzieht sich, und er geht zum Sofa, um sich neben mich zu setzen. An den Enden seiner Wimpern hängen stille Tränen. Ich beobachte, dass Dad die Erkenntnis wie ein Schlag trifft.

Erst vor ein paar Tagen, nach der Abschlusszeremonie, hat Dad Cam auf die Schulter geklopft. »Herzlichen Glückwunsch«, sagte er jovial.

»Danke, Roger.« Cam wedelte mit der Diplomhülle vor Dads Gesicht herum. »Das Ding ist natürlich leer, also werden sie mich hier vielleicht doch nicht rauslassen.«

Dad brach in sein lautes Dad-Gelächter aus. »Hey«, sagte er verschwörerisch in lautem Flüsterton. »Ich fahre Storms Auto zurück nach Hause, um es zu waschen. Wir lassen es ihr zum Abschluss lackieren, sie hat ja so dezente Andeutungen fallen lassen. Kannst du sie bitte mit auf die Party nehmen?«

Das letzte Mal, als wir Storm gesehen haben, hat sie mit Cameron in ihren Polyestergewändern die Turnhalle verlassen. Wann hat sie ihn überredet, dass er mein Auto holte? Warum konnte sie nicht einfach mit ihm mitfahren, wie Dad es sich erbeten hatte?

Jetzt, endlich, bricht ein Geräusch das Schweigen im Zimmer. Mom atmet unsicher bebend ein und sagt dann die ersten Worte, die ich seit Tagen von ihr vernommen habe. »Du weißt doch, dass wir dir nicht die Schuld geben, Cam. Du liegst uns immer noch sehr am Herzen.« Sie zwingt sich zu einem Lächeln, das allerdings etwas Karikaturhaftes an sich hat.

Cameron sackt noch weiter auf dem Sofa zusammen, und sein ganzer Körper neben mir wird schlaff, bis unsere Arme aneinanderdrücken.

»Hab dir doch gesagt, dass dir keiner die Schuld gibt«, flüstere ich. Dann sehe ich zu meinen Eltern auf. »Wir kriegen das schon hin«, sage ich.

»Du kannst mit uns mitfahren, Baby«, sagt Mom. »Wir dachten nur …«

»Nein«, unterbreche ich sie. »Ihr habt recht. Es wäre mir lieber, wenn Cam mich nach Hause fährt.« Ich zwinge mich zu einem jämmerlichen Lächeln und stehe auf, um meine Eltern zu umarmen. Mom fühlt sich an, als könnte sie unter dem Druck meiner Arme zerbrechen, aber Dad ist stark und solide. Ich ziehe ihn näher an mich. »Ich hab dich lieb.«

»Ich hab dich auch lieb.« Er küsst mich auf den Kopf und lässt mich dann los, bevor er Moms Hand packt und sie aus dem Zimmer führt. Als sie die schwere Tür aufstoßen, wartet Pastor Willitz draußen. Er sieht an ihnen vorbei zu mir, die Augen voller Mitleid. Tante Morgan wirft ebenfalls einen letzten Blick über die Schulter und sucht in meinem Gesicht ein Anzeichen, dass sie bleiben soll, aber ich winke ab.

Sobald sich die Tür schließt, ergreift Piper das Wort. »Wir haben Mamas Wagen. Bei uns ist also Platz für dich, Anna.« Jovani fährt einen alten Civic Del Sol, aber immer, wenn es mehr als zwei Leute sind, bezirzt er seine Mom, ihm die Schlüssel von ihrem Minivan zu geben. Piper sieht mich erwartungsvoll an und rechnet damit, dass ich aufspringe und mit ihnen gehe. Was ich bei jeder anderen Gelegenheit auch machen würde. Sie sind meine besten Freunde.

Heute, Camerons Arm warm an mich gedrückt, blicke ich zu Piper auf und lehne ab. »Ist schon in Ordnung. Wir sehen uns dort, ja?«

»Sicher. Ruf mich an, wenn ich dir was mitbringen soll. Ich sollte wahrscheinlich losfahren und das Mom-Mobil zurückbringen«, sagt Jovani. Nach außen hin ist er völlig ruhig, aber ich kenne ihn und weiß, dass er gekränkt ist. Doch das lässt er sich nicht anmerken, nicht vor Cameron. Piper hingegen starrt mich an, Funken blitzen in ihren Augen. Sie schwört, dass die Klischeevorstellungen über Rothaarige – dass sie ein feuriges Temperament haben und Herzensbrecher sind – überhaupt nicht zutreffen, aber sie verkörpert sie mit jeder Pore. Sie starrt Cameron zornig an und richtet dann den Blick auf mich. In ihrem Gesicht spiegelt sich Fassungslosigkeit. »Im Ernst?«

Ich nicke.

»Na schön«, sagt sie etwas sanfter als in ihrem gewöhnlichen Anschnauzton. »Dann sehen wir uns wohl dort.« Sie folgt Jovani durch die Tür.

Cam und ich bleiben sitzen. Keiner von uns macht Anstalten,

sich zu bewegen. »Du hättest mit ihnen mitfahren können«, sagt er nach einer Minute.

»Ich weiß.«

»Warum hast du es nicht getan?«

Warum habe ich es nicht getan? Ich könnte ihm sagen, es läge daran, dass Dad ihn gebeten hat, mich zu fahren, aber wir wüssten beide, dass das gelogen wäre. Es ist nicht so, als wäre ich eine große Rebellin – normalerweise tanze ich nicht aus der Reihe –, aber wenn Dad Cameron bittet, mich zu fahren, reicht das definitiv nicht aus, um mich davon abzuhalten, bei meinen Freunden einzusteigen, und das wissen wir beide.

Ob ich es ganz erklären kann, weiß ich nicht, aber ich versuche es.

»Du verstehst es«, sage ich. Da er nicht reagiert, rede ich weiter. »Ich liebe Jo und Piper, aber sie werden es nie so verstehen, wie du es tust.«

»Was verstehen?«

»Storm. Sie sind Teil meiner Welt, nicht ihrer. Sie haben sie nie so gekannt wie du. Sie … Sie kapieren es einfach nicht. Sie wissen nicht, wie es ist, sie zu verlieren.«

Er nickt, sagt jedoch nichts. Das braucht er nicht. Wir bleiben sitzen, während die Wanduhr die Sekunden vertickt. Dann streckt Cameron die Hand nach mir aus. »Okay«, sagt er. »Bringen wir's hinter uns.«

KAPITEL 4

Autos parken zu beiden Seiten unserer Straße, so weit mein Blick reicht. Cameron fährt mit dem Pick-up in seine Einfahrt und parkt das Auto seiner Mom zu. Allerdings ist das egal – wahrscheinlich ist sie sowieso bei mir zu Hause. Der Rest der Stadt ist es jedenfalls.

Ich will nicht hineingehen. Ich möchte hier in Camerons Pick-up sitzen und Radio hören, Stille, irgendetwas, bloß nicht das leise Geplapper im Haus. Doch er öffnet schon seine Tür, also folge ich seinem Beispiel.

Der Weg von der Einfahrt zu unserer Haustür beträgt nur etwa fünfunddreißig Meter quer über unseren Rasen, aber er scheint sich ewig hinzuziehen. Mit jedem Schritt nimmt meine Nervosität zu, und der Drang, kehrtzumachen und in die andere Richtung zu laufen, wird stärker.

Wir erreichen die Veranda. Steigen die drei Stufen zur Haustür hoch. Ich starre die Tür an und will sie kraft meiner Gedanken öffnen. Automatisch umklammere ich Cams Hand. *Lass mich nicht los,* gebe ich ihm durch meinen Griff zu verstehen. *Lass mich denen da drinnen nicht allein gegenübertreten.*

Wir gehen hinein.

Das Haus ist zum Bersten voll mit Menschen. Manche kenne ich aus der Schule. Taylor redet in einer Wohnzimmerecke mit Piper, und die anderen Cheerleaderinnen schwirren voll nervöser Energie hektisch um sie herum. Jovani ist nirgends zu sehen. Wahrscheinlich hat er Piper abgesetzt, bevor er den Wagen seiner Mom zurück nach Hause gebracht hat. Oder er ist oben und versteckt sich in meinem Zimmer vor den vielen Leuten. Er hatte noch nie viel für Menschenmengen und eng aneinandergedrängte Körper übrig. Der Rest des Wohnzimmers summt vor Gesichtern, die ich nur mit Mühe einordnen kann: Menschen aus der Kirche, Dads Arbeitskollegen, Storms alte Lehrkräfte. Ich erkenne ein paar Ärzte von der Krebsstation wieder. Wie haben sie reagiert, als sie es erfuhren? So ein Kampf, um den Krebs zu besiegen, bloß um Storm an eine alte Eiche an der Rock Hill Road zu verlieren?

»Ich kann nicht«, sage ich durch zusammengepresste Zähne. »Ich will mit diesen Leuten nicht reden.«

Camerons Griff an meiner Hand wird fester. »Gehen wir in die Küche«, schlägt er vor. »Etwas zu trinken holen, von der Meute wegkommen. Uns fällt schon etwas ein.« Er führt mich durch die Tür und an den nichtssagenden Gesichtern vorbei, ohne das Tempo für jemanden zu verlangsamen, bis wir durch das Esszimmer die Küche erreichen.

Glücklicherweise sind hier nur ein paar Leute, die Aufläufe vorbeibringen oder Teller mit dem üblichen Leichenschmaus füllen. Wir laufen um die Kücheninsel auf den Kühlschrank zu, lehnen uns, mit Dr-Pepper-Dosen in der Hand, an das lange Büfett und warten ab, dass die Leute wieder gehen und wir allein sind.

»Danke«, sage ich.

»Jederzeit.«

Er öffnet seine Dose, und ich sehe wieder eine Million Nachmittage aus meiner Kindheit vor mir, als wir drei Dr. Pepper aus gekühlten Metallbechern tranken, während wir uns Zeichentrickfilme ansahen. Ich wünschte, wir hätten immer so bleiben können, nur drei Kinder, ausgestreckt auf dem Wohnzimmerboden, ohne die geringsten Sorgen.

Ich frage mich, ob Cameron das Gleiche denkt, ob der Geruch von Dr. Pepper ihn genauso zurückversetzt wie mich.

Tante Morgan schneit in die Küche. »Oh, dem Himmel sei Dank!«, sagt sie. Sie lächelt traurig – kann man heute irgendwie anders lächeln? – und wendet sich an Cameron. »Deine Mom ist gerade ins Krankenhaus gerufen worden. Anscheinend ist Sarah zu Hause und kotzt – weißt du was, ist ja egal. Sie muss hinfahren, aber dein Pick-up …« Ihre Stimme verliert sich, und sie sieht uns beide an. Dann wandert ihr Blick nach unten zu unseren Händen, die immer noch ineinander verschränkt sind. Ich packe fester zu.

»Ich fahre ihn weg.« Cam stellt seine Dose auf der Arbeitsplatte ab. Zu mir sagt er: »Halt hier die Stellung. Ich komme zurück, sobald ich eine Parkmöglichkeit gefunden habe, okay?«

Ich nicke und zwinge mich, seine Hand loszulassen. Cameron eilt aus der Seitentür.

»Hey«, sagt Tante Morgan. »Weißt du, ich soll sicherstellen, dass da draußen alles in Ordnung ist?« Sie hat die schlechte Angewohnheit, Nicht-Fragen nach Fragen klingen zu lassen. Mom sagt, das hat sie von den Mädchen in ihrer alten Studentinnenverbindung. »Aber ich kann hier bleiben, wenn du willst?«

»Nein.« Zum Nachdruck schüttele ich den Kopf. »Mir geht's gut. Ich will eigentlich sowieso bloß allein chillen.«

»Okay. Ich bin nebenan, wenn du mich brauchst.«

»Im Ernst, geh nur.« Ich winke sie aus dem Zimmer. »Ich komm schon klar.«

Während die Minuten verstreichen, wird mir jedoch allmählich bewusst, dass ich eigentlich überhaupt nicht klarkomme. Ich beobachte die Uhr über dem Herd, während sie vier, fünf, sechs Minuten weitertickt, seitdem Cameron gegangen ist. Wie lange dauert es eigentlich, einen Pick-up wegzufahren? Angst kriecht unter meine Haut, kribbelt, und am liebsten würde ich mir einen Weg aus meinem eigenen Körper boxen. Ich spüre, wie eine weitere Panikattacke langsam an die Oberfläche steigt, aber diesmal kann ich sie nicht zulassen. Nicht vor all den Leuten, die mich hören können. Ich muss einen anderen Weg finden, diese Energie loszuwerden.

Die Seitentür schwingt auf, sodass eine warme Brise durch die Küche weht, und ich verspüre Erleichterung. Allerdings ist es gar nicht Cameron. Stattdessen tritt Jovani ein und lässt die Tür leise hinter sich zuschnappen. Er trägt keinen Anzug mehr, sondern eine Khakihose und ein eng anliegendes Polohemd. Statt des ordentlichen Pferdeschwanzes von der Beerdigung hängt ihm das lange schwarze Haar jetzt lose ums Gesicht.

Hitze wallt tief unten in meiner Magengegend auf, und mit einem Mal weiß ich, wie ich die aufgestaute Angst loswerde. Meine Dose fällt auf die Arbeitsplatte, kippt beinahe um. Ich gehe schnurstracks durch die Küche auf Jo zu, packe seine Hand und ziehe ihn hinter mir her.

»Was …«

»Ich muss hier raus«, sage ich über die Schulter. »Komm mit.«

Ihn ein wenig zu unsanft hinter mir herziehend gehe ich die Küchentreppe hoch. Sie ist dunkel und schmal, wurde als Dienstbotenaufgang gebaut, als das Haus neu war. Ich stoße die Tür oben langsam auf und spähe hinaus, um sicherzugehen, dass der Flur leer ist. Dann flitze ich hinüber zu meiner Zimmertür.

Sobald wir drinnen sind und ich die Tür mit einem leisen Klicken geschlossen habe, lasse ich Jovanis Hand los.

»Was willst du …«, setzt er an.

Ich lasse ihn nicht ausreden. Stattdessen schubse ich ihn fest gegen die Wand und presse die Lippen auf seine. Sie sind warm und weich, absolut vertraut. Und als er den Mund öffnet – vor Überraschung oder Lust, da bin ich mir nicht sicher –, öffne ich meine ebenfalls, damit sich unsere Zungen ineinander verschlingen können.

Mein Körper ist dicht an seinem, sodass ich es spüre, als er anfängt, auf meinen Kuss zu reagieren. Jovani drückt sich gegen mich und stöhnt leise in meinen Mund. Er schmeckt wie immer, als hätte er eben ein Stück herbe dunkle Schokolade gegessen. Seine Hände raufen meine Haare, fahren über meine Schultern und Oberarme. Ich drücke mich fester an ihn. Ich muss ihn spüren. Ich muss irgendetwas anderes als diese Leere spüren, mit der mich Storms Tod zurückgelassen hat.

Mit den Fingern packe ich seine Hose, fummele an seiner Gürtelschnalle herum, weil ich unbedingt die Lagen zwischen uns entfernen will. Er atmet mit einem scharfen Keuchen aus und beginnt, mir zu helfen. Seine Hände legen sich um meine, groß und warm, und …

Die Tür schwingt neben uns auf, knallt gegen Jos Schulter, und Cameron tritt ins Zimmer. »Hey, Anna. Bist du hier … Oh!« Er sieht uns und zwingt den Blick zu Boden, während sein Gesicht knallrot anläuft.

Meine Hände zucken von Jovanis Hose zurück, direkt hoch zu meinem Haar, das ich glatt zu streichen versuche. Ich winde es zu einem schnellen Zopf und lasse es über eine Schulter hängen. Jo bleibt mir zugewandt, nicht gewillt, sich umzudrehen und

Cameron anzusehen. Wir alle stehen da, drei verlegene Statuen, und jeder hat Angst, sich als Erster zu rühren.

Schließlich räuspert sich Cameron. »Ähm, tut mir leid. Ich habe nicht …«

Und immer noch steht er da. Ich spüre, wie meine Augen größer werden, aus meinem Kopf quellen. Er bewegt die Füße ein wenig, schiebt den Zeh an das geschmolzene Stück Teppich, das Piper vor zwei Jahren mit ihrem Lockenstab verbrannt hat. Hin und zurück, hin und zurück. Dieser Tag kann sich nicht noch mehr in die Länge ziehen! Aber irgendwie tut er es doch.

»Tja«, sagte er leise, »ich werde dann wohl mal …«

»Geh!«, schreie ich, und meine Wut kommt so unvermittelt, dass sie sogar mir selbst Angst einjagt. »Geh einfach, Cam! Raus mit dir!«

Ich erhasche einen letzten Blick auf sein Gesicht, bevor er geht: Das Entsetzen ist nur einen Moment lang deutlich zu sehen, bevor seine Augen hart und abweisend werden. Er geht rückwärts in den Flur und zieht die Tür so behutsam hinter sich zu, dass das Zuschnappen kaum zu hören ist. Mein ganzer Atem strömt mit einem Schnaufen aus mir heraus und hinterlässt Leere in meiner Lunge. Tief in meiner Seele. Die Leere finde ich schwerer zu ertragen als alles andere. Ich bin nicht bereit. Werde nie bereit sein.

Ich drehe mich um und küsse Jovani erneut, stürmisch, versuche, uns wieder dahin zu bringen, wo wir vor Cam waren. Seine Hände sind immer noch vorn an seiner Hose, und ich taste erneut nach seinem Gürtel. Doch statt den Gürtel zu öffnen, packt er mich an den Handgelenken, zieht meine Hände nach oben zwischen unsere Brustkörbe, schiebt mich von sich. »Warte mal«, keucht er.

Ich beuge mich vor, um ihn erneut zu küssen, aber er stößt mich weiter weg.

»Ich kann nicht.«

»Was?« Es ist schließlich nicht so, als hätten wir das hier noch nie gemacht. Rasch schiebe ich mich wieder an ihn. »Es fühlt sich aber sehr wohl an, als könntest du«, sage ich.

Jovani lässt meine Hände los und durchquert das Zimmer, um sich mit der für ihn typischen Gelassenheit auf mein Bett zu setzen. »Du willst das nicht, Anna.«

»Du weißt nicht, was ich will«, fahre ich ihn an.

»Du schon?« Seine dunklen Augen sehen mich durchdringend an. »Du weißt, dass ich dich liebe, Anna. Immer. Aber mal echt, denk drüber nach, okay?«

Der Zorn, der in mir aufsteigt, sackt sofort wieder in sich zusammen. Ich lasse mich neben ihn aufs Bett plumpsen, lege mich auf den Rücken, die Beine hängen über die Kante. »Und wenn ich nicht darüber nachdenken will? Und wenn ich nur ... etwas ... empfinden möchte?«

Das Bett wippt, als sich Jovani neben mich fallen lässt. »Komm her«, flüstert er, zieht mich an sich und bietet mir seinen Bizeps als Kopfkissen. »Wenn du etwas empfinden möchtest, dann musst du die Empfindungen zulassen. Ich bin für dich hier, solange du es möchtest. Aber ich kann mich nicht von dir benutzen lassen, weil du deinen Kummer ignorieren willst. Empfinde ihn einfach.«

Jetzt kommen wieder Tränen, diesmal leise, während ich mir gestatte, Storm zu vermissen, sie zum ersten Mal seit dem Unfall richtig zu vermissen. Ich weine in Jovanis Armen, bis mein Kopf wehtut und meine Augen so verquollen sind, dass ich sie kaum aufbekomme.

Nachdem mein Schluchzen versiegt ist, gähne ich, und er umarmt mich fest.

»Schlaf ein. Ich gehe nicht weg.«

»Danke«, sage ich. »Dass du nicht, du weißt schon …«

»Kein Problem«, sagt er.

»Echt?«

Er lacht, ein tiefes Grollen in seiner Brust. »Eigentlich nein. Ich finde, dafür habe ich einen Orden verdient.«

»Ich sorge dafür, dass du morgen früh einen bekommst«, murmele ich, kurz bevor ich einschlummere.

KAPITEL 5

Mein Tanktop ist zerknittert, aber das ist mir egal. Ich ziehe es über meinen Badeanzug und steige in bequeme Shorts. Die Haare flechte ich zu einem Zopf, ohne sie vorher zu bürsten. Es ist ein Durcheinander, aber hoffentlich die gute Art von Durcheinander, nicht das Mein-Leben-ist-mir-scheißegal-Durcheinander. Selbst wenn mir das Leben im Moment scheißegal ist.

Es sind nun drei Wochen. Drei Wochen seit dem Schulabschluss, seit jenem Abend, seit jenem Baum, seitdem die ganze Welt unter mir weggekippt ist.

Drei Wochen seitdem sie mich verlassen hat.

Ich habe mir eine Woche gegeben. Ich hätte mir mehr Zeit lassen können. Gillian hätte mir so lange freigegeben wie nötig, aber ich hielt es zu Hause bei Moms und Dads Trauer nicht mehr aus. Pastor Willitz kam jeden Nachmittag zum seelischen Beistand vorbei. Am Tag nach der Beerdigung, nachdem er Zeuge geworden war, wie Jovani mein Zimmer verließ, lud er mich ein, mich dazuzusetzen – zweifellos ein Versuch, meine Seele zu retten, aber ich lehnte ab. Das ist ihr Ding, nicht meins. Es scheint ihnen besser zu gehen, aber nie gleichzeitig. Mittlerweile sind sie zumindest wieder ansprechbar. Glücklicherweise ist der Dunst, der sie während der Beerdigung umnebelt hat, nicht zurückgekehrt. Aber ich habe mich noch nie so weit weg von ihnen gefühlt, so abgetrennt. Es ist, als wäre ich die ganze Zeit über noch nicht einmal dort gewesen, sondern nur ein Geist, der durch das Haus wandelt, das für uns drei viel zu groß ist. Komisch, dass ich der Geist bin, obwohl sie es ist, die gestorben ist.

Am achten Tag zog ich meinen Badeanzug an, Shorts und mein offizielles Bademeister-Tanktop, dann fuhr ich mit dem Fahrrad zum städtischen Freibad. Gillian war bei meinem Anblick entsetzt und versuchte, mich wieder nach Hause zu schicken, aber ich bestand darauf, dass ich bereit für die Arbeit sei. Sie muss meinen verzweifelten Wunsch, etwas Normales zu tun, gespürt haben, denn sie trug mich in den Personalplan ein, obwohl das Freibad an dem Tag voll besetzt war.

Das war vor zwei Wochen. Seitdem mache ich alles wie ferngesteuert. Wenn ich die Dinge tue, die ich immer getan habe, werde ich mich vielleicht irgendwann einmal wieder wie ich fühlen. Ich stehe auf, fahre mit dem Fahrrad zur Arbeit und sehe den Kindern aus Muscatine dabei zu, wie sie Kopfsprünge vom Rand und Flirten üben. Ich gehe nach Zeitplan in die Pause und stelle sicher, dass niemand ertrinkt. Nach der Arbeit wartet Piper auf mich. Wir werfen mein Fahrrad hinten in den Pick-up ihres Stiefvaters und gehen auf eine Party. Jeden Abend eine andere Party in einem anderen Haus, aber für mich sind sie alle gleich. Manchmal regt sich immer noch diese bittere Wut in mir, die mich auf der Beerdigung gepackt hat. Ich erinnere mich an die Spötteleien der anderen, ihren scheinbaren Hass auf alles, was *anders* ist – auf Storm –, und das führt dazu, dass ich diese Leute auch hassen möchte. Aber ich rufe mir immer wieder in Erinnerung, dass sie meine Freunde sind. Sie sind nicht perfekt, aber sie sind für mich da, wollen mir eine Stütze sein.

Also lasse ich mich von Piper mitschleifen. Ich lächele, weil keiner auf einer Party mit Traurigkeit umgehen kann. Und ich trinke, was Piper mir reicht, denn das habe ich schon immer getan. Meine Haut wird dunkler, meine Haare werden heller, und es ist genau wie in jedem anderen Sommer. Bloß dass sie diesen Sommer nicht da ist.

Da heute der bisher heißeste Tag des Jahres werden soll, bereiten wir uns darauf vor, dass es voll wird. Heiße Tage sind immer am gefährlichsten – es kommen mehr Menschen zum Schwimmen, sodass es schwieriger ist, den Überblick über das Treiben im Wasser zu behalten. Gillian setzt vorsichtshalber zusätzliche Bademeister ein.

»Anna«, sagt sie, »ist es okay, wenn du dir heute mit Kurt den Tower teilst?« Kurt ist ein Highschool-Mathelehrer mittleren Alters und der größte Strandliebhaber in ganz Iowa.

»Natürlich«, antworte ich. Der Tower ist genau genommen die schwierigste Aufgabe des Tages, aber ich liebe es. Im Tower zu sitzen gewährt einem bessere Sicht auf das Becken. Wenn etwas passiert, liegt es also an mir, inmitten des Chaos den Durchblick zu behalten. Aber es bedeutet auch, dass ich mich bei harmlosen Vorfällen nicht selbst um die Schwimmenden kümmern muss, sondern andere Bademeister losschicken kann. Ich kann mir keine bessere Art vorstellen, den Tag zu verbringen.

Nachdem alle Bademeister wissen, wo ihre erste Schicht ist, gehen wir für einen kurzen Imbiss ins Hinterzimmer, bevor die Tore öffnen.

Ich bin noch nicht lange im Tower, als sie eintreffen. Das Bad ist längst voll, aber irgendwie bemerke ich sie in der Sekunde, als sie aus der Umkleide kommen und den Rasen betreten. Sie reden miteinander, lebhaft, ihre Worte mit den Händen unterstreichend. Ihr Lächeln ist echt, und sie wirken so sorglos, als hätten sie nicht vor gerade einmal einem Monat ihre Freundin verloren. Wie können sie hierherkommen, als wäre nichts passiert, weiterleben, ohne das riesige Storm-förmige Loch zu bemerken, das ihnen folgt?

Die Mädchen finden einen freien Fleck auf dem Rasen, um ihre Badetücher auszubreiten. Dann machen sie sich daran, sich mit Sonnenschutzmittel einzucremen. Ich beobachte sie immer noch, und es kostet mich Mühe, den Blick abzuwenden und stattdessen das Becken im Auge zu behalten.

Kurt starrt mich vom anderen Tower aus an. Er fragt sich, was mich derart in meiner Aufmerksamkeit gestört hat.

Ich habe keine Ahnung, wie lange er schon dort sitzt, als er mir auffällt. Aber als ich vom Tower klettere, um nach der Hälfte meiner Schicht in die Pause zu gehen, wandert mein Blick zurück zu der Mädchenhorde auf dem Rasen, und da ist er.

Cameron scheint mit Unbehagen dort zu sitzen, während sie reden und lachen und mit Käse überbackene Pommes vom Imbissstand mampfen. Unsere Blicke treffen sich einen Moment, und er verzieht kurz das Gesicht und winkt flüchtig. Seit dem Tag bei mir zu Hause, als ich ihn angeschrien habe, haben wir nicht miteinander gesprochen.

Ich habe ihn seitdem natürlich gesehen. Das lässt sich schlecht vermeiden; er ist mein direkter Nachbar. Cam arbeitet jeden Sommer für seinen Onkel und räumt auf Baustellen auf. Ich sehe ihn morgens, wenn er zur Arbeit fährt, und, sofern ich zu Hause bin, wieder am Abend bei seiner Rückkehr, staubig, verschwitzt und erschöpft.

Als ich ihn am zweiten Morgen nach der Beerdigung sah, wusste ich nicht, was ich tun sollte. Seit der neunten Klasse hatten wir uns nicht mehr nahegestanden, aber das war alles verschwunden gewesen, sobald ich seine Hand gepackt und ihn mitgezogen hatte, damit er sich während des Gottesdiensts zu unserer Familie setzte. Jenseits der Unmittelbarkeit und Panik dieses einen Tages wusste ich nicht, wie ich mit ihm umgehen sollte. Also mied ich ihn – meide ihn nun schon seit Wochen und schlüpfe immer dann, wenn er zufällig vor seinem Haus steht, in meins zurück.

Ich sollte zu ihm hinübergehen und mit ihm reden. Ich tue es fast, sehe mich beinahe hingehen und zu ihm aufs Badetuch setzen, meine gesamte halbstündige Mittagspause dort verbringen, aber dann kommt mir der Gedanke: Vielleicht liegt es nicht nur an mir. Wir sind beim letzten Mal nicht gerade in Eintracht auseinandergegangen. Er hat auch gelitten; wahrscheinlich war er der einzige Mensch, abgesehen von meinen Eltern, der den Kummer so intensiv verspürte wie ich. Und ich habe ihn angeschrien. Habe ihn hinausgeworfen, um mich meinem Ex-Freund an den Hals werfen zu können. Es ist leicht gewesen, Cameron in den letzten Wochen zu meiden, beinahe zu leicht – als würde er mich vielleicht auch meiden.

Ich schlage eine andere Richtung ein, reiße meinen Blick von ihm los und laufe auf das Pausenzimmer zu. An vollen Tagen bestellt Gillian immer Pizza, teils aus Nettigkeit, teils, damit niemand zum Mittagessen aus dem Schwimmbad muss. Ich nehme mir zwei Stücke und lasse mich aufs Sofa fallen.

Als meine Pause um ist und ich nach einer halben Stunde wieder hinausgehe, ist Cameron verschwunden.

KAPITEL 6

Ich hätte Piper anrufen sollen. Die Erkenntnis trifft mich wie ein Schlag, sobald ich aus dem Büro des Schwimmbads komme. Sie ist auf dem Parkplatz, wie immer, und sitzt auf der Ladeklappe des verrosteten alten Pick-ups ihres Stiefvaters. Mein Fahrrad befindet sich schon auf der Ladefläche, bereit für den Abtransport nach Hause.

»Na endlich, Süße!« Piper springt vom Pick-up und tänzelt auf mich zu, sodass ihre Flipflops auf den Asphalt klatschen.

»Hey«, sage ich mit matter Stimme. Seit meiner Nicht-Begegnung mit Cameron schlottern mir die Knie, und ich will bloß nach Hause und ins Bett kriechen.

Sie hakt mich unter, und wir gehen gemeinsam zum Wagen. »Rate mal, was passiert ist«, sagt sie.

»Ich habe keine Ahnung.«

»Spielverderberin.« Sie hüpft neben mir her. »Na, egal. Taylor hat mich angerufen, und sie hat uns Einladungen zu einer unglaublich geilen Party heute Abend besorgt!« Bei der Erwähnung von Taylor versteife ich mich, aber das scheint Piper nicht aufzufallen.

Auf einmal bin ich erschöpft. Allein schon die Vorstellung, noch auszugehen, weckt in mir den Wunsch nach einem Nickerchen. »Ich weiß nicht, Pip. Die Schicht war mies …«

»Umso mehr Grund, feiern zu gehen!« Sie stößt mit ihren wackelnden Hüften gegen meine.

»… und ich will eigentlich bloß nach Hause.«

Wir sind jetzt beim Pick-up, aber sie lässt mich nicht los. »Anna, bitte komm mit. Jo hat endlich einen Abend frei, also wird er dort sein. Wer weiß, vielleicht ist heute der Abend, an dem ihr beide zusammenkommt. Wieder mal.« Sie lacht – nicht ihr echtes Lachen, das, bei dem sie richtig die Kontrolle verliert und schnaubt, sondern ihr leises, glockenhelles, wenn sie nur die Aufmerksamkeit auf sich ziehen will.

Ich habe Piper nie erzählt, was nach der Beerdigung zwischen Jovani und mir vorgefallen ist, und ich weiß, dass auch er Stillschweigen bewahren wird. Aber sie ist nicht dumm. Sie weiß, dass wir beide den restlichen Tag verschwunden waren, und angesichts unserer gemeinsamen Vergangenheit hat sie es interpretiert, wie sie wollte. Ich habe mir nicht die Mühe gemacht, die Sache richtigzustellen. Seitdem ist Piper auf den Gedanken fixiert, dass Jo und ich wieder zusammenkommen. Und wenn er heute auf dieser Party ist, wird sie sich bestimmt nicht überreden lassen, mich nach Hause zu fahren. Es ist also leichter, einfach hinzugehen.

»Okay«, sage ich, »aber zuerst muss ich duschen. Ich stinke widerlich.«

»Null Problemo!« Sie lässt mich los und tänzelt um die Vorderseite des Wagens zur Fahrertür. »Dusch einfach bei mir. Du kannst dir Klamotten von mir ausleihen.«

»Wenn's sein muss«, murmele ich und klettere in den Pick-up.

Pipers Zimmer sieht aus, als hätte sich eine Zeitschrift darin ausgekotzt. Allerdings nicht auf die makellose *Schöner-Wohnen*-Art, sondern im Sinne von: Dieser Zeitschrift wurde schlecht, und jetzt kleben ihre Seiten überall. Die Wände sind mit Bildern tapeziert, auf die Piper im Laufe der Jahre gestoßen ist, erst in *Seventeen* und *YM*, in letzter Zeit *Cosmopolitan* und *Glamour*. Sie schwört, bei der Anordnung gäbe es eine Ordnung, aber in unserer ganzen Zeit als beste Freundinnen ist es mir nie gelungen dahinterzukommen. Eine Anzeige für ein neues Popalbum von *We the Me* neben einem ganzseitigen Bild des Pärchens aus ihrer Lieblings-Soap neben einer Werbebroschüre für eine Sammlung Vierteldollarstücke, auf denen jeweils ein Bundesstaat abgebildet ist. Das ganze Zimmer ist so tapeziert – eine Hochglanzseite nach der anderen. Wenn man genauer hinschaut, sieht man auch andere Dinge, die an die Wand geheftet sind: Konzertkarten und Kontrollabschnitte von dem Billigkino in der Innenstadt. Der Kassenzettel von ihrem ersten Snowboard. Alles, was Piper jemals etwas bedeutet hat oder was ihr zur rechten Zeit ins Auge gefallen ist, befindet sich an ihren Wänden.

Piper geht ins Badezimmer, um zu duschen. Ich lege mich auf ihr Bett und werde sofort von ihren acht Kopfkissen und ihrer gewaltigen Daunendecke verschluckt. Die Klimaanlage ist das ganze Jahr über auf arktische Temperaturen gestellt, bloß damit Piper dieses kuschelweiche Untier niemals von ihrem Bett nehmen muss. Über meinem Kopf ist mit zwei glitzernden sternchenförmigen Reißnägeln eine Konzertkarte von *We the Me* an die Wand geheftet. Erwartungsgemäß hängt sie nicht bei der CD-Reklame oder einem der drei anderen Bilder der Band, die ich von hier aus sehen kann. Stattdessen befindet sich die Eintrittskarte am unteren Rand eines Posters für ein altes Videospiel namens *Earthworm Jim*.

Mein Handy summt. Eine neue SMS.

TANTE MORGAN: Hey, *Banana*, wie wär's diese Woche mit Mittagessen?

ICH: Hey! Ich dachte, ich hätte dir mit zwölf gesagt, dass du mich nicht so nennen sollst.

TANTE MORGAN: Pah, das Gespräch muss ich verpennt haben, ANNA BANANA.

ICH: Du hast Glück, dass ich dich lieb habe.

TANTE MORGAN: Stimmt.

TANTE MORGAN: Und, Mittagessen? Ich hab die Woche frei.

ICH: Sicher. Hab meinen Arbeitsplan nicht im Kopf. Ich geb dir Bescheid, wann ich frei hab.

TANTE MORGAN: Supi-dupi.

ICH: Ich fass es nicht, dass ich früher gedacht habe, du wärst der coolste Mensch der Welt.

TANTE MORGAN: Ach was. Tust du immer noch. Lüg nicht.

ICH: Wenn du meinst.

Die Dusche verstummt, und Piper fängt an, irgendeinen Country-Song zu schmettern. Sie singt nie unter der Dusche, aber sobald das Wasser versiegt, gibt es kein Halten mehr. Mein Handy summt wieder.

TANTE MORGAN: Alles okay, *Banana?*

ICH: Ja. Bin bloß bei Piper und mache mich für eine Party fertig.

TANTE MORGAN: Okay. Aber jetzt mal im Ernst, alles OKAY?

ICH: Ja, versprochen. ☺

Es ist das erste Mal, dass ich Tante Morgan angelogen habe.

Piper stürzt ins Zimmer. Sie trägt einen winzigen Bademantel und auf dem Kopf ein Handtuch, unter dem einzelne Haarsträhnen herausfallen. Wenn ihre Haare nass sind, ist die Farbe so dunkel, dass es fast wie Blut aussieht, das über ihre Schlüsselbeine läuft. »Heilige Scheiße! Wie ist es so spät geworden?«

Ich verdrehe die Augen. »Vielleicht, weil du die langsamste Duscherin der Weltgeschichte bist.«

»Egal. Geh du. Jetzt!« Sie wühlt in ihrem Schrank herum und wirft Kleidungsstücke und Bügel auf den Stuhl vor ihrem Schminktisch. »Sperr nicht ab, okay? Ich muss mir die Haare föhnen.«

Die Dusche hebt meine Stimmung tatsächlich ein wenig. Zwar freue ich mich immer noch nicht auf die Party, aber meine Muskeln haben sich gelockert, und es geht mir besser. Auf der Suche nach etwas Leichtem, in dem ich mich heute Abend nicht totschwitze, gehe ich die Kleidung durch, die noch in Pipers Schrank hängt. Bei der Hitze heute wird es sich selbst nach Sonnenuntergang nicht sonderlich abkühlen.

Während Piper wieder im Badezimmer beschäftigt ist, finde ich ein kurzes, hauchdünnes Kleid und ziehe es mir über den Kopf. Piper ist zwar kurvenreicher als ich, aber sie trägt ihre Klamotten gern etwas enger, also passt mir das Kleid ganz gut. Die Träger rutschen über meine Schultern. Ich mache einen kurzen Hüpftest, um sicherzustellen, dass beim Tanzen nichts herausrutscht. Zufrieden schlüpfe ich in ein Paar geflochtener Plateausandalen. Piper wird meckern, dass sie mich zu groß machen – in diesen Schuhen bin ich über eins achtzig –, aber da es meine Lieblingsschuhe aus ihrer Sammlung sind, ist mir das gleich. Ich schüttele die Haare über die Schultern und lasse mich erneut aufs Bett fallen.

Piper eilt wieder aus dem Badezimmer, immer noch im Bademantel, aber jetzt mit frisierten Haaren und Make-up. Ihre gelockten Haare sind oben am Kopf zu einem Knoten zusammengebunden, der unordentlich aussehen soll. Allerdings weiß ich, dass zur Perfektionierung dieses Looks stundenlange Übung erforderlich war. Heute hat sie den Pony unten gelassen, schroff und quer über der Stirn. Ihre Augen sind mit dickem Eyeliner und geschwungenem Lidstrich geschminkt, und ein Hauch schimmernder Puder betont ihre Wangenknochen. Sie hält zwei Lippenstifte in die Höhe. »Rot oder Pfirsich?«

»Auf jeden Fall Pfirsich.«

»Super, danke.« Da sieht sie mich an, zweifellos, um mein Outfit zu bewerten. Ihr Blick fällt auf meine Schuhe, und ich mache mich auf ihren Einspruch gefasst. Stattdessen sagt sie: »Du weißt schon, dass ich dich hasse? Ich wünschte, ich könnte meine Haare bloß an der Luft trocknen lassen und ungeschminkt gehen.«

»Das könntest du sehr wohl. Es gibt keine Regel, die da lautet, man müsse vor jeder Party eine Stunde im Bad verbringen.«

Sie lässt den Bademantel fallen und steht, völlig nackt, vor dem Kleiderhaufen auf ihrem Stuhl. Schamgefühl kennt Piper nicht. »Halt den Mund. Ich weiß, dass ich es könnte, aber es ist nicht das Gleiche. Bei dir sieht es unbeschwert und nach Strand aus. Bei mir obdachlos. Was soll ich anziehen?«

»Deine zerrissene helle Caprihose und dieses flattrige violette Tanktop, das du so magst«, sage ich ohne aufzusehen.

Sie wirft mit zusammengeknäulten Strümpfen nach mir. »Das Oberteil habe ich vor ungefähr drei Tagen angehabt. Außerdem muss ich heute Abend heiß aussehen.«

Ich trete zu ihr an den Stuhl und krame in den Klamotten herum. Piper hat eigentlich keinen Kleiderstil, sondern vielmehr *sämtliche* Kleiderstile. Glänzende Minikleider und brave Strickjacken und verwaschene T-Shirts mit Bands darauf. Von diesen T-Shirts ziehe ich jetzt eines aus dem Haufen – weiches, verblasstes Schwarz mit NIRVANA in orange-gebleichter Sprühschrift.

»Anna …«

»Ich weiß, heiß. Aber sieh mal, es ist Sommer. Da draußen ist es schon heiß. Du willst heiß und nicht verschwitzt aussehen, oder?«

»Stimmt schon.«

Ich werfe ihr das T-Shirt hin. »Dann zieh das an. Wir können den Ausschnitt vergrößern, wenn du willst. Trag es lose über einem Trägerhemd, und man sieht deine Schultern.« Ich wühle ein wenig tiefer in dem Haufen, bis ich eine helle abgeschnittene Jeans finde. »Da, die dazu. Du kannst schicke Schuhe anziehen.«

Sie zieht das Outfit an und befolgt meinen Rat bezüglich des Ausschnitts und der Schuhe. Ihre Wahl fällt auf glänzende goldene Gladiatorsandalen. Wie ihr Haar sieht das Outfit aus, als hätte sie keine Zeit darauf verwendet, als müsste sie sich nie Mühe geben, heiß auszusehen.

Ich schenke ihr einen Hab-ich-dir-doch-gleich-gesagt-Blick, und wir brechen endlich zu der Party auf.

KAPITEL 7

»Wo sind wir?«, frage ich, als Piper den Pick-up am Straßenrand abstellt. Es gibt keine Gehsteige, keine Häuser in Sichtweite, aber ich erblicke eine lange, von Autos gesäumte Einfahrt mit einem vereinzelten schiefen Briefkasten, der am Ende Wache steht. 4597 SPRINGTREE ist in verblichener Farbe auf die Seite des eingedellten weißen Kastens gekritzelt.

Piper stößt ihre Tür auf, und die Scharniere des alten Wagens protestieren ächzend. »Ähm, eigentlich weiß ich das nicht so genau«, antwortet sie kichernd. »Taylor ist diesen Typen letzte Woche auf einer Party bei ihrem Cousin begegnet. Ich schätze mal, sie gehen alle aufs College und wohnen hier zusammen. Gehen wir.«

Allmählich fällt mir wieder ein, wie sehr ich heute Abend auf *keine* Party wollte, und ich bedauere die Wahl dieser Schuhe. Normalerweise bin ich nicht wackelig darin, aber normalerweise bahne ich mir auch keinen Weg über eine unbefestigte, mit Schlaglöchern übersäte Straße. Wir gehen mitten auf der Einfahrt, da wir nicht gut genug sehen können, um am Rand der Autos entlangzutappen, ohne hinzufallen.

Ich höre die Party, lange bevor ich das Haus sehe. Das stete Bassdröhnen vibriert durch den Wald. Etwa zur gleichen Zeit, als mir der Dunst von Gras in die Nase steigt, dringt Licht aus den Fenstern durch das Geäst der Bäume hindurch.

Ich sehe Piper mit hochgezogenen Augenbrauen an. Wir gehen auf viele Partys, also bin ich nicht gerade naiv. Ich habe Pot schon ein- oder zweimal probiert, auch wenn es bei mir nichts bewirkt hat, sodass ich keinen Sinn darin sehe, es noch einmal zu tun. Aber das hier ist etwas anderes. Zwei Leute, die auf einer Party im Keller des Hauses einen Joint rauchen, ist eine Sache. Genug Cannabis, um die Luft um das ganze Haus herum damit zu durchtränken – das ist nicht die Art Party, auf die wir normalerweise gehen.

»Hat Taylor dir sonst noch was über die Typen erzählt?«

»Eigentlich nicht«, erwidert Piper. »Bloß dass sie – Zitat – unglaublich heiß sind. Und sie geben die geilsten Partys, aber total exklusiv. Wir haben Glück, eingeladen zu sein. Hat sich angehört, als lassen sie sonst niemanden von der Highschool kommen.«

»Sicher«, sage ich. »Wir Glückspilze.«

Piper hakt sich bei mir unter. »Komm schon, sei nicht so. Das hier wird lustig. Du wirst schon sehen.«

»Weiß nicht. Ich habe einfach keine Lust.«

Sie bleibt stehen, dreht sich mir zu und starrt mich direkt an. »Im Ernst? Du hast keine Lust? Wirst du je wieder Lust haben? Wo bist du diesen Sommer gewesen, Anna?«

Sie hätte mir eine Ohrfeige versetzen können, und ich wäre nicht schockierter gewesen. Ich weiß, dass ich distanziert gewesen bin, alles ferngesteuert tue, aber Piper versteht das. Sie muss es verstehen. Sie war da, der erste Mensch, den ich angerufen habe, nachdem meine Eltern mir erzählt hatten, was passiert war. Sie kam gleich herbeigestürzt, mitten in der Nacht; bloß um bei mir zu sitzen. Sie war neben mir, als ich nach der Beerdigung zusammenbrach. Bei allem war sie mit dabei. Wie kann sie jetzt eine derartige Frage stellen?

»Egal.« Ich schüttele meine Haare zurecht. »Gehen wir einfach.« Ich marschiere auf die offene Haustür zu, Piper neben mir. Der Augenblick ist vorbei.

Im Haus ist es nicht besser als draußen. Der Haschdunst ist hier drinnen stärker, und auf einem halben Dutzend nicht zusammenpassender Sofas im Stil der Siebziger liegen Leute, alle nur noch spärlich bekleidet. Ich blinzele, um etwas im Dunkeln erkennen zu können. Niemand hier ist unter fünfundzwanzig, da gehe ich jede Wette ein.

»Ähm, wo glaubst du, ist Taylor?«

Piper tippt schon eine Nachricht in ihr Handy. »Ich kümmere mich darum«, sagt sie. »Holen wir uns was zu trinken.«

Ein Mann starrt uns vom anderen Ende des Zimmers aus an, sein Blick durchbohrt meine Haut. Er ist vielleicht Ende zwanzig. Das dunkle Haar hat er nach hinten gegelt, was wohl eine James-Dean-Tolle sein soll, aber eher nach Gerade-eben-aus-dem-Knast aussieht. An einer Halsseite windet sich eine Tätowierung hoch und verschwindet in den Haaren hinter seinem Ohr. Er bedeutet mir mit dem gekrümmten Zeigefinger, zu ihm zu kommen.

»Ähm …« Ich packe Pipers Hand und versuche, mich zu einem frohen, sorglosen Lächeln zu zwingen. »Warum bringst du mir nicht was mit? Ich … ähm … werde nach Jo Ausschau halten, okay?«

Da hellt sich ihr Gesicht auf, und sie wedelt mich weg. »Ich habe mein Handy, falls du dich verlaufen solltest«, scherzt sie.

Ich komme gar nicht schnell genug durch das Haus. Es ist ein Irrgarten aus Zimmern, von denen jedes einzelne ohne Flur, ohne richtige Abgrenzung, ins nächste führt. Überall stehen Sofas, alte braune Tweeddinger, wie man sie am Ende eines Semesters am

Straßenrand sieht, ein ZUM-MITNEHMEN-Schild an eines der Kissen geheftet. Es gibt keine Betten, keine Stühle, nicht die geringsten Dekorationen. Bloß dunkel getäfelte Wände und unzählige Sofas. Ich halte den Blick geradeaus gerichtet und versuche, das Treiben um mich herum zu ignorieren. Je tiefer ich ins Haus dringe, desto dunkler wird es, und schon bald bin ich von herumknutschenden Pärchen umgeben, zwei oder drei pro Sofa. Ich muss hier raus.

Endlich stolpere ich in die Küche. Nach der Dunkelheit brennt das helle Licht in meinen Augen, und ich muss sie zukneifen. Als ich sie langsam wieder öffne, bemerke ich eine Tür und laufe darauf zu, wobei ich eine junge Frau anrempele, die am Kühlschrank lehnt.

»Hey!«, schreit sie.

»Tut mir leid«, murmele ich. Oder versuche ich zu murmeln – ich bin mir nicht sicher, ob ich tatsächlich etwas sage. Ich stoße die Tür auf und trete auf eine breite Veranda, die auf eine mit Bäumen umsäumte Wiese hinausgeht. Ich atme gierig Luft ein, ohne mich um den Marihuanageruch zu scheren. Alles ist besser als der abgestandene, verschwitzte Dunst in dem Haus. Ich ziehe mein Handy aus dem BH und simse Piper: VERANDA HINTEN.

Ein Pärchen kommt nach draußen, und ich drücke mich gegen das Holzspalier, um die beiden vorbeizulassen. Vielleicht hätte ich Piper noch nicht simsen sollen. Ich könnte die Party hier hinten überstehen, indem ich allein in der Dunkelheit sitze, bis Piper zum Aufbruch bereit ist.

Aber da ist sie schon, torkelt durch die Tür. Die Drinks, die sie hält, schwappen über, bespritzen meine Schuhe mit irgendetwas Süßem, Fruchtigem. Sie sieht jetzt schon zu aus.

»Bist du high?«, frage ich sie.

Sie schiebt mir einen der Becher in die Hand. »Ich habe ein paar Züge mit diesem Typ Trevor genommen. Mir geht's gut.« Wie zum Beweis stellt sie sich aufrechter hin und schiebt die Schultern zurück. »Was machst du hier hinten, Schätzchen? Die Party findet drinnen statt.«

Ich stelle meinen Drink auf das Verandageländer. Bei dem Geruch dreht sich mir der Magen um. »Ich dachte, ich würde Jo vielleicht hier finden«, lüge ich. »Du weißt doch, dass er Menschenmassen nicht ausstehen kann.«

»Hast du's auf seinem Handy versucht? Das ginge schneller, und ich weiß doch, dass du schnell zu ihm willst«, trällert sie.

Sie hat recht. Ich schicke ihm eine SMS.

ICH: Wo bist du?

JOVANI: Bei Luke Billard spielen. Wieso? Willst du herkommen?

ICH: Ich dachte, du kommst auf die Party?

JOVANI: Welche Party?

Meine Kehle schnürt sich zusammen, und ich bekomme ein Kribbeln in den Fingerspitzen. Ich wedele mit dem Handy vor Pipers Nase herum. Es fällt ihr schwer, etwas auf dem unruhigen Display zu erkennen. »Jovani weiß noch nicht mal von der Party, Pip. Ich dachte, du hättest gesagt, er würde hier sein!«

»Entspann dich, Lady. Taylor hat gesagt, sie würde ihn einladen. Sie muss es vergessen haben. Was soll's. Gehen wir einfach rein. Wir machen morgen was mit ihm, versprochen.«

»Geh du nur«, antworte ich. »Ich glaube, ich bleibe ein bisschen hier draußen.«

Ihre Augen blitzen, und ich mache mich auf die bevorstehende Standpauke gefasst. Doch zu meiner Überraschung zuckt sie dann nur die Schultern und schlingt die Arme um mich. Ihr Drink schwappt wieder über, und ich erschauere, als die klebrige Flüssigkeit meinen Rücken hinabrinnt. »Wie du meinst, Schätzchen. Ich hab mein Handy.« Dann ist sie fort, schwirrt ins Haus zurück.

Der ganze Laden hier widert mich an. Ich überquere die Veranda und lasse mich auf den Plastikstuhl plumpsen, der einsam neben einem Whirlpool Wache steht. Ich klicke auf Facebook und hoffe, dass ich mich beschäftigen kann, bis Piper fahren will.

Eine SMS trifft ein.

JOVANI: Anna? Welche Party?

ICH: Egal. Ich dachte, du kommst, aber das tust du wohl nicht.

JOVANI: Wahrscheinlich könnte ich jetzt noch kommen, wenn ich Luke mitbringen kann.

ICH: Lass es sein. Ist langweilig.

JOVANI: O.K. Bis bald?

ICH: Klar.

Erschreckend nah an meinem Ohr lässt mich ein Kichern zusammenfahren. Ich blinzele in Richtung des Geräuschs. Da, in dem Whirlpool, ist ein Pärchen. Ich weiß nicht, wie die beiden mir vorher entgehen konnten, denn sie geben sich überhaupt keine Mühe, im Verborgenen zu bleiben. Die Frau sitzt mit gespreizten Beinen auf dem Schoß des Typen, die Arme um seinen Kopf geschlungen, und zieht seinen Mund auf ihre Brust herunter. Sie bewegt sich im Wasser auf und ab, jetzt schnell genug, um kleine Wellen an den

Beckenrand spritzen zu lassen, den Kopf zurückgeworfen, die Lippen leicht geöffnet. Sie stößt ein lautes Stöhnen aus.

Ich springe von dem Stuhl auf. Ich muss hier weg. Noch bevor ich den Fuß der Verandatreppe erreicht habe, ist mein Handy an meinem Ohr, und ich wähle Jovanis Nummer. Ich gerate an die Voicemail und drücke die AUS-Taste. Wähle erneut. Während es läutet, bewege ich mich auf die Vorderseite des Hauses zu. »Komm schon«, murmele ich. »Ich habe eben noch mit dir gesimst. Geh ran.« Wieder Voicemail. Ich versuche es ein drittes Mal.

Die Seitentür öffnet sich einen Spalt, sodass Licht auf den Rasen fällt. Ich versuche, mich wegzuducken, um nicht gesehen zu werden, aber es ist zu spät. Das Licht aus der Küche scheint mir mitten ins Gesicht, und eine raue Stimme erklingt. »Da bist du ja! Hab mich schon gefragt, wohin du verschwunden bist.« Es ist der Typ aus dem Wohnzimmer, der mit der fettigen Gefängnisfrisur, und angesichts seines anzüglichen Grinsens bildet sich auf meinen Armen eine Gänsehaut.

Die Hand mit dem Handy hängt an meiner Seite herunter. Ich höre das blecherne Läuten und bete insgeheim, dass Jovani rangeht. Seine Stimme dringt durch die übel riechende Luft an meine Ohren: »Hi, hier spricht Jo. Wahrscheinlich habe ich mein Handy verlegt, also …« Ich beende den Anruf mit einer Daumenbewegung. Mist. Ohne auf Mister Knastbruder zu achten, gehe ich weiter auf die Einfahrt zu.

Auf einmal legt sich eine verschwitzte Hand um meinen Oberarm und bringt mich zum Stehen.

»Hey«, sagt er direkt in mein Gesicht. Er steht zu dicht vor mir. Ich kann seinen Schweiß riechen, der sich mit abgestandenem

Rauch und einer säuerlichen Bierfahne vermischt. »Wohin willst du denn so schnell, Süße?«

Mir dreht sich der Magen um, und ich versuche, mich seinem Griff zu entziehen, aber seine Hand hält mich fest. Ich bewege den Arm ruckartig und zucke zusammen, als sich seine Finger in meinen Bizeps graben. Er kommt sogar noch näher, drückt seine heiße Brust an mich, während er den anderen Arm um meine Taille schlingt. Seine Hand liegt flach in meinem Kreuz und versengt mich durch Pipers Kleid. Säure brennt in meiner Kehle. Ich stemme mich gegen seine Brust.

»Och, wieso bist du denn so, du Mäuschen?« Sein Gesicht ist direkt vor meinem. Heißer Atem auf meiner Haut bringt mich fast zum Kotzen. Dieser Typ ist wirklich ein Klischee auf zwei Beinen! Ich stemme mich erneut gegen seine Brust, und als er seinen Griff nicht lockert, knalle ich ihm den Ellbogen an den Kiefer, sofort gefolgt von meinem Knie in seinen Schritt.

Er flucht, und kurz denke ich, dass er mich schlagen wird. Stattdessen lässt er mich so schnell los, dass ich strauchele und beinahe hinfalle. Der Mann krümmt sich. »Du dummes Mist-«

Das Trillern meines Handys fällt ihm ins Wort. Endlich. »Jo, was ist denn los? Kannst du …«

»Anna?«, unterbricht mich die Stimme meines Dads. »Alles in Ordnung?«

Ich lasse den Mann so schnell wie möglich hinter mir, wackelig auf diesen hohen Schuhen. Ich zwinge meine Stimme dazu, nicht zu beben. »Ja, klar. Mir geht's gut. Was ist los?«

»Wollte bloß sichergehen, dass du deine Schlüssel hast. Deine Mom und ich gehen zu Bett.«

»Ja«, erwidere ich, dann, »Moment mal. Nein, habe ich nicht.«

Sie sind in meiner Tasche, die ich in Pipers Kofferraum gestopft habe. Und ich setze auf keinen Fall noch einmal einen Fuß in das Haus, um ihre Autoschlüssel zu holen. »Tut mir leid.«

»Ist okay. Ich lasse die Seitentür offen.«

»Danke, Dad. Hab dich lieb.«

»Ich dich auch, Süße.«

Ich drücke die AUS-Taste und rufe dann sofort wieder bei Jovani an. Seine Voicemail setzt ein, als ich die Einfahrt zur Hälfte zurückgelegt habe. »Jo, ich bin's. Kannst du – diese Party ist nicht langweilig, sie ist furchtbar. Kannst du mich abholen?« Zu meiner Überraschung strömen mir Tränen übers Gesicht. Meine Stimme bebt. »Piper will nicht weg, und ich kann einfach nicht … Ich will hier nicht mehr sein. Ich bin bei …« Ich bin jetzt nicht mehr weit von der Straße entfernt. »Mist, ich hab die Adresse vergessen. Ich mache mich schon mal zu Fuß auf den Weg. Bitte ruf zurück.«

Ich lege auf und schreibe Piper eine kurze SMS.

ICH: Ich pack's, also krieg keine Krise, wenn du mich nicht findest.

PIPER: WTF?

ICH: Einfach nicht in der Stimmung heut Abend. Sorry.

PIPER: Bleib nur noch 1 Std, ok?

ICH: Keine Sorge. Jovani holt mich ab. ☺

Ich hasse es, sie anzulügen, aber diesmal fällt es mir leicht, weil ich weiß, dass sie mich in dem Fall ohne Widerrede ziehen lassen wird.

Und richtig, beinahe sofort trifft noch eine Nachricht ein.

PIPER: Ooo la la! Tu nichts, was ich nicht tun würde. Und erzähl mir ALLES.

Am Ende der Einfahrt lese ich die Adresse auf dem Briefkasten und präge sie mir für den Fall ein, dass Jovani zurückruft. Dann klicke ich auf den GPS-Service meines Handys und gebe meine Adresse ein: 4,3 Meilen. Ich rufe wieder bei Jovani an. Nichts.

Ich stecke das Handy in meinen BH und gehe los.

8

KAPITEL

Als ich nach anderthalb Stunden zu Hause eintreffe, bin ich völlig durch den Wind. Meine Füße tun höllisch weh. Wo die Riemen der Schuhe anlagen, sind Blasen entstanden und geplatzt, bevor sie sich erneut gebildet haben. Eine Weile habe ich versucht, die Schuhe auszuziehen und barfuß zu gehen, aber der erste gezackte Stein, auf den ich getreten bin, hat dem Experiment ein Ende bereitet. Meine linke Fußsohle klebt nun dort, wo mein Blut getrocknet ist, an Pipers Schuh fest. Ich stinke. Ich bin klebrig und verschwitzt. Das Oberteil meines Kleids ist durchnässt, auch wenn sich nicht sagen lässt, ob mehr vom Schweiß oder den Tränen. Als ich in den Gartenweg einbiege, schaue ich zum hundertsten Mal auf dem Handy nach. Immer noch nichts von Jovani.

Ich gehe ums Haus zum Seiteneingang, drehe langsam den Knauf und stoße die Tür dann so schnell wie möglich auf, um ein Knarzen zu vermeiden. Damit ich nicht an Moms und Dads Schlafzimmer vorbeimuss, schleiche ich die hintere Treppe hoch. Wenn sie jetzt aufwachen und mich so sehen, flippen sie aus. Ich kann immer noch einen leisen Hauch von Pot riechen, der an meinem Kleid hängt.

Im Badezimmer schäle ich mich aus den Klamotten und stopfe sie tief in meinen Korb. Duschen kann ich nicht – das Ächzen der Rohre könnte Mom wecken, die Frau mit dem leichtesten Schlaf auf der ganzen Welt –, also mache ich stattdessen einen Lappen nass und wische mir das kühle Wasser über Gesicht und Brust. Sobald ich so sauber wie möglich bin, wickle ich mich in meinen Bademantel und mache mich auf den Weg in mein Zimmer.

Ich weiß selbst nicht, was mich dazu veranlasst, stehen zu bleiben. Jeden Tag komme ich an der Tür vorbei, jedes Mal, wenn ich zwischen dem Bad und meinem Zimmer hin und her gehe. Seit dem Unfall habe ich das Zimmer gemieden – das haben wir alle. Soweit ich weiß, ist die Tür nicht geöffnet worden, seitdem wir an dem Morgen das Haus verlassen haben. Doch jetzt, als würde ich hineingesogen, drehe ich am Türknauf.

Selbst im Dunkeln sieht das Zimmer genau so aus, wie ich es in Erinnerung habe: sauber und ordentlich, mit unzähligen, in einem exakten Raster an die Wand gehefteten Polaroidaufnahmen. Gesichter starren auf mich herab, Storms unordentliche Kalligrafieschrift über jedes Bild gekritzelt, sodass sie von Überschriften verdeckt werden. *An dem Abend sind wir uns begegnet,* lautet eine. Eine andere: *Das habe ich am 4. Juli gemacht.* Ich blinzele in der Dunkelheit und lasse den Blick über die Wand schweifen, suche nach ihrem Gesicht, lächelnd und heiter, auf einem Bild nach dem anderen. In diesem Zimmer ist es, als wäre sie noch am Leben.

Ich lege mich aufs Bett und ziehe einen Teddybären an die Brust. Er riecht nach Storm. Ich grabe das Gesicht in seinen weichen Pelz und atme sie ein. Frage mich, wo sie ist.

Meine Muskeln entspannen sich, schmelzen in das Bett. Meine Füße kribbeln immer noch, und meine Beine zucken, während sie sich von dem Fußmarsch erholen. Auf einmal wirkt mein Zimmer, gleich nebenan, zu weit weg. Ich strecke die Arme aus und verschränke die Hände hinter dem Kopf, um einzuschlafen.

Mit der linken Hand stoße ich an etwas unter dem Kopfkissen. Ich ziehe es hervor. Irgendein Buch. Es ist klein und bunt, die Art Notizbuch, die ich früher immer mit irgendwelchen Kritzeleien im Haus herumliegen sah. Ich schalte die Nachttischlampe an und drehe das Buch um. Das Cover ist eine große Krakelei, schwarzer Marker vor einem Regenbogenhintergrund. Wirbel und Punkte, die sich alle um drei Wörter drehen: *Mein Perfekter Sommer.*

Mein Herz schlägt schneller, läuft jetzt auf Hochtouren, und auf einmal bin ich hellwach. Langsam, zögerlich – mich einen Augenblick fragend, ob ich es tatsächlich tun werde – schlage ich das Buch auf. Die Seiten sind, genau wie das Cover, mit Kritzeleien bedeckt, verschiedenfarbige Filzstifte, die wunderschön geordnetes Chaos über das Papier zaubern. Auf der ersten Seite starrt mir direkt die Nummer eins entgegen.

Erst blättere ich ein paar Seiten weiter, ohne mich auf die Wörter konzentrieren zu können, dann trifft mich die Erkenntnis. Es ist eine Liste – natürlich! Wie oft habe ich schon im Laufe der Jahre einen Papierfetzen, den Deckel eines Schuhkartons oder eine Serviette gefunden, auf die eine Liste gekritzelt war? Listen übersäten unser Haus, sie beherrschten unsere Sommer, während wir herumrannten, um eine willkürliche Aktivität nach der anderen abzuhaken, bevor im Herbst die Schule losging.

Wann war der letzte Listen-Sommer? Nach der achten Klasse, vielleicht der neunten? Rückblickend wird mir klar, dass mit den Sommerlisten Schluss war, als ich zu viel zu tun hatte und meine Tage mit Piper und der Truppe anstatt mit Storm und Cam verbrachte. Es ist mir nie in den Sinn gekommen, dass Storm sie vielleicht weitergeführt hat.

Ich schlage die erste Seite auf und lese jeden Punkt, einen nach dem anderen.

#1 Den Sonnenaufgang erleben.
#2 ALLES fotografieren.
#3 Ein Tattoo stechen lassen.
#4 Einen Leuchtturm besuchen.
#5 ~~Meinem Seelenverwandten begegnen~~.
Mich verlieben.
#6 Nackt baden.
#7 Im Regen küssen.
#8 Ein Geheimnis in einen Luftballon stecken & wegfliegen lassen.
#9 Road Trip!
#10 Eine Hochzeit crashen.
#11 Dive-in-Kino
#12 Einen ganzen Tag lang mit britischem Akzent sprechen.
#13 Im Studentenwohnheim in Wilmington übernachten.
#14 Parasailing.
#15 Mehr Mut im Leben.

In unserer Kindheit waren unsere Listen mit willkürlichen, sinnlosen Aufgaben angefüllt: hinten im Garten zelten, Frisbee spielen, alle Sterne zählen, die wir durchs Küchenfenster sehen können, Eis zum Abendessen, eine Wasserschlacht veranstalten. Diese Liste ist anders. Irgendwie gewichtiger, erwachsener, fast traurig. Ich fahre mit den Fingern über die Furchen, die ihr Stift auf den Seiten hinterlassen hat, und versuche mir vorzustellen, was sie beim Schreiben empfunden haben mag.

Zurück bei #11, Dive-in-Kino, betaste ich den abgenutzten Kontrollabschnitt von einer Eintrittskarte, der auf die gegenüberliegende Seite geklebt ist. *Der weiße Hai,* der an irgendeinem Augustabend vor sechs Jahren im Carolina Beach Lake Park Dive-in-Kino gespielt wurde. Von solchen Kinos habe ich schon gehört, da schauen die Leute sich die Filme im Wasser an. Wie ist sie da drangekommen? Sie war noch nie in einem der Carolinas – und das Meer hatte sie auch noch nie gesehen, weshalb es viele Leute so eigenartig fanden, dass sie unbedingt Meeresbiologie studieren wollte. Doch Storm kümmerte sich nie darum, was die anderen dachten. Wenn sie sich einmal etwas in den Kopf gesetzt hatte, war sie nicht aufzuhalten. Genau wie bei den Listen.

Die Erkenntnis ereilt mich so heftig, dass ich nicht glauben kann, wie lange es gedauert hat, bis mir klar geworden ist, was ich da in Händen halte: Storms Geschenk, das sie hinterlassen hat. Auf einmal ist dieses Bett zu klein – das Zimmer, das ganze Haus können mich nicht halten. Das Notizbuch an die Brust gedrückt stürze ich in den Flur und die Treppe hinunter. Ich bin laut. Viel zu laut, das weiß ich, aber ich kann nicht anders. Es ist mir egal. Ich habe das Gefühl zu fliegen.

Weiches Gras kitzelt meine wunden Füße, als ich quer durch den Garten renne, an der Garage und Moms Blumenbeeten vorbei. Ich verlangsame kaum das Lauftempo, als ich den alten Baum erreiche, und klettere blitzschnell die abgenutzte Leiter hoch, das Buch in den Bademantel gesteckt. Im Baumhaus lasse ich mich an der rückwärtigen Wand zu Boden plumpsen und ziehe das Notizbuch wieder heraus. Mondschein dringt durch eine Lücke, wo eine Holzplanke fehlt, und ich versuche in diesem sanften Licht die Wörter zu entziffern. Ich möchte sie in mich aufsaugen, mir nicht nur die aufgelisteten Aufgaben einprägen, sondern den Winkel des Stifts, als sie niedergeschrieben wurden, die Rundung und Neigung eines jeden Buchstabens. Ein Lächeln, nach all der Zeit ein fremdes Gefühl, stiehlt sich in mein Gesicht.

Eine Stimme durchschneidet die Stille. »Ich vermisse sie auch«, flüstert Cameron von der anderen Seite des Baumhauses.

Ich unterdrücke einen Schrei. »Was machst du hier?«, frage ich in gebrochenem Flüsterton.

Er schiebt sich näher heran. Richtig sehen kann ich ihn nicht, aber ich kann ihn spüren, seine Bewegungen hören. Er schweigt zu lange. Auf einmal wird mir siedendheiß bewusst, dass ich nichts weiter als einen Bademantel anhabe.

»Cam?«

»Ich bin immer hier«, sagt er, und ihm ist anzuhören, dass er geweint hat. »Das hier war unser Platz.«

»Deiner und Storms.« Es ist keine Frage.

»Yep.« Er rutscht näher, spricht leise. »Wir fingen in der zehnten Klasse an herzukommen, ungefähr zu der Zeit, als eure Eltern uns nie richtig aus den Augen gelassen haben, wenn ich rüberkam, als hätten sie eine Heidenangst, ich könnte ihr kostbares Kind entjungfern.« Er bringt ein mattes Lachen zustande, und ich falle ein.

»Und, hast du?« Ich versuche, beiläufig zu klingen, aber meine Neugier ist spürbar.

»Jedenfalls – sind wir hierhergekommen und haben Hausaufgaben gemacht, Bücher gelesen oder bloß geredet. Was auch immer wir tun wollten, wir haben es hier oben gemacht, weg von allem anderen. Wenn ich jetzt herkomme, ist es manchmal …« Seine Stimme verliert sich.

»Ja?«, helfe ich ihm auf die Sprünge.

»Nichts. Es ist dumm.«

»Bitte, sag es.«

Er holt tief Luft und atmet sie langsam wieder aus. Im Mondschein beobachte ich, wie er sich mir zuwendet. »Es ist so, als wäre sie noch hier, weißt du? Wenn ich hier oben bin.«

Noch bevor mir bewusst ist, was ich da mache, krabbele ich über den Boden des Baumhauses und setze mich neben Cameron. Ich lasse das Buch in seinen Schoß fallen.

»Was ist das?«, fragt er und hält es in das schwache Licht.

Ich beantworte seine Frage nicht gleich. Stattdessen sage ich: »Erinnerst du dich noch an den Sommer, in dem Storm uns dazu gebracht hat, eine ganze Woche lang bloß orangene Lebensmittel zu essen? Oder wie wir jeden Tag mit dem Fahrrad zur Bücherei gefahren sind, um nach Informationen über irgendein altes Verbrechen zu suchen, von dem sie sicher war, dass wir es lösen könnten?«

Seine Schultern beben neben mir, aber ich bin mir nicht sicher, ob es sich um stummes Lachen oder Weinen handelt. »Sie war schon ein komischer Kauz, was?«, fragt er.

»Auf jeden Fall.« Ich denke an das Buch, an all die Listen aus vergangenen Sommern. Wenn jemand die Antwort auf die Frage kennt, die an mir nagt, dann Cameron. »Hey, Cam?«

Als Antwort ernte ich ein Ächzen.

»Wann hat sie … Hat sie die Listen weiterhin geführt? Ich meine, nachdem wir damit aufgehört haben?«

»Sie hat immer irgendwelche Listen geschrieben, das weißt du doch. Sie hat Listen über absolute Kleinigkeiten geschrieben. Wenn sie einen Weg gefunden hat, etwas mit Zahlen und Aufzählungszeichen zu versehen, hat sie es getan.«

»Aber ihr zwei habt nie eine Sommerliste gemacht – ohne mich?«

»Nein, nie. Als wir erst mal an der Highschool waren, hatten wir wohl einfach zu viel um die Ohren.«

Ausgesprochen hat er es nicht, aber ich höre, was gemeint ist. Ich war diejenige, die zu viel um die Ohren hatte, und das wissen wir beide. Sobald die neunte Klasse mit dem Cheerleading-Probetraining zu Ende ging – irgendwie mit meinem Namen auf der Liste neuer Mitglieder –, änderten sich die Dinge. Statt dass wir drei an Freitag- und Samstagabenden miteinander abhingen, Pizza machten und Horrorfilme ansahen, war ich von da an mit Piper unterwegs. Ging auf Partys, war Cheerleaderin bei Spielen. Auf einmal war es Highschool-Leben auf der Überholspur, und seitdem habe ich den Fuß nicht vom Gas genommen.

Was ich damals niemandem gesagt habe – und auch jetzt kann ich mich noch immer nicht dazu überwinden, es Cameron anzuvertrauen –, ist, dass ich unser Dreiergespann nicht kaputtgemacht habe, weil ich Cheerleaderin wurde. Ich wurde Cheerleaderin, ich suchte mir etwas Eigenes, um unser Trio auseinanderzubringen. Denn eigentlich waren wir damals schon seit Jahren kein Dreiergespann mehr gewesen. Storm und Cameron waren eine Einheit, und ich war die kleine Schwester, die ihnen am Rockzipfel hing. Ich verbrachte mein ganzes Leben damit, ihnen hinterherzulaufen, wollte haben, was sie hatten, ohne dass es mir je ganz gelungen wäre. Als die Highschool näherrückte, wurde mir klar, dass es so nicht mehr weiterging. Also ergriff ich meine Chance, als Piper an dem Tag in der Turnhalle auf mich zukam. Und habe nie zurückgeblickt.

Cameron räuspert sich, was mir ins Gedächtnis ruft, dass ich ihm immer noch eine Antwort auf seine ursprüngliche Frage schuldig bin. Ich weise matt auf das Notizbuch. »Sie hat eine hinterlassen«, sage ich.

»Sie hat eine was hinterlassen?«

»Eine Liste. *Mein Perfekter Sommer*. Das steht da drin. Eine Liste aller Dinge, die sie diesen Sommer machen wollte. Alle Dinge, die sie nie …« Ich kann den Satz nicht beenden.

Ich höre Seitengeraschel und warte, während Cameron das Buch durchblättert. Mit geschlossenen Augen stelle ich mir vor, wie er die Rillen und Wölbungen auf den Seiten streichelt, genau wie ich es getan habe. Er lässt sich Zeit, dreht das Buch in der Hand, hält es in den Mondschein.

»Ich kann nichts lesen. Was …« Seine Stimme bricht, und er hustet leicht. »Was hat sie hineingeschrieben?«

Die Wörter der Liste wirbeln in meinem Kopf herum, Storms unordentliche Schrift füllt den Raum hinter meinen Augenlidern. Die Erinnerung an ihr Zimmer lässt mich nicht los.

»Alle Punkte weiß ich nicht mehr, aber sie waren anders«, erkläre ich ihm.

»Inwiefern anders?«

»Du weißt doch, dass sie immer diese total seltsamen Sachen auf ihren Listen hatte. Lächerliche Abenteuer und all solches Zeug?«

»Ja«, flüstert er.

»Na ja, diese Liste ist richtig – normal. Ich meine, da gibt es Dinge, wie eine Hochzeit crashen und den ganzen Tag mit britischem Akzent reden, die typisch Storm sind. Aber da gibt's auch den Sonnenaufgang ansehen, alles fotografieren und sich tätowieren lassen. Und, ich weiß auch nicht, es wirkt einfach anders.«

»Die Dinge kommen mir eigentlich gar nicht so seltsam vor«, sagt Cameron. »Sie wirken wie ziemlich normale …«

»Ja!«, schreie ich. »Das ist der Punkt! Sie sind *normal*. Mit solchen Dingen würde man auf einer Sommerliste von einem typischen achtzehnjährigen Mädchens rechnen, nicht wahr?«

»Ich schätze mal.« Sein Tonfall verrät mir, dass er meiner Logik nicht folgt.

»Na, wann ist Storm je ein typisches Mädchen gewesen?«

»Nie.«

»Genau.«

Cameron schiebt sich sogar noch näher heran. Jetzt berühren sich unsere Knie, Haut an Haut. Ich ziehe meinen Bademantel zu.

»Anna, erinnerst du dich noch an die anderen Sachen, die sie früher auf ihren Listen stehen hatte?« Ich antworte nicht, und er deutet mein Schweigen als Zeichen fortzufahren. »Auf dem Trampolin schlafen, alle Halloween-Filme anschauen, Kalligrafie lernen – Letzteres fand ich furchtbar.«

»Worauf willst du hinaus?«

»Worauf ich hinauswill«, er beugt sich zu mir, so nah, dass ich endlich seine Gesichtszüge im trüben Licht ausmachen kann, seinen starr auf meine Augen gerichteten Blick, »ist, dass sie damals auch normale Dinge auf die Listen gesetzt hat. Aber als sie diese Liste hier geschrieben hat, war sie älter, und ihr ›normal‹ war anders.«

Mit sechs Jahren kletterte ich auf den Waschtisch, um neben Mom sitzen zu können, während sie sich schminkte. Ich hatte gerade mein Knie über die Kante gehoben, da rutschte ich ab und fiel, wobei ich auf dem Weg nach unten mit den Rippen gegen den Waschtisch schlug. Es war das erste Mal, dass ich erlebte, wie es mir den Atem verschlug, dieses hilflose Gefühl, wenn man keine

Luft einsaugen kann, und damals war ich mir sicher, dass ich gleich dort auf dem Badezimmerboden ersticken würde.

Diese Erkenntnis jetzt trifft mich genauso hart, und ich habe Angst, nicht mehr atmen zu können. Wann ist sie erwachsen geworden und hat aufgehört, einfache Kinderlisten zu verfassen? Wie konnte mir das entgehen?

Genauso bitter ist meine nächste Erkenntnis: Das hier ist die *letzte* Liste. Das Ende des Heranwachsens. Storm wird nie älter sein, reifer. Ich werde nie sehen, wie die Listen aussehen, wenn sie einmal verheiratet ist und Kinder hat.

Die Tränen setzen wieder mit aller Gewalt ein, kullern meine Wangen hinunter. Ich habe die Wahrheit gekannt. Natürlich habe ich das. Ich habe nicht die letzten dreiundzwanzig Tage damit verbracht, Storm zu vermissen, das Loch zu spüren, das sie hinterlassen hat, ohne die Wahrheit zu kennen. Aber so ist es eben mit der Wahrheit – selbst wenn man glaubt, sie zu kennen, kann sie sich immer noch von hinten anschleichen und einen umhauen.

»Es ist okay«, flüstert Cameron.

»Nein, ist es nicht.«

»Du hast recht. Es ist nicht okay, und weißt du, was? Ihr Tod wird nie okay sein. Aber wir schon. Nicht jetzt, nicht morgen. Wahrscheinlich sehr lange nicht. Aber irgendwann schon.«

»Woher weißt du das?« Schniefend wische ich mir erst die Nase, dann die Augen am Ärmel meines Bademantels ab.

»Weil wir es müssen«, sagt er. »Das hier ist nichts, womit man klarkommt. Du wirst nie mit Storms Tod klarkommen. Aber du wirst einen Weg finden, wie du dein Leben lebst und glücklich bist, trotz allem. Versprochen.«

Seine Worte umspülen mich, dringen durch meine Poren. Er hat recht. Absolut. Zum ersten Mal seit ihrem Tod denke ich, dass ich es vielleicht schaffen kann. Ich kann einen Weg finden. Weil ich sie nicht zurücklassen oder versuchen muss, den Kummer loszuwerden. Ich muss nur einen Weg finden, wie ich den Verlust durchleben, aber trotzdem atmen kann. Das bekomme ich vielleicht gerade noch hin.

»Ich will sie durchziehen«, platzt es aus mir heraus, bevor ich mir auch nur überlegt habe, was die Worte eigentlich bedeuten.

»Was durchziehen?«

»Die Liste. Storms Liste. Ich will sie durchziehen. Für sie.«

Ich höre ein tiefes Klicken, als Cameron schluckt. Er bewegt sich unruhig, sein Knie reibt an meins. »Ich finde, das solltest du«, sagt er mit belegter Stimme.

»Mach mit.«

»Anna, ich kann nicht …«

»Du musst«, flehe ich. »Das hätte sie gewollt, und das weißt du. So ist es immer gewesen. Wir, die wir ihre Listen abarbeiten. Zusammen.«

Er weint jetzt und versucht nicht mehr, es zu verbergen. Sein Atem kommt stockend, und er bebt aufgrund seines stummen Schluchzens am ganzen Leib. Es war nicht meine Absicht, Cameron zu bitten, die Liste mit mir zu machen – bis ich ihn hier oben getroffen habe, war mir noch nicht einmal in den Sinn gekommen, ihm überhaupt von der Liste zu erzählen. Aber jetzt kann ich es mir gar nicht mehr anders vorstellen. Es ist, als hätte Storm gewollt, dass es so abläuft, als hätte sie die Liste nur hinterlassen, damit wir beide sie gemeinsam absolvieren. Und dadurch hat sie uns vielleicht die Möglichkeit gegeben, einen Weg zu finden, wie wir ohne sie leben können.

Cameron wird ruhiger, seine Tränen sind unter Kontrolle. Er antwortet mir nicht, aber ich spüre es.

Wir machen das hier. Wir führen ihre Liste zu Ende.

Nur ich und der Junge von nebenan.

KAPITEL 9

»Was ist heute mit dir los?«, fragt Dani, als ich mich neben ihr auf das Sofa im Pausenraum plumpsen lasse und am Verschluss einer Wasserflasche herumdrehe.

Ich trinke einen großen Schluck, bevor ich antworte. »Nichts. Wieso?«

»Du bist anders. Ich weiß nicht – gut drauf?«

Ich zucke mit den Schultern, aber sie hat recht. Heute Morgen war ich schon vor dem Wecker wach, ein freudiges Kribbeln am ganzen Körper. Die Liste lag auf meinem Nachttisch. Sie ist das Erste gewesen, was ich gesehen habe, als ich die Augen aufmachte. Ich habe sie mit ins Badezimmer genommen, wo ich sie während des Duschens auf dem Waschtisch liegen gelassen habe. Ich habe sie den ganzen Vormittag bei mir gehabt, habe sie von einem Zimmer ins andere getragen, während ich mich angezogen, gefrühstückt und Moms Blumen gegossen habe.

Kurz bevor ich zu meiner Schicht im Schwimmbad aufgebrochen bin, habe ich die Liste auf einen Zettel abgeschrieben und den in die Tasche meiner Shorts gesteckt. Den ganzen Tag über habe ich ihn mir immer wieder angesehen. Ich weiß nicht, wo ich anfangen soll – ich habe keine Ahnung, *wie* ich anfangen soll –, aber es hat mich motiviert. Die Arbeit ist in einem Dunst aus Pfiffen, Spritzern und Tagträumen verflogen.

Gillian betritt das Zimmer und betrachtet uns beide auf dem Sofa. »Welche von euch ist heute zuerst hier gewesen?«

»Ich habe aufgesperrt«, sage ich.

Sie nickt langsam. »Brianne ist gerade gekommen«, sagt sie. »Sie hat sich ihre Arbeitszeiten falsch aufgeschrieben und dachte, sie wäre heute und nicht morgen dran. Sie bettelt um zusätzliche Stunden, aber ich kann euch nicht beide dabehalten. Möchtest du früher nach Hause gehen? Ich habe ihr gesagt, dass es deine Entscheidung ist.«

Ich sehe auf die Uhr. 15:45 Uhr. Immer noch über zwei Stunden meiner Schicht übrig. Doch die Liste brennt mir unter den Nägeln. Ich kann es nicht erwarten, nach Hause zu kommen, um mit Cameron zu reden und Pläne zu schmieden.

»Ja, klar«, sage ich. »Sie kann die Schicht haben. Danke!«

»Bei mir brauchst du dich nicht zu bedanken«, erwidert Gillian trocken. »Bedank dich bei Bris Unvermögen, Daten zu notieren, und der Unfähigkeit des Schwimmbads, für die Anwesenheit einer jeden Bademeisterin in ganz Muscatine zu bezahlen.«

»Tja«, sage ich, »dann danke, Bri, und mein besonderer Dank gilt der Stadt Muscatine, weil sie so wenig Geld auf der hohen Kante hat.«

Gillian neigt das Gesicht und starrt mich über den Rand ihrer Brille hinweg an. »Okay, was ist los mit dir?«

»Ich weiß es nicht.« Ich grinse Dani an. »Ich schätze mal, ich bin einfach gut drauf.«

Schweiß kitzelt an der Haut zwischen meinen Schulterblättern und tropft mir in die Augen. Ich trete fester in die Pedale. Ich kann gar nicht schnell genug nach Hause kommen. Meine Lungenflügel brennen, meine Beine protestieren, aber jetzt kann ich das Haus sehen und zwinge mich, sogar noch heftiger zu strampeln. Als ich die Einfahrt erreiche, segele ich sie entlang, steige ab und lehne das Fahrrad in einer fließenden Bewegung an das Seitentor. Camerons Pick-up parkt auf seiner Einfahrt. Ich ziehe die Liste aus der Gesäßtasche und überfliege sie erneut, als hätte ich sie mir nicht schon längst ins Gedächtnis eingeprägt. Aber das reicht nicht. Ich brauche das Buch, bevor ich nach nebenan gehe.

Mein Handy summt, als ich die Eingangsstufen hochsteige. Ich bleibe auf der Veranda stehen, um die Nachricht zu lesen.

PIPER: Taylors Eltern haben heute Abend was Großes vor. Haben ihr Geld für Essen dagelassen. Hol dich um 6 ab!

ICH: Bin zu Hause. Gillian hat mich früher gehen lassen.

PIPER: Genial! Ich komm jetzt. Einkaufszentrum?

Irgendwie ist die Vorstellung, die nächsten paar Stunden mit Piper im Einkaufszentrum zu verbringen, ermüdender als meine rasend schnelle Heimfahrt auf dem Fahrrad. Piper ist Marathon-Shopperin, und normalerweise bin ich bereit mitzumachen, aber im Moment will ich nur eins: mit Cameron die Baumhausleiter hochklettern und mir Gedanken über die Liste machen.

ICH: Bäh. Kann nicht. Mir ist schlecht. Kein schöner Anblick.

PIPER: Igitt. Hör bloß auf. Bis morgen!

Nichts setzt Pipers Drängeln schneller ein Ende als die Andeutung irgendeiner Körperflüssigkeit. Ich habe ein schlechtes Gewissen. Es gefällt mir nicht, meine beste Freundin anzulügen, und anscheinend tue ich es zur Zeit immer öfter, aber noch stärker als das schlechte Gewissen ist im Moment die Vorfreude.

Ich schiebe mich durch die Haustür, schwebe praktisch durch die Diele und zum Wohnzimmer, wo ich wie angewurzelt stehen bleibe.

Mom und Dad sitzen gemeinsam auf dem Zweiersofa, beide den Tränen nahe, und Pastor Willitz hockt in dem Ohrensessel in der Ecke. Ich habe seinen parkenden Wagen draußen völlig übersehen.

»Oh, Anna«, sagt Mom und bereitet damit meiner Hoffnung, sie hätten mich vielleicht nicht gesehen, ein jähes Ende, »wir wussten nicht, dass du so früh nach Hause kommen würdest.«

»Ja …« Ich weiche langsam in Richtung Esszimmer zurück. »Gillian hat mich früher heimgeschickt. Nicht viel los heute.«

»Komm rein!«, ruft der Pastor mir zu.

Ich stöhne, hoffentlich zu leise, als dass sie es hören können. Wie konnte ich es vergessen? Er ist jeden Tag genau zur gleichen Zeit da. Und ich bin mitten in seine Sitzung hineingelaufen. Ich durchquere das Zimmer und setze mich auf die Kante des großen Sofas, den Rücken kerzengerade.

»Wie geht es dir denn so, Anna?«, erkundigt sich Pastor Willitz.

»Gut.«

»Und die Arbeit? Dein Vater hat mir erzählt, du arbeitest im Schwimmbad, Anna. Wie läuft das?«

Ich bohre die Fingernägel in meine Handflächen, rufe mir ins Gedächtnis, dass seine Anwesenheit meinen Eltern Trost spendet. Aber mal im Ernst, muss er mich jedes Mal, wenn er mit mir redet, beim Namen nennen?

»Gut«, presse ich hervor und zwinge mich zu einem Lächeln.

»Also, Jerry«, sagt Dad, und ich lächele ihm zum stillen Dank zu, weil er die Aufmerksamkeit von mir gelenkt hat. »Wie alt ist der Junge?«

»Siebzehn. Er wird mit Anna zur Schule gehen, denke ich.«

»Und er ist verantwortungsbewusst?«

Pastor Willitz lacht lauthals. »Na ja, er ist siebzehn, Roger. Aber ja, ich glaube, er ist eine gute Wahl. Es ist eine gute Familie.«

Ich kann nicht anders. »Eine gute Wahl wofür?«, frage ich.

»Schatz …« Mist. Mom spricht mit ihrer Anna-nicht-aus-der-Fassung-bringen-Stimme, leise und zu süßlich. »Wir haben beschlossen, dass es an der Zeit ist, Storms Auto zu verkaufen.«

Es wird kalt im Zimmer. Meine Hände zittern. »Was?« Meine Stimme ist zu laut, hallt in meinem Kopf wider.

»Es steht nur rum«, sagt Mom steif.

»Ich werde damit fahren«, sage ich. »Es ist ja nicht so, als würde ich mein Auto zurückbekommen.« Es war nicht mehr viel Auto übrig, nachdem sie es von dem Baum gestemmt hatten, um den es sich gewickelt hatte.

»Schatz, du weißt nicht, wie man damit fährt«, sagt Dad.

»Ich werde es lernen. Die Leute lernen ständig, wie man mit Gangschaltung Auto fährt.«

»Und wir finden«, übergeht Mom meinen Einwand, »dass es am besten wäre, wenn du eine Zeit lang nicht Auto fahren würdest.«

Ich starre sie verständnislos an. »Ihr wollt, dass ich nicht mehr Auto fahre? Und was ist mit dem Training? Wettkämpfen?«

»Eines der anderen Mädchen kann dich mitnehmen. Und wenn nicht, finden wir schon eine Lösung.«

»Außerdem«, wirft Dad ein, »hat es diesen Sommer doch prima geklappt. Du brauchst kein Auto.«

»Dad! Das Schwimmbad ist eine Meile weit weg. Wollt ihr wirklich, dass ich die zehn Meilen zur Schule mitten im Winter mit dem Fahrrad fahre?«

»Piper kann …«

»Piper hat ihren Abschluss gemacht! Ihr wart dort!« Mein Geschrei hallt durchs Haus.

Mom unterdrückt ein Schluchzen, und mir wird bewusst, was ich da gerade gesagt habe. Die Abschlussfeier war der letzte glückliche Moment, das letzte Mal, als wir Storm gesehen haben, bevor – bevor es geschah.

Dad starrt mich an, als wäre ich eine Wildfremde.

»Es tut mir leid«, entschuldige ich mich matt.

Pastor Willitz mischt sich ein und versucht, die Wogen auf seine Pastor-Willitz-Art zu glätten. »Anna, ich weiß, dass das schwer ist, aber denk an deine Mama und deinen Daddy. Verständlicherweise macht es sie nervös, wenn du nach dem, was passiert ist, Auto fährst. Kannst du es ihnen verübeln?«

Ich schüttele den Kopf, möchte ihm zustimmen, muss aber trotzdem sagen: »Ich bin nicht sie. Sie hatte einen Unfall, und es ist beschissen, und ich wünschte, es wäre nie passiert. Das bedeutet nicht, dass mir das Gleiche passieren wird.«

»Das wissen wir«, sagt der Pastor, »aber …«

»Aber es ist Zeit, dass wir loslassen«, beendet Mom den Satz.

Mein Herz bleibt stehen und setzt dann wieder ein, hämmert in meinem Brustkorb. Jeder Schlag tut weh. *»Loslassen?«* Meine Stimme ist kaum ein Flüstern.

»Süße«, setzt Mon an.

Hitze steigt meinen Nacken hoch. Ich springe vom Sofa auf. »Loslassen?«, schreie ich. »Wie sollen wir denn loslassen? Sie ist tot, Mom. *Tot.* Was? Sollen wir die Erinnerungen an sie einfach ausradieren? So tun, als hätte es sie nie gegeben?« Keuchend nach Atem ringend lasse ich mich aufs Sofa zurückfallen.

Mom dreht das Gesicht an Dads Brust, ihr Schluchzen hört sich mehr nach einem Jaulen an. Sie bebt am ganzen Körper. Die Hitze weicht aus meinem Gesicht, stattdessen ist da jetzt Eiseskälte.

»Anna«, sagt Dad. Seine Stimme ist ruhig und kalt. »Bitte geh auf dein Zimmer.«

Ich möchte streiten, mich entschuldigen, brüllen. Ich weiß nicht, was ich will, aber ich weiß, dass ich das eben Gesagte nicht gutmachen kann. Ich erhebe mich vom Sofa und gehe steif auf die Treppe zu. Auf dem Weg nach oben in mein Zimmer höre ich Pastor Willitz' Stimme hinter mir, während er versucht, meine hysterische Mutter zu beruhigen.

Ich werfe mich auf mein Bett und greife nach Storms Buch. Während ich darin herumblättere und die vertrauten Wörter sehe, die Buchstaben und Formen, die seit gestern Nacht so sehr Teil meines Lebens geworden sind, überkommt mich Angst. Wie konnte ich so naiv sein? Ich kann das nicht tun, werde es nie schaffen, die Liste zu Ende zu bringen. Ich sehe mir #9 an: Road Trip! Ich habe kein Auto, und ich kann nicht in Storms altem Chevrolet fahren, falls er überhaupt noch da sein sollte, wenn ich wieder nach unten gehe. Mom und Dad werden mich auf keinen Fall eine Autotour machen lassen. Sie trauen mir noch nicht einmal zu, zur Schule und wieder zurück zu fahren.

#11: Dive-in-Kino. Die Eintrittskarte klebt dort, mir zum Hohn. Carolina Beach, North Carolina. Es könnte genauso gut auf dem Jupiter sein – meine Chancen, dorthin zu gelangen, sind ungefähr die gleichen. Wahrscheinlich ließe sich ein näher gelegenes irgendwo in einem Schwimmbad finden, sodass ich nicht den ganzen Weg ans Meer fahren müsste. Aber das wäre nicht dasselbe. Ich weiß, dass es nicht einfach *ein* Dive-in-Kino sein soll, sondern *dieses* bestimmte. Warum sonst sollte die Eintrittskarte dort sein?

#13: Im Studentenwohnheim in Wilmington übernachten.

#3: Ein Tattoo stechen lassen.

#4: Einen Leuchtturm besuchen.

Wie ist mir das letzte Nacht entgangen? Ich werde so viele dieser Dinge nicht machen können. Nicht in Muscatine, nicht, wenn meine Eltern mich nicht weglassen.

Ich höre, wie die Haustür zugeht, gefolgt von leisen Schritten auf der Treppe. Ein Klopfen an meiner Zimmertür. Ich mache mich auf den Streit gefasst. Jetzt, da Pastor Willitz fort ist, können meine Eltern mir sagen, wie viel Ärger ich genau bekomme.

»Herein!«, rufe ich. Ich versuche, zerknirscht auszusehen.

Die Tür geht knarzend auf, und ein Kopf späht herein. Ich springe vom Bett. »Cameron! Ich dachte, du wärst meine Mom.«

Lachend schüttelt er den Kopf. »Tut mir leid, dich enttäuschen zu müssen.«

»Es überrascht mich, dass sie dich reingelassen haben.«

Die Verwirrung ist ihm deutlich ins Gesicht geschrieben. »Sie sind nicht zu Hause. Aber warum sollten sie mich nicht reinlassen?«

Ungläubig starre ich die Tür an. Sie sind einfach *gegangen?* Ich war auf eine Strafpredigt, Geschrei, Streit gefasst gewesen, felsenfest davon überzeugt, dass meine Eltern in meinem Zimmer stehen würden, sobald Pastor Willitz fort war, um das Vorgefallene zu diskutieren. Aber einfach zu gehen? Ich habe keine Ahnung, was das bedeutet, aber es macht mir mehr Angst als jede Strafe, die sie hätten verhängen können.

»Kein Grund«, lüge ich. »Was ist los?« Ich versuche, beiläufig zu klingen, aber meine Stimme verrät meine Nervosität.

Er hat ein bescheuertes, schiefes Lächeln im Gesicht und eine glänzende, eingepackte Schachtel in den Händen. Mit einer schwungvollen Geste reicht er sie mir.

»Was ist das?«, frage ich.

»Aufmachen, dann siehst du's.«

Ich lasse den Finger unter den Klebestreifen gleiten und schiebe das Papier auseinander. Ich gebe mir Mühe, es nicht zu zerreißen, weil ich weiß, dass es Cameron in den Wahnsinn treibt, wenn ich so lange brauche. Die Schachtel unter dem Papier ist einfach nur braun, ohne Hinweise auf den Inhalt. Ich öffne den Deckel.

Darin befinden sich drei in Plastik eingeschweißte, ordentlich aufgereihte Päckchen. Ich ziehe eines heraus. »Was ist das?«

»Nummer zwei. Alles fotografieren. Wenn wir es machen, dann müssen wir es auf ihre Art machen.«

Polaroidfilm. Natürlich. Vor meinem geistigen Auge sehe ich all die Bilder an Storms Zimmerwand.

»Cam«, sage ich. Erklären kann ich es nicht, nicht richtig, also sage ich es ihm einfach geradeheraus. »Wir können die Liste nicht machen.«

»Was? Warum?«

Ich werfe ihm das Notizbuch zu. »Sieh es dir an. Ein Tattoo? Ich bin erst siebzehn. Wie viele Tätowierer in der Stadt werden mich deiner Meinung nach drannehmen? Und die Hälfte der Sachen kann man gar nicht in Muscatine machen.«

»Na und?«

»Und – meine Eltern lassen mich noch nicht mal in der Stadt herumfahren. Meinst du wirklich, sie werden mich tausend Meilen ans Meer fahren lassen?«

»Wahrscheinlich nicht.« Er durchquert das Zimmer und setzt sich neben mich, beinahe zu nah. »Und?«

»Und was?«

»Bloß und.« Er gibt mir das Buch zurück. »Vielleicht bekommst du nicht die ganze Liste hin. Das heißt nicht, dass du nicht anfangen solltest, stimmt's?«

»Ich weiß es nicht«, murmele ich.

»Stimmt's?«, wiederholt er mit Nachdruck.

»Ich schätze schon.«

Er hüpft vom Bett, die anfängliche Begeisterung ist wieder da. »Gut. Da das einmal geklärt ist, zieh dir deinen Badeanzug an. Wir treffen uns unten.«

Er ist fort, bevor ich »Warte mal« sagen kann. Eine Minute lang starre ich ausdruckslos die geschlossene Tür an, dann zucke ich mit den Schultern. Ich ziehe mein Bademeister-Outfit aus – anscheinend lässt Camerons Beobachtungsgabe zu wünschen übrig – und hole einen bunten Bikini aus der untersten Schublade. Nachdem ich darüber ein Sommerkleid und an die Füße Flipflops gezogen habe, schnappe ich mir den Film und laufe zur Treppe. Nach drei Stufen mache ich wieder kehrt.

Ich muss den Fotoapparat finden! Im ersten Moment überkommt mich Panik bei dem Gedanken, er könnte im Auto gewesen sein, als es gegen den Baum gefahren ist. Doch dann sehe ich den Apparat dekorativ auf dem Bücherregal herumstehen. Ich werfe ihn in meine Handtasche und renne die Treppe zu Cameron hinunter.

KAPITEL 10

Wir sind jetzt seit zwanzig Minuten unterwegs, und ich erkenne von Minute zu Minute weniger meine Umgebung wieder. Ich habe Cameron mindestens ein halbes Dutzend Mal gefragt, wohin wir fahren, aber er will mich unbedingt überraschen. Ich spiele am Saum meines Kleids herum, rolle die Häkelbordüre zwischen den Fingern ein und drücke sie dann wieder flach an meine Beine. Einrollen und flach drücken, einrollen und flach drücken.

Sobald wir das Haus verlassen hatten, war mir klar, dass wir nicht zum städtischen Freibad unterwegs waren. Nicht dass ich Cameron für so idiotisch halte, dass er mich damit überraschen würde, mit mir an meinem Arbeitsplatz abzuhängen, aber er wollte schließlich, dass ich Badezeug anziehe. Sein Dad ist Mitglied im Muscatine Country Club – eine reine Notwendigkeit, wie er schwört, um Kunden auf dem Golfplatz zu umgarnen, aber wir alle wissen, dass er es insgeheim liebt. Doch zehn Minuten nachdem wir von zu Hause losgefahren sind, ist Cameron mit dem Pick-up am Eingang des klubeigenen Pools vorbeigefahren, ohne ihn auch nur eines Blickes zu würdigen. Meines Wissens gibt es so weit außerhalb der Stadt nichts, was auch nur Ähnlichkeit mit einem Schwimmbecken hätte.

»Du weißt schon«, sage ich und drehe mich auf dem Sitz in Camerons Richtung. Ein Knie schiebe ich seitlich auf die Sitzbank zwischen uns. »Das hier könnte man wahrscheinlich als Entführung betrachten. Ich hoffe, du hast einen guten Anwalt.«

»Ich denke, ich komme allein klar«, erwidert er lachend. Camerons Dad ist einer der bekanntesten Anwälte in ganz Muscatine, und seit der Mittelstufe hat Cameron vor, in seine Fußstapfen zu treten. »Abgesehen davon«, fährt er fort, »entsinne ich mich nicht, dich zum Einsteigen gezwungen zu haben.«

»Nein, aber ich bin unter Vorspiegelung falscher Tatsachen und … ähm … großem Zwang mitgekommen.«

Er starrt mich kurz an, und ein kaum verhülltes Grinsen umspielt seine Lippen. Eine Hand verschiebt er am Lenkrad, mit der anderen zieht er unter dem Sitz eine Wasserflasche hervor. Er hält sie mir hin. »Vorspiegelung und Zwang. Aha. Und wie das?«

»Na ja.« Ich trinke einen großen Schluck Wasser und spüre, wie es kalt meine Kehle hinunter in den Magen rinnt. »Erstens habe ich gedacht, wir fahren zu einem Schwimmbad, nicht an den Arsch der Welt.«

»Warum solltest du das denken?«

Ich weise auf mein Outfit. »Vielleicht weil du gesagt hast: ›Zieh deinen Badeanzug an.‹«

»Aber ich habe nie etwas von einem Schwimmbad gesagt. Du weißt ja, man soll keine übereilten Schlussfolgerungen ziehen.«

»Egal. Aber mal im Ernst, wohin fahren wir?«

Lachend schüttelt er den Kopf. »Du wirst es schon sehen. Was ist zweitens?«

»Was meinst du damit?«

»Wenn ich mich recht erinnere, hast du etwas von großem Zwang gesagt.«

Ich sacke auf meinem Sitz zusammen, und meinen Lippen entweicht ein Seufzen. »Mom und Dad haben mir gesagt, dass sie mit dem Gedanken spielen, Storms Auto zu verkaufen, und ich bin total ausgeflippt. Die Dinge, die ich Mom an den Kopf geworfen habe …« Bei der Erinnerung dreht sich mir der Magen um.

»Ziemlich großer Ärger?«

»Damit habe ich eigentlich gerechnet, aber Dad hat mich nur auf mein Zimmer geschickt, und dann waren sie fort, als wir losgefahren sind. Also weiß ich nicht, was Sache ist. Als du geklopft hast, dachte ich, dass du ganz bestimmt Mom bist, die mir lebenslänglichen Hausarrest aufbrummt.«

Er blinkt, tritt gleich darauf auf die Bremse und legt einen niedrigeren Gang ein. Das Rechtsabbiegen ist so scharf, dass ich über den Sitz auf Cameron zurutsche, bis mich der Sicherheitsgurt aufhält.

»Tut mir leid. Ich hätte die Straße fast verpennt.«

Ich sehe mich um. Wir haben den Highway erst seit einer halben Minute hinter uns gelassen, und schon ist es, als befänden wir uns in einer anderen Welt. Von beiden Seiten drängen Bäume heran und schaffen trübes Dunkel. Ich setze die Sonnenbrille ab. Der Pick-up rumpelt und schlingert weiter in den Wald hinein.

»Die Straße?«, frage ich. »Ich bin mir nicht sicher, ob das hier tatsächlich eine Straße ist.«

»Früher schon«, sagt er, »als sie öfter benutzt wurde. Steven hat mich ständig hierhergebracht, bevor er ans College ist.«

»Wie geht es Steven?«, erkundige ich mich. Ich habe Camerons großen Bruder nicht mehr gesehen, seitdem er über Weihnachten zu Hause war, und auch da nur flüchtig.

»Oh, er ist verrückt wie immer. Du kennst ja Steven. Er fängt demnächst mit dem Medizinstudium an, also freuen sich meine Eltern.«

»Das kann ich mir denken.«

»Ach, wir sind da!« Cameron hält den Pick-up jäh an und stellt den Motor ab.

»Cam?«

»Was?«

Ich blinzele durch die Windschutzscheibe. »Hier ist kein *Da.*«

Er stößt bereits die Tür auf. »Kannst du dich einfach entspannen und mir vertrauen? Steig aus.« Mit diesen Worten schlüpft er aus dem Wagen und knallt seine Tür zu. Ich beobachte, wie er vorne um den Pick-up geht, und öffne gerade meine Tür, als er meine Seite erreicht. Ich hüpfe hinaus.

»Ich wünschte, ich hätte gewusst, dass du mich mitten in den verfluchten Wald bringst. Dann hätte ich zumindest Tennisschuhe angezogen. Oder hast du vor, mich umzubringen und meine Leiche zu entsorgen, bevor meine Schuhwahl einen großen Unterschied macht?«

»Seit wann bist du so eine Drama Queen?« Er streckt die Hand nach mir aus, hält dann jedoch inne, sodass sein Arm verlegen in der Luft hängt. Einen Augenblick huscht Verwirrung über sein Gesicht, die jedoch schnell von der gelassenen Miene ersetzt wird, die er gewöhnlich zur Schau trägt. Seine Finger greifen nach meinen, und er zieht an meinem Arm. »Abgesehen davon«, fährt er fort, »sollst du nicht lügen. Wir wissen beide, dass du trotzdem Flipflops angezogen hättest.«

Ich lasse mich von ihm durch die Bäume führen, jedes Mal dankbar, dass er meine Hand hält, wenn ich auf Laub ausrutsche.

Vor uns erkenne ich die gewaltigen Umrisse zweier riesiger Felsblöcke, zwischen denen sich der überwucherte Pfad, auf dem wir uns befinden, hindurchschlängelt.

Als wir die Felsblöcke erreichen, lässt Cameron mich los. »Hier ist es ziemlich eng«, sagt er, dreht sich dann zur Seite und schiebt seinen schmalen Körper zwischen den Felsflächen hindurch. Als ich ihm folge, ist er schon zur Hälfte durch den Spalt.

Mein Kleid bleibt an den Felsen hängen und versucht, mich in dem winzigen Durchgang gefangen zu halten. Alle paar Schritte muss ich es wieder losmachen. Wenigstens ist es keines meiner Lieblingskleider. Ich bin mir ziemlich sicher, dass es dieses Abenteuer nicht überstehen wird.

Ich spüre, wie die Sonne meine Schulter und die eine Seite meines Halses bescheint, ein erstes Anzeichen, dass ich beinahe aus dem immer klaustrophobischer anmutenden Spalt heraus bin. Ich schiebe mich schneller vorwärts.

»Warte«, sagt Cameron, »lass mich …« Seine Finger streichen meinen Arm hinab und tasten suchend nach meiner Hand. »Okay, komm raus, aber bleib dicht am Fels.«

»Wieso?« Ich mache noch einen Schritt, dann liegen die Felsblöcke hinter mir. Mein Mageninhalt droht hochzukommen, und in meinem Kopf dreht sich alles. Ich presse den Rücken an einen Fels – und möchte auf einmal nichts lieber, als wieder zwischen den engen Blöcken zu stecken. »Wo sind wir?« Meine Stimme klingt hysterisch.

Cameron dreht sich zu mir um, sodass ich zwischen ihm und dem Fels klemme. Er drückt meine Hand und neigt den Kopf, damit wir auf Augenhöhe sind.

Ich kneife die Augen zusammen.

»Anna«, sagt er leise, »mach die Augen auf.«

Ich schüttele den Kopf.

»Komm schon, ich hab dich. Ich werde dich nicht fallen lassen.«

Meine Augen gehen langsam auf, eines nach dem anderen. Ich sehe nichts außer Camerons Gesicht, seine braunen Augen, die unverwandt in meine starren. Mir stockt der Atem, meine Hände zittern. »Das hier ist nicht lustig«, sage ich.

»Ich gehe ein Stück zurück«, sagt er, doch ich packe seine Hand noch fester, weigere mich loszulassen. »Es ist okay, Anna. Bleib nur mit dem Rücken an der Wand. Solange du den Fels spürst, kannst du nicht abstürzen, okay?«

Ich nicke. Jedenfalls glaube ich, dass ich nicke, bin mir aber nicht sicher, ob sich mein Kopf überhaupt bewegt. Blut strömt wieder in meine Fingerspitzen, nachdem ich meine Hand zwinge, seine loszulassen.

Cameron bewegt sich einen Schritt von mir weg, dann noch einen. Mit dem großen Zeh des einen Fußes schiebt er den Schuh vom anderen Fuß und wiederholt den Vorgang dann auf der anderen Seite. In einer raschen Bewegung zieht er sich das Hemd aus und lässt es zu Boden fallen. Die alte Polaroidkamera legt er auf einen seiner Schuhe, gefolgt von seiner Brille.

»Nummer fünfzehn«, sagt er.

»Nummer – fünfzehn? …« Meine Stimme klingt weit weg.

»Mehr Mut im Leben. Es ist nicht viel, ich weiß, aber es ist ein Anfang.« Dann dreht er sich von mir weg und springt von der Klippe.

Ich schreie.

KAPITEL 11

Als Cameron wieder zu mir hochkommt, sitze ich am Boden, den Rücken fest an den Fels gepresst, den Kopf zwischen den Knien. Luft entweicht mir, und ich muss sie mit jedem Atemzug nach unten jagen, sie durch die Nase bis in meine Lunge zwingen. Zu schnell. Ich weiß, dass ich zu schnell atme, aber im Moment schaffe ich es gerade einmal so, nicht in Panik zu geraten.

Cameron steht vor mir; kaltes Wasser tropft von seiner Badehose und den Haaren und spritzt neben meine Füße. »Hey«, sagt er, und ich spüre, wie er neben mir in die Hocke geht. »Es ist in Ordnung, siehst du? Ich habe keinen Kratzer abgekriegt.«

Ich sehe nicht hin, sondern rede mit dem Boden. »Du hast ernsthaft geglaubt, das hier wäre eine gute Idee?«

»Ja, schon.«

»Und dir ist nie in den Sinn gekommen, dass du mich vielleicht – ich weiß auch nicht – erst einmal warnen solltest?«

Er lässt sich neben mich plumpsen, legt mir einen nassen Arm um die Schultern und zieht mich sanft in eine aufrechte Sitzposition. Ich starre ihn wütend an. Er nimmt den Arm zurück, stößt dann mit der Schulter an meine. »Ehrlich?«, fragt er. »Ich habe gewusst, dass du niemals mitkommen würdest, wenn ich dir gesagt hätte, was wir vorhaben.«

Er hat recht. Ich wäre auf keinen Fall freiwillig hierhergekommen. »Ja, weil das hier irrsinnig ist.«

»Es macht Spaß.«

»Es ist irrsinnig«, wiederhole ich. »Sich von Klippen zu stürzen ist kein Spaß.«

»Woher willst du das wissen?«

»Weil …«

»Hast du's ausprobiert?«

»Ich muss es nicht ausprobieren. Ich habe ein Gehirn. Man muss kein Genie sein, um zu wissen, wie gefährlich und dumm und …«

»Mehr Mut im Leben, Anna. Mehr Mut.«

Meine Widerrede erstirbt mir auf den Lippen. Ich kann die Wörter vor meinem geistigen Auge sehen, diagonal über die Seiten geschrieben, die ganze Doppelseite einnehmend. Größer geschrieben als jede andere Aufgabe auf der Liste. Liegt es daran, dass es die wichtigste ist oder die letzte?

»Ich glaube nicht, dass ich das schaffe«, flüstere ich.

»Doch, du schaffst das«, beharrt Cameron. »Ich werde mit dir springen.«

»Ich bin mir nicht sicher, ob sie das hier gemeint hat, als sie es geschrieben hat.«

Er streckt die Beine vor sich aus, lang und schlaksig. »Na, was hat sie denn dann gemeint?«

»Ich weiß es nicht. Mutig sein. Weißt du? Nicht einfach leichtsinnige Dinge tun. Sondern Dinge tun, ich weiß ja auch nicht, die ich sonst nicht tun würde. Risiken eingehen.«

»Und inwiefern trifft das hier nicht zu?«

Ich sehe unmittelbar geradeaus. Die Klippe führt von meinem

Sitzplatz aus viereinhalb Meter in die Tiefe, und unten sehe ich bloß ein Stückchen Fluss, der sich vorbeischlängelt. Bis jetzt habe ich mir nie richtig Gedanken darüber gemacht, was sie mit diesen vier Wörtern gemeint hat. Aber irgendwie hat es größer als das hier gewirkt. Das sage ich Cameron.

»Ich glaube, du hast recht«, erwidert er. »Aber das hier ist bloß ein Anfang. Die erste Sache in einer langen Reihe deines Mutigseins. Vielleicht hat sie nicht gemeint, dass du dich deiner Höhenangst stellen sollst, indem du von einer Klippe springst. Aber ist nicht genau das mutig?«

»Ich bin mir ziemlich sicher, dass nirgendwo in der Definition von Mut etwas von Klippenspringen steht.«

Er lacht, und als es in ein Prusten übergeht, stimme ich in sein Gelächter ein. »Nein, das nicht. Aber, du weißt schon, Angst vor etwas haben und es trotzdem tun.«

Ich seufze. »Du wirst mit mir springen?«

»Versprochen.«

»Gut«, sage ich und stehe mit zitternden Beinen auf, »aber pass bloß auf, Andrews. Du kommst irgendwann auch noch an die Reihe mit dem Mutigsein.«

Cameron ist schon drei weitere Male gesprungen. Jedes Mal, wenn er von der Klippe springt, rücke ich ein Stück näher an den Felsrand. Jetzt sehe ich nach unten auf das Wasser und bin dankbar, dass ich nicht gegessen habe, bevor ich hergekommen bin. Meine Eingeweide verkrampfen sich, während ich beobachte, wie Cameron sich aus dem Wasser zieht und den steilen Pfad zu mir hochkommt.

Das hier ist unmöglich hoch. Ich kann das auf keinen Fall tun. Und damit meine ich, dass es körperlich unmöglich ist – ich bin mir ziemlich sicher, dass meine Beine mich nicht springen lassen werden. Sie funktionieren jetzt unabhängig von meinem Gehirn und setzen sich in ihrem Bemühen, mich zu schützen, über meine Befehle hinweg. So muss sich eine echte Kampf-oder-Flucht-Reaktion anfühlen – wenn der Körper bei dem verzweifelten Versuch, sich selbst zu erhalten, die Kontrolle an sich reißt.

»Bereit?«, fragt Cameron, als er oben auf dem Pfad ankommt. Er reibt sich mit der Hand mehrmals über die kurzen Haare, sodass Wasser in alle Richtungen spritzt.

»Nein.«

Er stellt sich neben mich, ganz dicht. Arm an Arm legt er die Hand um meine. Ich zittere.

»Bereit?«, fragt er erneut.

»Ja.« Das Wort ist aus meinem Mund, bevor ich es zurücknehmen kann. Ich werde nie bereit sein, niemals, aber ich muss das hier tun. Ich *kann* es tun.

»Sollen wir bis vier zählen?«, fragt Cameron.

»Vier?«

»Na ja, ich denke mal, drei ist vielleicht nicht genug Zeit für dich, um bereit zu sein, aber bis wir bei fünf sind, kriegst du wahrscheinlich Muffensausen.«

In mir steigt ein Lachen hoch, aber ich bin zu nervös, um es herauszulassen. Stattdessen nicke ich. »Vier.«

Er zieht mich noch dichter an sich, wenn das überhaupt möglich ist. »Ich werde dich nicht loslassen, bis wir ins Wasser fallen. Das bedeutet also, dass du wirklich bei vier springen musst, wenn du nicht von der Klippe geschleift werden möchtest.«

»Ich werde springen«, sage ich und klinge viel selbstsicherer, als ich mich fühle.

»Also, okay. Eins.«

Es kribbelt in meinen Beinen.

»Zwei.«

Meine Atmung geht wieder zu schnell.

»Drei.«

Schwarze Punkte erscheinen am Rand meines Blickfelds.

»Vier!«

Meine Knie beugen sich, die Muskeln ziehen sich zusammen, die Beine arbeiten unter mir. Meine Füße verlassen den Boden – und ich bin im Himmel. Falle, fliege. Verankert nur durch meine Hand, die sich fest in Camerons befindet. Luft saust an mir vorbei, zieht die Haare von meinem Rücken und lässt sie wild um meinen Kopf wirbeln. Wir fallen endlos. Wir fallen nur ganz kurz.

Die Kälte ist ein Schock, zieht uns blitzartig nach unten. Cameron stößt meine Hand von sich, und ich bin allein, drehe mich im Wasser. Instinktiv schwimme ich, schwimme auf den Himmel zu. Die Sonne wird durch meine geschlossenen Augen heller.

Ich schwimme an die Oberfläche, und mir entfährt ein Lachen. Echtes, leichtherziges Gelächter. Mein Körper schwirrt vor Adrenalin, und auf einmal bin ich mir nicht sicher, ob meine Haut mich noch halten kann. Ich trete Wasser und drehe mich langsam, um zu der Klippe über mir hinaufzuschauen.

Heilige. Scheiße.

»Du hast es getan!« Cameron schwimmt auf mich zu und schlingt mir die Arme um den Hals. Wir sinken zurück unter Wasser, es dringt in meinen Mund. Als Wirrwarr aus Armen und Beinen drehen wir uns im Fluss, stoßen uns voneinander ab und rempeln wieder aneinander, bis wir es endlich ans Ufer geschafft haben. Ich huste Unmengen Wasser aus.

»Tut mir leid«, sagt Cameron verlegen, während er neben mir aus dem Fluss steigt.

Immer noch hustend sage ich: »Kein Problem.« Ich sehe wieder zur Klippe. »Ich fasse es nicht, dass ich das eben getan habe.«

»Du warst unglaublich!« Er sieht aus, als wolle er mich erneut umarmen, weicht jedoch zurück und grinst stattdessen aufgeregt.

»Ich fühle mich unglaublich! Das war so …«

»Unglaublich?«

»Halt den Mund. Das war Furcht einflößend und wunderbar und … Ich fasse es nicht, dass ich das gemacht habe.«

»Wir können es noch mal tun«, schlägt er vor.

Ich lache und huste dann wieder, weil das Wasser meine Kehle reizt. »Jetzt übertreib aber nicht.«

»Okay, kein Springen mehr, aber komm.« Er greift wieder nach meiner Hand. Wann sind wir so vertraut geworden, dass wir uns einfach so, ohne darüber nachzudenken, an der Hand nehmen? Als Kinder haben wir das ständig gemacht, aber dann hat sich etwas verschoben. Vor der Highschool, vor der Cheerleading-Truppe, änderte sich alles, und auf einmal war Cameron ein Junge und ich ein Mädchen, und sich an den Händen zu halten hatte etwas zu bedeuten. Ich bin mir nicht sicher, wann die Verschiebung stattfand, kann nicht nachvollziehen, wann sich alles änderte, aber am einen Tag waren wir zwei Kinder, die in Fantasiewelten spielten, und am nächsten verlegen und distanziert.

Jetzt drückt er mich auf dem Weg zurück die Klippe hinauf dicht an sich. Meine Beine werden bei jedem Schritt zittriger. Oben greift er nach dem Fotoapparat, ohne mich loszulassen, und hält ihn vor uns. »Lächeln«, sagt er. Er legt mir den Arm um die Schulter, weiter meine Hand haltend, sodass mein Arm quer über meiner Brust liegt. Er ist warm an meiner Seite. Ich lehne den Kopf an seine Brust.

Es blitzt, und der Fotoapparat spuckt den unentwickelten Film aus. Cameron lässt mich los und zieht das Stück Papier heraus, hält es vor uns, während wir darauf warten, dass das Bild erscheint.

Auf einmal überwältigt mich dieser aufregende Tag, und ich kann keine Sekunde länger still stehen. »Komm!« Ich reiße ihm das Bild aus der Hand und lege es behutsam auf Camerons Hemd. »Das wird zwei Minuten dauern.«

Hand in Hand springen wir noch einmal.

KAPITEL 12

Ich umklammere das Bild fest mit den Fingern und starre es an. Meine Haare sind wild, nass und wellig um mein Gesicht. Meine Wangen sind gerötet, meine Augen strahlen. Camerons Haut ist neben meinen gebräunten Schultern blass, sein Arm fest um mich gelegt. Ich fahre die Linien unserer Finger mit den Augen nach, folge dem Durcheinander, wie sie miteinander verflochten sind. Die Muskeln an Camerons Armen und Schultern stehen deutlich hervor, und ich frage mich, wann der dürre Junge von nebenan zu diesem Mann herangewachsen ist. Er ist immer noch der gleiche Cameron, den ich schon immer gekannt habe – lang und schlaksig, ganz spitze Winkel und lang gezogene Gliedmaßen. Aber darin eingehüllt ist der Körper eines Mannes, und es überrascht mich, wie sehr mich das überrascht.

»Du starrst das nun schon an, seitdem wir in den Wagen gestiegen sind«, sagt Cameron. »Hat es sich verändert?«

»Nein«, erwidere ich, sehe aber nicht von dem Bild weg. Denn ich kann den Blick nicht von Camerons Gesicht abwenden: das Lächeln irgendwie sanfter als normalerweise, sodass die Wangen zu leichten Fältchen um die Augen hochgezogen sind. Er sieht nicht in die Kamera. Nein, seine Aufmerksamkeit gilt unmittelbar mir, und während ich das Bild betrachte, erröte ich, als würde er mich immer noch so anstarren.

»Ich bin mir ziemlich sicher, dass im Handschuhfach ein Stift liegt«, sagt er.

Ich öffne es und stöbere darin herum, bis ich den Textmarker gefunden habe. Er ist viel benutzt worden, und die Beschriftung ist fast ganz verschwunden. Ich ziehe den Deckel mit den Zähnen ab.

Der Marker gleitet sanft über die glatte Oberfläche des Bilds. Meine Handschrift ist schlampig, kein bisschen wie das dekorative Gekritzel, das ich von Storms Polaroidfotos kenne. Aber die Wörter, die ich über das Bild schreibe, machen mich glücklich.

Heute bin ich gesprungen.

Cameron biegt mit dem Pick-up in unsere Straße ein. Der Chevrolet steht zum Glück immer noch in unserer Einfahrt.

Der Glücksrausch dieses Nachmittags hat bisher nicht nachgelassen, und ich kann noch nicht zurück.

»Hey«, sage ich und drehe mich zu Cameron. »Ich weiß, dass wir fast zu Hause sind, aber könntest du mich vielleicht stattdessen zu Tante Morgan fahren? Ich … Ich will bloß noch nicht nach Hause.«

»Ähm, sicher. Aber …«

»Aber was?«

»Du weißt doch, dass du ihnen irgendwann sowieso gegenübertreten musst.«

»Ich weiß.« Ich sehe mir wieder das Bild an, erblicke die freudige Röte in meinen Wangen. »Nur noch nicht gleich, okay?«

Er fährt ans Ende des Blocks und wendet dann in Richtung Stadt. Bis zu Tante Morgan sind es von uns aus nur fünf Minuten, und Cameron kennt den Weg. Wir fahren schweigend. Er parkt hinter dem Auto meiner Tante in der Einfahrt. »Wirst du den Punkt jetzt auf der Liste abhaken?«

Ich schüttele den Kopf. »Ich glaube nicht.«

»Du bist heute mutig gewesen, Anna.«

»Ich weiß.« Auf meinem Gesicht macht sich ein Lächeln breit. »Aber es ist, wie du gesagt hast. Es ist erst der Anfang. Ich glaube nicht, dass ich es von der Liste streichen kann, bevor Mutigsein einfach ein Teil von mir ist. Bevor es normal ist.«

Er nickt, und sein Lächeln ist so breit wie meins. »Na«, sagt er, »dann auf einen Sommer mit mehr Mut.«

Ich schiebe die Wagentür auf, mache aber keine Anstalten auszusteigen. »Hey«, sage ich.

»Selber hey.«

»Danke für heute. Es hat tatsächlich großen Spaß gemacht.« Mit diesen Worten klettere ich aus dem Pick-up.

»Mir auch«, sagt er, während er den Rückwärtsgang einlegt. »Bis bald, Anna.«

Ich sehe ihm nach, wie er davonfährt, und gehe dann zur Haustür. Nach einem raschen Klopfen öffne ich die Tür und trete ein. »Tante Morgan?«, rufe ich in das dunkle Haus.

»Arbeitszimmer!«, schreit sie.

In ihrem Arbeitszimmer herrscht Unordnung. Kartons stehen an einer Zimmerseite verstreut herum, und der gewaltige Schreibtisch, auf dem sie gewöhnlich ihren Papierkram erledigt, ist mit hohen Bücherstapeln bedeckt. »Wow«, sage ich, »ist dein Arbeitszimmer in die Luft geflogen?«

Mit einem Ächzen steht sie hinter dem Schreibtisch vom Boden auf. »Entschuldige die Unordnung.«

»Was ist passiert?« Tante Morgan ist unglaublich ordentlich. Ihr

Haus sieht aus, als sollte in einer Lifestyle-Zeitschrift darüber berichtet werden. Ich habe noch so gut wie nie schmutziges Geschirr in der Spüle zu Gesicht bekommen, geschweige denn ein solches Chaos.

»Ach, weißt du«, sie fährt mit den Armen durch die Luft, »ich dachte, es wäre an der Zeit, das Zimmer zu streichen.«

»Und dazu war erst einmal ein Erdbeben nötig?«

Sie nimmt einen Stapel Mützen von ihrem Bürostuhl und lässt sich auf den Stuhl plumpsen. Vor zwei Jahren hat Tante Morgan entschieden, dass Krankenschwester zu sein nicht zeitintensiv genug ist, also betreibt sie seitdem ein Kleingewerbe und verkauft gehäkelte Mützen und Schals übers Internet.

»Nein. Ich musste die Regale leer räumen, um sie streichen zu können, und ich dachte mir, solange ich das ganze Zeug unten habe, kann ich es ebenso gut durchgehen und schauen, ob ich etwas nicht mehr brauche.«

»Lass mich raten«, sage ich. »Du hast angefangen, all deine Bücher durchzublättern, und hast im Grunde nichts hinbekommen?«

»Tja, nein.«

»Wann ist deine nächste Schicht?«

»In zwei Tagen.«

Papiere liegen auf einem Bücherstapel. Ich greife danach und gehe die Blätter durch – zu verschickende Bestellungen. »Weißt du was«, sage ich, »ich rufe bei Rosa's an und bestelle Pizza. Erst helfe ich dir, deine Bestellungen zu verschicken, dann können wir gemeinsam streichen. Es gibt einiges zu erzählen.«

In dem Sommer, als Mom und Dad mit Storm im Krankenhaus waren, besuchte Tante Morgan die Krankenschwesternschule. Sie wohnte in einem miesen Apartment auf der anderen Seite der Stadt, und das tägliche Pendeln zu ihren Kursen war furchtbar. Als Mom sie also bat, bei uns einzuziehen und auf mich aufzupassen, stürzte sie sich auf die Chance.

Tante Morgan den Sommer über dort zu haben war unglaublich. Sie war schon immer meine Lieblingstante gewesen, die sich meine Geschichten anhörte und die albernen Spiele mitspielte, die ich mir ausdachte. In dem Sommer ließ sie mich bei sich im Bett schlafen und überraschte mich in der Schule mit McDonald's zum Mittagessen – was Mom und Dad nie getan hätten.

Seit dem Jahr ist Tante Morgan meine »Ansprechpartnerin« – diejenige, zu der ich gehe, wenn die Dinge schlecht laufen oder wenn ich eine schwierige Entscheidung zu treffen habe. Nachdem sich mein erster Freund von mir getrennt hatte, hielt sie mich, während ich mich ausweinte, besorgte mir dann einen Becher Häagen-Dazs und blieb bis spät auf, um sich mit mir *Wie ein einziger Tag* anzusehen, obwohl sie am nächsten Tag eine Zwölf-Stunden-Schicht hatte. Als Jovani und ich zum ersten Mal miteinander schliefen, ging ich zu ihr, und sie hörte mir unvoreingenommen zu und brachte mich dann zwecks Empfängnisverhütung zur Ärztin.

Jetzt sitzen wir ans Sofa gelehnt auf dem Wohnzimmerboden und essen Pizza. Tante Morgan hat eine sehr strenge Kein-Essen-im-Wohnzimmer-Regel, es sei denn, ich brauche ein Gespräch unter Frauen. Als ich also die Pizza bezahlt und sie direkt hier hineingetragen habe, wusste sie, dass es sich um etwas Ernstes handelte. Wir nahmen uns je ein Stück, und ich berichtete ihr von der Liste: wie ich sie gefunden und Cameron davon erzählt hatte, das Klippenspringen, alles.

»Aha«, sagt sie und wischt die Finger an einer zerknitterten Serviette ab. »Und wo liegt das Problem?«

»Es ist eigentlich keine große Sache«, sage ich beiläufig.

»*Banana,* wir essen besser nicht auf meinem Wohnzimmerläufer, wenn es keine große Sache ist.«

Seufzend ziehe ich mir die Haare über die Schulter und flechte sie zu einem lockeren Zopf. »Es ist nur … Ich kann die Liste nicht durchziehen.«

»Wieso nicht?«

Ich strecke die Hand nach einem Pizzastück aus. »Hast du gewusst, dass Mom und Dad mir kein Auto mehr besorgen? Und den Chevrolet wollen sie verkaufen.«

»Nein … Das wusste ich nicht. Aber …«

»Wie soll ich ohne Auto einen Road Trip machen? Die Hälfte der Sachen auf der Liste sind hier in der Stadt nicht möglich.«

Tante Morgan steht auf. »Möchtest du noch etwas Root Beer?« Ich schüttele den Kopf, und sie geht in die Küche. Nachdem sie sich ein Glas eingeschenkt hat, kehrt sie zurück. »Hast du ihnen von Storms Liste erzählt?«

»Nein.«

»Warum nicht?« Sie lässt sich hinter mir aufs Sofa fallen und fängt an, meinen unordentlichen Zopf zu lösen. Tante Morgan liebt es, an meinen Haaren herumzuspielen, eigentlich an jedermanns Haaren. Manchmal frage ich mich, ob es sie glücklicher gemacht hätte, Kosmetikerin zu werden anstatt Krankenschwester.

»Keine Ahnung.« Ich seufze. »Es ist bloß, dass sie so traurig sind, weißt du? Ich habe das Gefühl, in ihrer Gegenwart nicht über Storm sprechen zu können. Als würden sie zerbrechen.«

»Vielleicht würden sie dich überraschen.«

»Vielleicht.«

Wir sitzen schweigend zusammen, ihre Finger in meinen Haaren, eine halb aufgegessene Pizza in der offenen Schachtel auf dem Boden. Ein alter Pick-up fährt vorüber und pustet Rauch aus dem Auspuffrohr. Auf der gewaltigen Eiche vor dem Haus spielen zwei Eichhörnchen Fangen und umkreisen den Stamm in unfassbarer Geschwindigkeit.

»Hey, *Banana?*«

»Hmm?«

»Hast du dir mal überlegt, dass du vielleicht …« Sie dreht meine Haare an meinem Hinterkopf zu einer komplizierten Frisur, lässt sie fallen und fängt erneut an, sie einzudrehen. Alles, ohne ein weiteres Wort von sich zu geben.

»Vielleicht was?«

»Vielleicht solltest du die Liste sein lassen?«

Ich wirbele zu ihr herum. Meine Haare ziehen an meiner Kopfhaut, bis Tante Morgan es bemerkt und loslässt. »Was? Wieso denn?«

»Ich finde, dass es eine echt gute Sache ist, die du da vorhast. Bloß … Vielleicht solltest du stattdessen deine eigenen Abenteuer erleben.«

Ungläubig schüttele ich den Kopf. »Das hier *wären* meine eigenen Abenteuer.«

»Oh, ich weiß, aber so richtig dann doch nicht. Das hier war Storms Ding, nicht deins.«

»Früher war es das Ding von uns beiden«, sage ich. »Weißt du noch? Wir haben das gemeinsam gemacht. Jeden Sommer.«

Tante Morgan betrachtet mich mit dieser Mitleidsmiene, die ich so oft zu sehen bekomme und so sehr verabscheue. Die ich noch niemals *an ihr* gesehen habe. »Süße«, sagt sie, und ich hasse ihren herablassenden Tonfall, »ihr habt schon seit Jahren keine dieser Listen mehr gemacht.«

»Ich hatte viel um die Ohren.«

»Ich weiß, ich weiß. Aber …« Sie zögert, und mir ist klar, dass sie abwägt, was schlimmere Konsequenzen haben wird: mir die Wahrheit zu sagen oder das Thema fallen zu lassen. »Hast du dir je überlegt, dass das vielleicht nicht der Grund gewesen ist?«

»Was meinst du?«

»Als du an die Highschool gekommen bist, hast du dir solche Mühe gegeben, dein eigenes Ding zu machen.«

»Und?«

»Vielleicht hat deine Schwester aufgehört, dir diese Listen zu geben, damit du das weiterhin tun konntest – dein eigenes Leben haben.«

Alles verschwimmt vor meinen Augen. »So will ich mein eigenes Leben nicht! Ich will, was wir hatten. Warum musste sie gehen?« Jetzt weine ich richtig.

Tante Morgan rutscht von der Sofakante und schlingt die Arme um mich. Ich schmiege mich an ihren weichen Körper, passe perfekt in ihre Umarmung, als wären ihre Arme vorgeformt von den ganzen anderen Gelegenheiten, als sie mich so gehalten hat. Sie streichelt meine Haare und reibt meine Schultern. Küsst mich auf den Kopf.

»Ich wollte dich nicht aus der Fassung bringen«, flüstert sie. »Es tut mir leid.«

Ich zucke die Schultern.

»*Banana?* Ich möchte, dass du es dir ernsthaft durch den Kopf gehen lässt, okay? Vielleicht ist es am besten, die Sache einfach zu lassen. Du solltest deine eigenen Abenteuer haben.«

»Nein«, sage ich sofort. »Ich mache es. Mir wird schon ein Weg einfallen. Diese Liste wird mir den besten Sommer verschaffen, den ich haben kann, Ehrenwort.«

Sie zieht mich noch enger an sich. »Das hoffe ich.«

KAPITEL 13

Sobald sich am nächsten Morgen etwas in der Küche regt, gehe ich nach unten. Mom und Dad waren noch immer nicht zurück, als Tante Morgan mich gestern Abend zu Hause abgesetzt hat. Und als sie endlich heimkamen, sind sie direkt auf ihr Zimmer gegangen, ohne ein Wort mit mir zu wechseln. Ich kann mich nicht erinnern, meine Eltern jemals so wütend erlebt zu haben, dass sie noch nicht einmal mit mir reden wollten.

In der Küche begrüßt mich Kaffeegeruch. Mom hat mir den Rücken zugekehrt, während sie Obst in eine Schüssel schneidet. Sie trägt ihren Bademantel, den dunkelvioletten, den Storm und ich ihr letztes Jahr zu Weihnachten gekauft haben. Ich beobachte sie eine Minute lang und lasse ihre vertrauten Bewegungen auf mich wirken, während sie das gleiche Frühstück zubereitet, das sie schon immer gegessen hat, so weit meine Erinnerung reicht.

Ich räuspere mich. Mom versteift sich, ohne meine Anwesenheit sonst irgendwie zu quittieren. »Mom?«, frage ich.

»Ja?« Sie dreht sich nicht um, sondern fährt nur mit der Frühstückszubereitung fort.

Ich trete einen Schritt näher. »Können wir reden? Es tut mir wirklich leid wegen …«

Sie dreht sich um, Schüssel in der Hand, sieht mich aber nicht ganz an. »Es ist gut, Anna. Ich habe viel zu arbeiten, also …« Mom eilt aus dem Zimmer, ohne sich noch einmal umzudrehen.

Ich schenke mir eine Tasse Kaffee ein und setze mich an den Tisch. Das hier ist schlimm. Nach dem Unfall, als Mom wie ein Zombie durchs Haus gewandelt ist, haben wir tagelang nicht miteinander geredet. Aber das hier ist etwas anderes. Damals war sie von Trauer überwältigt, jetzt will sie einfach nicht mit mir reden. Mit mir im selben Zimmer sein.

Die Dielenbretter hinter mir knarzen, und ich drehe mich in der Erwartung um, Mom zu erblicken. Stattdessen steht Dad im Türrahmen, schon in Kakihose und Button-down-Hemd für die Arbeit.

Er betrachtet meine volle Tasse Kaffee und sieht dann den Flur hinunter, in die Richtung, in die Mom gegangen ist. »Willst du frühstücken gehen, Kleine?«

Wir gehen ins Marilyn's, ein winziges Restaurant ein paar Häuser von Dads Büro entfernt. Nachdem wir uns für eine Sitzecke hinten entschieden haben, bestellen wir das Übliche – Steak und Spiegeleier für Dad und eine Waffel mit Erdbeeren für mich.

Nachdem die Bedienung weg ist, trinkt Dad langsam von seinem Orangensaft. »Was war gestern los?«, fragt er.

Obwohl ich wusste, dass es kommen würde, bringt mich seine Frage irgendwie aus dem Konzept. Ich zögere eine Minute, drehe meine Strohhalmverpackung zu einem kleinen Wurm ein und lasse dann Wasser darauf tropfen, wie Storm es mir in unserer Kindheit beigebracht hat.

Schließlich sage ich: »Erinnerst du dich noch an die Listen, die Storm früher jeden Sommer gemacht hat?« Er nickt. »Sie hat eine für diesen Sommer verfasst.«

Dads Augenbrauen schießen in die Höhe, und er beugt sich über den Tisch, näher zu mir.

»Ich habe sie vorgestern Nacht in ihrem Zimmer gefunden. Wenn du willst, kann ich sie dir zeigen, wenn wir nach Hause kommen.«

Er nickt und starrt den Tisch zwischen uns an. »Gern.«

Unser Essen kommt, aber keiner von uns beiden rührt es an. Nach ein paar Momenten angespannten Schweigens sage ich: »Es tut mir leid, wie ich mich gestern benommen habe. Was ich gesagt habe.«

»Danke«, erwidert er mit einem müden Lächeln. »Woher kam dieser Wutausbruch, Anna?«

Ich zucke die Schultern und spieße eine Erdbeere mit der Gabel auf, ohne sie jedoch an den Mund zu führen. »Es ist nur … Ich möchte ihre Liste machen«, sage ich. »Ich und Cameron. Wir wollen sie zusammen ausführen, wie wir es früher als Kinder gemacht haben.«

»Okay?« Dad stochert in seinem Essen herum. Die Bedienung kommt vorbei und beäugt unsere Teller. Sie sieht aus, als werde sie gleich fragen, ob alles in Ordnung sei, und Dad schenkt ihr ein angespanntes Lächeln und nickt kurz. Sie geht weiter.

Ich weiß nicht recht, wie ich ihm sagen soll, was ich zu sagen habe, also beschließe ich, einfach loszulegen. »Als ihr beiden mir erzählt habt, dass ihr ihr Auto verkauft und dass ihr nicht wollt, dass ich Auto fahre, bin ich – bin ich ausgerastet. So viel von der Liste …« Ich seufze. »Da stehen Dinge wie der Besuch eines Leuchtturms und dieses Dive-in-Kino in North Carolina, das sie besuchen wollte. Und ich kann es nicht tun, wenn du und Mom, wenn ihr mich die ganze Zeit so nah bei euch haben wollt und wenn ich kein Auto habe.«

»Süße«, sagt Dad. Er schiebt den Teller von sich. »Deine Mom macht sich bloß … *Wir* machen uns Sorgen. Das ist alles. Kannst du das nachvollziehen?«

Ich nicke. »Ja, wirklich. Aber ich bin nicht sie, Dad.«

»Das wissen wir.«

»Tut ihr das?« Meine Frage ist lauter als beabsichtigt, und der Mann auf der anderen Seite des Gangs wirft mir einen scharfen Blick zu. Ich senke die Stimme. »Tut ihr das wirklich? Denn es fühlt sich an, als könnte ich nicht mehr ich selbst sein und die Dinge machen, die ich machen will.«

Mit einem Seufzen lehnt sich Dad auf seiner Sitzbank zurück, die Arme vor der Brust verschränkt. »Was willst du, Anna?«

Was *will* ich? Die Frage überrumpelt mich, überrascht mich so, dass ich im ersten Moment nicht weiß, wie ich antworten soll. »Ich schätze mal«, setze ich an, »dass ich einfach nur in der Lage sein will, die Liste durchzuziehen.«

»Okay …«, sagt Dad. Er hat seine nachdenkliche Miene aufgesetzt, was mir Mut macht. Abwartend beuge ich mich vor.

Nach einer gefühlten Ewigkeit fährt er fort: »Deine Mom darf nichts erfahren.«

»*Was?*«, rufe ich. Der Mann am anderen Tisch blickt wieder wütend drein.

»Beruhige dich«, sagt Dad. Leise spricht er weiter: »Im Moment ist sie echt durch den Wind, Anna. Ich verstehe, was du da sagst, und ich möchte dich unterstützen. Aber deine Mom macht im Moment eine schwierige Zeit durch.«

»Das weiß ich. Aber glaubst du wirklich, wir sollten ihr nicht …«

»Ich rede mit ihr«, unterbricht mich Dad. Schließlich isst er einen Bissen Ei. Ich folge seinem Beispiel mit meiner Waffel. Sie ist mittlerweile kalt, aber immer noch köstlich. »Wir kriegen das hin, Süße, versprochen. Du musst es nur – mir überlassen, okay?«

»Okay«, flüstere ich. Ich weiß nicht, was ihm vorschwebt, aber ich kenne meinen Dad. Als ich noch ein Kind war, hat er mich vor den Monstern unter dem Bett beschützt. Er kümmerte sich um Kratzer und blaue Flecken, wenn unsere Abenteuer außer Kontrolle gerieten. Er war immer da, der Fels in der Familienbrandung.

Wenn irgendwer das für mich hinbekommt, dann Dad.

JULI

KAPITEL 14

»Puh«, stöhne ich, als ich Tante Morgan die Tür aufmache. Sie sieht so müde aus, wie ich mich fühle.

»Sag deiner Mom nichts«, flüstert sie, bevor sie einen Riesenschluck Kaffee trinkt, »aber ich bin mir ziemlich sicher, dass Gott noch gar nicht wach ist.«

Ich lache. »Aber sie haben den ganzen Flug vor sich. Bis sie landen, ist er bestimmt aufgewacht.«

Meine Eltern kommen nach unten; sie sehen ekelhaft munter aus.

Tante Morgan zwinkert mir zu und geht zu Mom, die mit ihrem Handgepäck dasteht. »Tut mir leid, dass ich so knapp dran bin«, sagt Tante Morgan. »Seid ihr so weit?«

»Ja«, erwidert Mom. »Vielen Dank, dass du das machst, Morgan. Wir sind dir was schuldig.«

Tante Morgan winkt ab. »Mach dir keinen Kopf. Euer Haus ist viel schöner als meins. Wir werden schon klarkommen.«

Eine Woche nach meinem Frühstück mit Dad haben sich Mom und er mit mir zu einem Gespräch ins Wohnzimmer gesetzt. Die Dinge zwischen mir und Mom waren immer noch nicht ganz im Reinen, aber ich hatte mich erneut entschuldigt, und es wurde von Tag zu Tag besser.

An dem Morgen sahen sie nervös aus, als hätten sie schlechte Nachrichten für mich, aber ich wusste, dass ich damit fertigwerden würde, worum auch immer es sich handeln mochte. Die schlimmste Nachricht hatte ich schon vernommen, und ich hatte es überlebt.

»Schatz«, sagte Mom, »wir müssen dir etwas erzählen.«

Ich sah Dad an, und er schenkte mir ein Nicken und ein winziges Lächeln.

»Okay?«

Dads Lächeln verbreiterte sich. »Pastor Willitz kennt einen Mann, der Freizeiten für gläubige Menschen veranstaltet, und er führt eine durch, die nur für Paare wie uns ist.«

»Paare wie euch?«

Mom räusperte sich und senkte den Blick auf ihren Schoß. »Paare, die ein Kind verloren haben. Es ist eine besondere Freizeit mit Rednern und Übungen, die uns helfen sollen, mit unserer Trauer umzugehen.«

Ich fasste es nicht, dass Dad tatsächlich einen Weg gefunden hatte, wie die Sache mit mir und der Liste funktionieren würde. Am liebsten wäre ich durchs Zimmer gelaufen und hätte ihn umarmt. Doch ich hatte es versprochen – Mom durfte nicht Bescheid wissen. Stattdessen zwang ich mich, ruhig zu bleiben, während ich mich nach den Einzelheiten erkundigte. »Wo?«

»Die Gruppe vermietet eine Hütte an einem See in Montana«, erwiderte sie. Sofort fügte sie hinzu: »Wir müssen da nicht hin, Schatz, wenn es zu viel ist. Ich weiß, dass du auch eine schwierige Zeit durchmachst, und …«

»Es ist schon okay.« Ich versuchte, nicht so zu klingen, als wäre es *allzu* okay. »Ich verstehe es. Wie lange werdet ihr weg sein?«

»Drei Wochen«, antwortete Dad, und ich überschlug es rasch im Kopf. Wenn wir uns beeilten, würden drei Wochen reichen. Sobald wir das Gespräch beendet hatten – und sowohl Dad wie auch ich Mom etwa ein Dutzend Mal versichert hatten, dass es *wirklich* okay wäre, wenn ich die Zeit mit Tante Morgan verbrächte –, lief ich nach nebenan zu Cameron, und wir fingen an zu planen.

Jetzt helfe ich meinen Eltern, ihre Koffer hinten in Moms Geländewagen zu räumen, und klettere auf die Rückbank. Die Zeit ist gekommen, ich muss mich von meinen Eltern verabschieden. Aber dann kann ich den größten Sommer meines Lebens begrüßen.

»Bäh, ich kann nicht.« Ich starre den Teller voll Rührei an, den Tante Morgan mir nach unserer Rückkehr vom Flughafen hinschiebt. »Ich bin zu nervös.«

»Du musst etwas essen«, sagt sie.

»Im Ernst, ich glaube, ich muss kotzen, wenn ich das esse.«

»Hey, danke.« Sie spießt ein Stück Rührei mit der Gabel auf und schiebt es sich in den Mund.

»Du weißt, was ich meine. Ich habe einfach keinen Hunger.«

»Wie du meinst.« Sie greift nach meinem Teller und lässt sich mir gegenüber nieder. Während sie das Rührei auf eine Scheibe Toast häuft, fragt sie: »Wann fahrt ihr los?«

Ich zucke mit den Schultern. »Eigentlich weiß ich es nicht. Cam musste heute Morgen ein paar Dinge erledigen, während wir am Flughafen waren, aber er hat gesagt, er würde anschließend rüberkommen. Ich habe keine Ahnung, wann.«

Just in dem Moment, als hätte er uns gehört, ertönt an der Haustür ein Klopfen, gefolgt von Camerons Stimme. »Hey, jemand zu Hause? Alle angezogen?«

»Küche!«, rufe ich, und im nächsten Moment kommt er durch die Esszimmertür. Er trägt Kakishorts und ein verblasstes T-Shirt.

»Hey«, sage ich matt.

»Selber hey. Bist du so weit?«

Ich erhebe mich mit einem Nicken. Dann wende ich mich an Tante Morgan. »Nochmals danke. Ich rufe dich an.«

»Hey, Cameron«, sagt Tante Morgan, »warum machst du nicht den Wagen fertig? Anna kommt in einer Minute raus.«

»Sicher, kein Problem.« Er macht sich auf den Weg zurück zur Diele. »Nur der Koffer und Rucksack, Anna?«

»Yep.« Sobald er fort ist, frage ich Tante Morgan: »Was ist los?«

»Du weißt, dass ich dich lieb habe …«

»Und ich dich.« Ich bin mir nicht sicher, ob mir die Richtung gefällt, in die das Gepräch verläuft.

»Ich will, dass du echt sicher bist, dass du das hier willst.«

»Bin ich.«

Sie nickt. »Okay. Ich finde, du musst deinen eigenen Platz in der Welt finden, und wenn das mithilfe dieser Reise geschieht, werde ich dich nicht aufhalten.«

Ich gehe um den Tisch herum und umarme sie von hinten. »Ich werde dich vermissen.«

Sie greift nach meiner Hand, als ich Anstalten mache zu gehen. »Warte.« Sie eilt in ihr Schlafzimmer.

Sie kommt mit einer Ledertasche zurück. Die Tasche sieht abgewetzt und benutzt aus, so wie eine gute Ledertasche aussehen muss. Sie reicht mir die Tasche, und ich sehe Tante Morgan fragend an. Sie nickt mir aufmunternd zu.

Aus dem Innern starrt mir eine Kamera entgegen. Oben ist Nikon eingeprägt, und das Objektiv ist riesengroß. In einem separaten Fach sehe ich ein anderes, etwas kleineres Objektiv. »Was ist das?«, frage ich.

»Eine Kamera.«

»Okay, das ist mir klar, aber …«

»Nimm sie mit.« Sie macht die Kameratasche zu und hängt mir den Riemen über die Schulter. »Fotografiere alles.«

»Danke«, sage ich, »aber wir haben doch Storms alte Polaroidkamera. Und unsere Handys.«

Sie lacht. »Der Film kostet drei Dollar pro Aufnahme. Spar dir die für die besonderen Bilder auf.«

Ich umarme sie wieder, drücke das Gesicht in ihr Haar und atme tief ein. »Du bist die Beste, Tante Morgan.«

»Vergiss das nur nicht. Ich hab dich lieb, *Banana*.«

»Ich hab dich auch lieb.«

Cameron lehnt unter der Motorhaube des Chevrolets und bastelt am Motor herum. Sein T-Shirt ist fünf Zentimeter über seine Jeans gerutscht, und der Streifen blasse Haut, den ich sehen kann, versetzt mich wieder in den Rausch, den ich empfunden habe, als ich mit Cameron von der Klippe gesprungen bin. Den Rausch von mehr Mut. Ich hole den Fotoapparat aus der Tasche und spiele daran herum. Ich habe keine Ahnung, was ich tue, aber ich hebe die Kamera ans Auge und richte sie auf Cameron.

Die Blende ist viel lauter, als ich gedacht hätte, und er wendet mir den Kopf zu. Er richtet sich auf und dreht sich zu mir um, ein Lächeln im Gesicht. Während er die Motorhaube schließt, erkundigt er sich: »Bist du so weit?«

Ich nicke.

KAPITEL 15

»Wohin?« Cameron erweckt den Wagen zum Leben und lässt den Motor ein paarmal aufheulen. Dann dreht er sich zu mir.

»Ich … Ich weiß es nicht. Ans Meer?«

Er lacht so heftig, dass er prusten muss. »Du hast überhaupt keinen Plan, oder?«

Mein Lächeln ist so breit, dass ich bestimmt geistesgestört aussehe. »Aufbrechen, die Liste durcharbeiten. Das ist der ganze Plan. Solange wir es nach Wilmington und Carolina Beach schaffen, können wir uns den Rest unterwegs überlegen.«

»Okay.« Er legt den Rückwärtsgang ein, und wir rollen die Einfahrt hinunter. »Ans Meer.«

Wir machen uns auf den Weg zum Interstate Highway, und ich mache es mir in meinen Sitz bequem, die Füße auf dem Armaturenbrett. Cameron fährt direkt an der Einfahrtsrampe vorbei.

»Wohin fahren wir?«

»Wirst schon sehen«, antwortet er.

Nach einer Minute biegt er in östlicher Richtung auf den winzigen State Highway, den zweifellos nie jemand benutzt.

»Gibt es einen bestimmten Grund, warum wir hier lang fahren?«, erkundige ich mich.

»Sogar ein paar. Erstens ist es ein viel besseres Abenteuer, als genau die gleiche Route zu nehmen, die jeder andere in Iowa nehmen würde.« Da muss ich ihm recht geben. »Zweitens ist das Tempolimit niedriger. Während wir also nicht ganz so schnell vorankommen, können wir«, er kurbelt das Fahrerfenster hinunter, »etwas frische Luft genießen. Und drittens würdest du nie einwilligen, das hier auf dem Interstate zu machen.«

»Was zu machen?«

Der Wagen fährt jetzt langsamer, und Cameron schaltet den Blinker ein. Wir fahren an den Straßenrand. »Das«, sagt er und schiebt sich aus dem Auto.

»Wohin willst du?«, rufe ich durch das offene Fenster.

Er geht vorn um den Wagen und öffnet meine Tür. »Rutsch rüber«, sagt er. »Du fährst.«

»Sehr witzig. Ich habe keine Ahnung, wie man mit Gangschaltung fährt.«

»Ich weiß. Jetzt rutsch rüber.«

Ich starre ihn an. »Du meinst es ernst.«

»Ja.« Er schiebt mich über den Schaltknüppel auf den Fahrersitz. »Bereit?«, fragt er.

»Nein.«

»Gut. Wie viel weißt du über dieses Auto?«

»Dass Storm es mehr oder weniger über alles geliebt hat und dass sie mich mein restliches Leben lang heimsuchen wird, wenn der Motor wegen mir in die Luft fliegt?«

Cameron starrt mich ausdruckslos an, und ich erbleiche angesichts meines eigenen schlechten Witzes. Kopfschüttelnd greife ich nach dem Schaltknüppel. »Tut mir leid.«

»Tja, du weißt schon, wie man fährt, also erkläre ich dir die Sachen, die anders als bei einem Automatikwagen sind. Zum einen fährt das hier bei Weitem nicht so reibungslos, wie es dein Auto getan hat, also krieg keine Krise, wenn der Wagen ein bisschen Schluckauf bekommt.«

»Schon kapiert. Schluckauf, kein Thema.«

»Das kleine Pedal links von der Bremse ist die Kupplung …«

»Ich weiß, was die Kupplung ist«, versetze ich ein bisschen schnippisch.

Er hält die Hände in gespielter Kapitulation hoch. »Na schön, überspringen wir den Anfang. Tritt auf die Kupplung, und leg den ersten Gang ein.«

»Welcher ist der erste?«

Camerion zeigt auf eine winzige schematische Darstellung oben auf dem Schaltknüppel. »Oben links«, sagt er.

Ich schiebe den Knüppel in den ersten Gang. Er gleitet mit einem befriedigenden *Klonk* an seinen Platz.

»Jetzt tritt ein bisschen aufs Gas.« Ich tue es, und der Motor knurrt mich an. »Gut. Hörst du das? Es ist okay. Mach dir keine Sorgen darum, den Motor zu sehr hochzujagen, okay?«

»Ähm, okay?«

Mit einem leisen Lachen sagt er: »Storm hatte solche Angst, den Motor zu sehr hochzujagen, dass sie ihn immer wieder abgewürgt hat, weil sie nicht genug Saft drauf hatte, wenn sie die Kupplung losließ.«

»Das weiß ich noch«, sage ich. »Es war Dads Schuld. Weißt du noch, wie er ihr im Audi beigebracht hat, mit Gangschaltung zu fahren? Ich bin einmal mit dabei gewesen, und es war furchtbar.«

»Ich wette, wenn er zugelassen hätte, dass sie den Motor ein bisschen aufheulen lässt, hätte sie nicht zwei Monate gebraucht, um zu lernen, ihren Wagen zu fahren.«

»Du lieber Himmel, ich habe vergessen, wie lange sie dich überhallhin hat fahren lassen! Ich fasse es noch immer nicht, dass sie darauf bestanden hat, dieses Auto zu kaufen, obwohl sie keine Ahnung hatte, wie man damit fährt.«

»Das war deine Schwester. Sobald sie dieses Prachtstück einmal gesehen hatte, musste sie es haben.«

»Ja.« Ich lächle.

»Na schön, Zeit loszufahren«, sagt Cameron. »Diesmal möchte ich, dass du den Motor ein bisschen aufheulen lässt und dann langsam von der Kupplung gehst.«

Ich mache, was er sagt. Das Auto rumpelt unter mir, und ich hebe kaum merklich den linken Fuß vom Boden.

»Vielleicht nicht so langsam«, sagt er, »oder wir sitzen hier den ganzen Tag rum.«

Mein Fuß bewegt sich schneller. Das Auto macht einen Satz nach vorn, erschaudert zweimal und bleibt stehen. »Mist.«

Cameron lacht. »Es ist schon gut. Wirf sie einfach an, und versuch's noch mal.«

»Wieso bestehen Jungs eigentlich darauf, dass Autos weiblich sind?«

»Schau mich nicht an«, erwidert er. »Deine Schwester war diejenige, die sie Beatrice genannt hat.«

»Oh, alles klar.« Ich drehe den Zündschlüssel, aber nichts passiert. *Kupplung,* formt Cameron mit den Lippen, und ich drücke den Fuß auf den Boden. Diesmal erwacht Beatrice wieder brüllend zum Leben. Ich versuche es wieder. Und wieder. Beim vierten Mal macht der Wagen einen Satz, aber statt zu verrecken, rollt er weiter vorwärts. Ich drehe am Lenkrad und lenke uns behutsam auf den Highway. Wir fahren.

Nach ein paar Sekunden brüllt der Motor. »Du musst schalten!«, ruft Cameron über den Lärm.

»Wie?«

»Tritt auf die Kupplung.« Ich tue es. »Und leg den Schaltknüppel in den zweiten Gang. Dann von der Kupplung gehen.«

Das Auto springt, während ich schalte, aber es fährt weiter. Ich lache, fühle mich leicht und voller Leben. Cameron dirigiert mich durch die Gänge, bis wir den Highway entlangflitzen, in meinem Haar der Wind und ein Lächeln auf meinem Gesicht.

Drei Stunden später sehe ich ein winziges Café am Straßenrand, also fahre ich langsamer und biege in den Parkplatz ein.

»Ich bin am Verhungern«, sage ich, während ich uns in eine Lücke lenke. Das Auto bebt, und ich trete auf die Bremse. Der Motor säuft ab. »Na, das ging ja prima«, sage ich.

»Schalte den Wagen einfach nächstes Mal vor dem Anhalten in den Leerlauf. Das ist genau in der Mitte der Gänge, wo der Knüppel lose ist«, erklärt Cameron.

»Schon kapiert. Lass uns was essen.«

Das Café ist winzig – nur vier Tische und eine kurze Theke mit einem Kuchen und einer Handvoll Kekse darauf. Eine Glocke läutet, als wir durch die Tür gehen.

»Ich bin gleich da!«, ruft eine kleine Frau aus der Küche. »Setzt euch einfach irgendwohin.«

»Ich weiß nicht, ob wir einen Platz finden«, flüstert Cameron. »Vielleicht sollten wir Boo Radley dort drüben fragen.«

Der alte Mann am Ecktisch wirft uns einen wütenden Blick zu. Ich stupse Cameron an, um ihn zum Schweigen zu bringen, bevor ich uns zu dem Tisch gleich neben der Tür führe.

Die Frau kommt her und stellt zwei Gläser Wasser vor uns hin. Ich trinke einen Schluck und versuche, nicht das Gesicht zu verziehen. Das Wasser ist warm. »Was kann ich euch bringen?«, fragt sie und kratzt sich mit einem Bleistift tief in ihrem gekräuselten grauen Haar.

»Ähm, können wir einen Blick auf die Speisekarte werfen?«, fragt Cameron.

»Hab ich nich'.«

»Okay. Dann also ein Putensandwich?«

»Pute ist aus.«

Cameron sieht mich an. Sein Mund zittert vor unterdrücktem Gelächter. Ich verberge mein eigenes Grinsen, indem ich den Blick senke und noch einen Schluck von dem grässlichen Wasser trinke.

»Was haben Sie denn Gutes?«, versucht es Cameron.

»Es ist alles gut und heiß. Such einfach was aus.«

»Wissen Sie, was«, sagt Cameron und schenkt ihr ein bebendes Lächeln, die Wangen knallrot. Ich verwandele ein Lachen in Husten. »Warum überraschen Sie mich nicht?«

»Wie du willst«, sagt die Frau und wendet sich mir zu. »Und du?«

»Ich nehme einfach, ähm, was auch immer Sie ihm bringen.«

Sie steckt den Bleistift in ihren Haarknoten und geht, ohne noch ein Wort zu verlieren, zur Küche zurück. Ich beuge mich über den Tisch. »Wenn ich heute Hund esse, gebe ich dir die Schuld.«

»Du hast den Laden ausgesucht.«

»Ja, ja.«

Wir sitzen ein paar Minuten lang da und nippen an unserem Wasser, bis die Frau mit zwei Tellern zurückkommt. Sie knallt sie auf den Tisch und marschiert in die Küche zurück. Es ist irgendein Sandwich – vielleicht *Pulled Pork?* – mit Krautsalat und einer großzügigen Portion Barbecue-Soße. Neben dem Sandwich befindet sich ein Haufen von – etwas.

»Was ist das?«, frage ich und hebe ein Teil auf. Es hängt labbrig zwischen meinen Fingern.

»Ich glaube, es sind …« Cameron nimmt eines und beißt vorsichtig davon ab. »Ja. Gebratene Gewürzgurken.«

Ich beäuge das panierte Ding in meiner Hand, und mir fällt ein leicht grüner Farbton auf, der hindurchschimmert.

»Sie sind ziemlich gut«, sagt er. »Probier eine.«

Er hat recht. Ja, das ganze Essen ist köstlich. Wir essen in Rekordzeit und warten dann darauf, dass die Frau an den Tisch zurückkommt.

Zwanzig Minuten später lässt sie sich immer noch nicht blicken. Cameron geht an die Theke und lehnt sich darüber, um in die Küche zu spähen. »Hallo?«, ruft er.

Nichts. Er versucht es erneut.

»Wahrscheinlich ist sie nach Hause gelaufen«, sagt Boo von seinem Platz aus. »Lasst einfach Geld auf dem Tisch.«

Wir wechseln einen Blick, dann sagt Cameron: »Wir wissen nicht, wie viel wir schuldig sind.«

»Is' egal. Lasst einfach so viel da, wie ihr wollt.«

Mit einem Schulterzucken zückt Cameron seine Brieftasche, aber ich winke ab. »Das geht auf mich.« Ich lasse einen Zwanzigdollarschein auf den Tisch fallen.

»Du musst nicht …«

»Das hier ist meine Reise. Ich zahle.«

Cameron lässt die Brieftasche wieder in seine Shorts gleiten. »Du kannst für dieses Mittagessen bezahlen«, sagt er, »aber das hier ist *unsere* Reise, also wird das nicht jedes Mal funktionieren.«

»Okay«, sage ich, und wir gehen zum Wagen zurück. Ich werfe Cameron die Schlüssel zu und klettere auf den Beifahrersitz.

»Bist du sicher, dass du nicht weiterfahren willst? Du hast es gut hingekriegt.«

»Ich bin müde«, erwidere ich mit einem Kopfschütteln. »Weck mich einfach, wenn du abgelöst werden willst, okay?«

Er nickt, und wir fahren wieder auf den Highway. Noch bevor das Café aus dem Rückspiegel verschwunden ist, bin ich eingeschlafen.

KAPITEL 16

Ich wache auf, als das Auto langsam stehen bleibt. Regen trommelt gegen die Windschutzscheibe, und der Himmel draußen ist dunkel.

»Wo sind wir?« Mein Nacken ist steif, weil mein Hals während des Schlafens unnatürlich verrenkt war.

»Irgendeine Kleinstadt kurz hinter Cincinnati«, erwidert Cameron.

»Cincinnati?« Ich blinzele den Schlaf aus den Augen. »Wie lange habe ich gepennt?«

»Eine Weile.« Ich starre ihn an, und er zuckt die Schultern. »Eine lange Weile.«

Ein flackerndes Hotelschild scheint durch das Beifahrerfenster. ENDER HOUSE steht darauf, aber wenn ich die Augen zusammenkneife, ist zu erkennen, dass ein B durchgebrannt ist. Bender House.

»Äh, wie?«, frage ich. »Im Bates Motel? Sind wir hier bei *Psycho* oder was?«

»Irgendwo müssen wir übernachten«, sagt er. »Ich habe ein bisschen herumtelefoniert, als wir nach Cincinnati reingekommen sind. Alle Hotels sind wegen irgendeines großen Festivals belegt. Das hier war der erste Laden, in dem ich ein Zimmer für uns bekommen habe. Eigentlich würden wir weiterfahren, aber durch den Regen kann ich kaum etwas sehen.«

»Na gut.« Ich greife zur Rückbank, um mir meine Tasche zu schnappen. »Dann los.«

Das Motelfoyer ist in ungefähr so gutem Zustand wie das Schild draußen. Am Boden fehlen ein paar Fliesen, und nicht zusammenpassende Blümchensofas flankieren einen ramponierten Holztisch. Auf einem Sofa ruht sich ein müde aussehender Mann aus. Eine Latina mittleren Alters steht hinter dem Tresen.

»Hi«, sagt Cameron. »Ich habe vor ungefähr einer Stunde wegen eines Zimmers angerufen. Cameron Andrews?«

Sie tippt etwas in den Computer und blickt dann zu uns auf. »Ihr müsst euch ausweisen«, sagt sie mit starkem Akzent, »und ich brauche eine Kreditkarte.«

Cameron tritt vor mich, um meinen Zahlversuch abzublocken, und schiebt seinen Führerschein über den Empfangstisch. Die Frau greift danach und mustert ihn eingehend. »Tut mir leid«, sagt sie und lässt ihn zurück auf das Laminat des Tresens fallen, »aber ihr müsst einundzwanzig sein, um ein Zimmer anzumieten.«

»Im Ernst?« Cameron klingt verzweifelt.

»Im Ernst. Wenn also deine Freundin hier nicht alt genug ist, funktioniert das nicht.«

Cameron dreht sich zu mir, die Hände im Nacken, die Unterarme gegen seine Schläfen gedrückt. »Ich schätze mal, wir können versuchen weiterzufahren«, sagt er langsam.

»Ich bürge für sie«, ertönt eine barsche Stimme vom Sofa. Jetzt sitzt der Mann aufrecht da, klappt seine Brieftasche auf und zieht seinen Führerschein heraus.

»Ich weiß nicht …«, sagt die Frau.

Der Mann steht auf und schleudert seinen Führerschein auf den

Empfangstisch. »Kommen Sie schon«, sagt er, »ich bin alt genug. Ich bürge für sie.«

Widerwillig tippt die Frau die Daten des Mannes in den Computer, und Cameron und ich bedanken uns überschwänglich bei ihm. Er winkt ab und lässt sich wieder auf das abgewetzte Sofa plumpsen.

»Ihr seid in Zimmer acht.« Die Frau reicht Cameron einen riesigen Schlüssel über den Tisch. »Auschecken bis zehn.«

»Danke«, sagt er. Auf dem Weg nach draußen winken wir dem Mann zum Abschied freundlich zu.

Zimmer 8 befindet sich am Ende des Gebäudes um die Ecke, eine von nur zwei Türen an der Seite des kleinen Motels. Die Tür knarzt beim Öffnen, und bei unserem Eintreten schlägt uns ein muffiger Geruch entgegen. Ich huste. Als das Licht widerwillig flackernd angeht, nehmen wir das Zimmer in Augenschein.

Es gibt nur ein Bett, ein winziges Doppelbett, und kein anderes Mobiliar abgesehen von einem kleinen Tisch mit einem Fernseher darauf. Der Fernseher ist mindestens zwanzig Jahre alt, ein gewaltiger Kasten mit Hasenohren-Antenne, die in einem seltsamen Winkel nach hinten absteht. Als wir die Tür hinter uns schließen wollen, schlägt sie gegen den Rahmen und schwingt ins Zimmer zurück. Cameron schiebt die Tür zu, diesmal langsamer. Nichts. Er wackelt am Knauf herum, zieht daran, und rammt die Schulter gegen das Holz.

»Was ist los?«, frage ich.

»Sie schnappt nicht zu.« Wie zum Beweis lässt er die Tür los. Sie geht langsam auf.

»Bist du sicher?«

Cameron tritt beiseite und lässt es mich probieren, zwecklos. So sehr wir auch versuchen, sie gewaltsam zu schließen, die Tür will nicht einrasten. Während ich es ein letztes Mal vergeblich versuche, macht Cameron sich schließlich daran, den Fernsehtisch auf mich zuzuschieben.

»Das kann nicht dein Ernst sein«, sage ich.

»Sieh mal, ich bin müde, und du bist bei Weitem nicht gut genug mit dem Wagen, um nachts im Regen zu fahren. Lass uns einfach schlafen. Wir brechen früh auf.«

Ich spähe aus der Tür. Wenn das überhaupt möglich ist, regnet es jetzt noch heftiger als vor ein paar Minuten. Ich kann die Straße nicht erkennen. Er hat recht. »Na schön«, lenke ich ein.

Cameron geht ins Badezimmer. Ich lasse mich aufs Bett sinken und krame in meiner Tasche nach dem Handy. Es dauert eine Ewigkeit, bis es angeht, aber als es endlich so weit ist, treffen sofort etliche Benachrichtigungen ein. Acht verpasste Anrufe und neunzehn SMS. Ich ignoriere sie alle und spiele die einzige Voicemail-Nachricht ab.

»Was soll der Scheiß, Anna? Ich hab ewig vor dem Schwimmbad auf dich gewartet. Und was höre ich, als ich endlich reingehe? Du hast gestern gekündigt? Wann hattest du vor, mir das zu erzählen?« Piper schnaubt frustriert. »Wo bist du? Ruf an. Oder auch nicht. Ist mir egal.«

Seufzend lasse ich mich aufs Bett plumpsen. Ich hätte Piper und Jovani erzählen sollen, was ich vorhabe. Und ein Teil von mir wollte es auch. Aber die Listen waren nie ihr Ding. Sie gehörten Storm, Cameron und mir. Also habe ich nichts gesagt, habe einfach die Stadt verlassen, ohne meinen besten Freunden Bescheid zu geben, und habe versucht, nicht auf das schlechte Gewissen zu achten, das an mir nagt. Das Handy über mein Gesicht haltend tippe ich drei kurze Nachrichten. Die erste an Tante Morgan.

ICH: Hey, tut mir leid, dass es so spät ist. Haben Zimmer zum Übernachten gefunden. Ich rufe morgen an. Hab dich lieb!

Die nächste an Piper.

ICH: Tut mir leid. Lange Geschichte. Ich erzähl es dir bald, versprochen.

Und die letzte an Jovani.

ICH: Bist du genauso sauer auf mich wie Pip?

Dann schalte ich das Handy wieder aus, bevor einer von ihnen antworten kann.

Wir machen uns schnell bettfertig, putzen die Zähne und ziehen unsere Schlafanzüge an – ich Shorts und ein Tanktop, Cameron eine weite Trainingshose und ein einfaches weißes T-Shirt. Als ich aus dem Bad komme und mir über eine Schulter die Haare flechte, steht er verlegen neben dem Bett.

»Ähm«, sagt er nervös, »nimm du nur das Bett. Ich werde auf dem Boden schlafen.«

Ein Blick auf den schmuddeligen Teppich verrät mir, dass er wahrscheinlich noch nie gesaugt worden ist. Auf einmal bin ich sehr dankbar, dass ich immer noch Flipflops trage.

»Sei nicht dumm«, erwidere ich. »Der Teppich ist widerlich.« Ich ziehe die Decke zurück und schlüpfe ins Bett. Dabei gebe ich mein Bestes, nicht darüber nachzudenken, was in diesem Bett schon alles passiert ist. Ich klopfe auf den Platz neben mir. »Komm schon.«

»Bist du sicher?«

Ich nicke, und er schaltet das Licht aus. Das Bett ächzt, als er neben mir hineinsteigt und ein leises »Gute Nacht« murmelt.

Ich starre in die Dunkelheit. Er rollt sich auf eine Seite, dann auf die andere. Hustet leicht. Wir liegen hier seit vielleicht fünf Minuten, als er sich wieder auf den Rücken dreht. »Bist du wach?«

»Hellwach.«

»Kannst nicht schlafen?«

»Nö.«

»Ich auch nicht«, sagt er. »Was bescheuert ist, weil ich völlig erledigt bin.«

Da fällt mir etwas ein. »Wir könnten Wahrheit spielen«, schlage ich vor.

Sein Lachen hallt in dem kleinen Zimmer wider. »Mann, ich hätte niemals gedacht, dass ich das noch einmal spielen würde.«

»Gleichfalls«, gebe ich zu. Nicht, nachdem sie von uns gegangen ist.

»Also, Anna, Wahrheit oder Wahrheit?«

»Ich glaube, dann nehme ich Wahrheit.«

»Was genau läuft da zwischen dir und Jovani?«

»Wow!« Ich lache. »Als wir das Spiel zum letzten Mal gespielt haben, hast du mich Dinge gefragt wie ›Was ist deine Lieblingseissorte?‹«

»Butter-Pekan«, sagte er ohne zu zögern.

»War klar.« Einen Moment liegen wir schweigend da, und nur das Geräusch unseres Atems erfüllt die Luft. Dann sage ich: »Wir sind Freunde. Richtig, richtig enge Freunde, aber Freunde. Das ist alles.«

»Freunde mit Extras?«

Ich denke an jenen Tag in meinem Zimmer zurück, Jovanis Lippen auf meinen, meine Hände an seinem Gürtel, und Hitze schießt in mein Gesicht. Ich hoffe, dass die Dunkelheit mein Erröten verbirgt. »Okay, du hast deine Antwort. Ich bin dran.«

Mir fällt nichts ein. Das Spiel war so viel leichter, als wir noch Kinder und unsere Fragen einfach und unschuldig waren. Jetzt, neben Cameron, weiß ich nicht, was ich fragen möchte.

»Schieß los«, sagt er.

»Schön. Wann brichst du morgens zur Schule auf?«

»Im Ernst? Das willst du wissen? Die ganze große Wahrheit?«

Ich lache. »Nein. Mir ist bloß nichts anderes eingefallen.«

Cameron stupst mich mit dem Ellbogen an. »Du bekommst eine zweite Chance«, sagt er. »Probier's noch mal.«

Bei meiner Frage ist meine Stimme leise, es kribbelt in meiner Kehle. »Bist du noch Jungfrau?«

»Boah.« Er räuspert sich. »Das ist … Ähm …«

»Tut mir leid«, sage ich rasch. »Du musst es nicht beantworten.«

»Ist schon okay.« Er hält einen Moment inne. »Nein. Und du?«

»Nein.«

»Jovani.«

»Ja.«

Er lacht glucksend. »Also doch ein Freund mit Extras, was?«

Ich schlage ihm auf den Arm. »Nein. Eigentlich nicht. Wir sind miteinander gegangen. Früher, meine ich. Aber jetzt nicht mehr. Wer war es bei dir?«

Seine Stimme ist sanft. »Erinnerst du dich an Candace?«

Ich sehe sie vor meinem geistigen Auge, ganz dunkle Haare und Haut. Ein paar Monate lang gehörte sie bei Cameron zu Hause zum Mobiliar, dann sahen wir sie nie wieder. »Sie ist weggezogen, stimmt's?«

»Nach Washington.«

»Habt ihr euch deshalb getrennt?«

»Nee. Es hat sowieso nicht funktioniert.«

»Warum nicht?«

Er schweigt lange, und ich frage mich schon, ob er mir überhaupt antworten wird. Dann sagt er leise: »Sie war eifersüchtig.«

»Auf?«

»Storm.« Er seufzt. »Sie hat nicht kapiert, wie es zwischen uns stand.«

Ich rolle auf die Seite und stütze den Kopf auf die Hand. Er verströmt Wärme. Das ist etwas, das ich schon seit einer Ewigkeit wissen will, und jetzt ist vielleicht meine einzige Chance, es herauszufinden. »Wie standen die Dinge denn zwischen euch?«

»Komm schon, Anna, du weißt doch, wie es gewesen ist.« Er klingt beinahe defensiv.

»War es je … Ich meine, habt ihr je …?«

Er seufzt. »Einmal«, sagt er dann. »Fast.«

Ich springe im Bett auf und wirbele in der Dunkelheit zu ihm herum, lasse mich im Schneidersitz nieder. »Ihr habt? Wann?«

Das Bett ächzt, und das Licht geht wieder an. Cameron ist über die Lücke zwischen Bett und Wand ausgestreckt, eine Hand zum Abstützen auf dem Boden. Die andere Hand streckt er nach mir aus, also greife ich danach und ziehe ihn aufs Bett zurück. Er lehnt sich an die Wand und zieht die Knie an die Brust.

»Ich habe *fast* gesagt«, betont er.

»Ja, ja. Wann?«

»Bist du sicher, dass du das hören willst?«

Ich nicke und ziehe die Unterlippe zwischen die Zähne.

Cameron zupft am Kragen seines T-Shirts. »In der Nacht vor der Abschlussfeier. In der Nacht vor …« Seine Stimme versagt, er hustet. »Also, ja«, beendet er den Satz matt.

»Ich hatte keine Ahnung«, flüstere ich. »Ich wusste noch nicht einmal, dass ihr zwei … zusammen wart.«

»Waren wir eigentlich nicht«, sagt er. »Storm wollte nur einmal vorher – es war ein Abschlusspakt.« Sein Gesicht ist mit roten Flecken übersät, und in seine Augen treten Tränen. Er hustet erneut.

»Ein Pakt?«

»Du weißt schon, so wie, ›Wenn ich beim Schulabschluss immer noch Jungfrau bin, schlafen wir miteinander.‹«

»Ihr beide hattet ernsthaft einen Sexpakt? Ich wusste nicht, dass so etwas tatsächlich gemacht wird.«

Er lacht, aber es klingt gezwungen. »Du weißt doch, wie sie war«, sagt er, und ich stimme in sein Gelächter ein.

Du weißt doch, wie Storm ist. Wie oft hatte ich den Satz während des Heranwachsens gehört? »Du weißt doch, wie deine Schwester ist …«, war Moms und Dads automatische Methode, ihre Eigenarten zu erklären. Cameron sagte es immer mit einem Schulterzucken, bevor er ihr in eines ihrer verrückten Abenteuer folgte. Und wir diskutierten nie mit ihr, sondern folgten ihr nur, weil wir es eben wussten. Wir *wussten*, wie Storm war.

»War es seltsam?«, frage ich ihn.

Er nickt. »Ja. War es. Und wenn ich gewusst hätte …«

»Du hättest es nicht getan?«

Jetzt schüttelt er den Kopf, langsam. »Na ja, wir haben es eigentlich sowieso nicht richtig gemacht. Ich bin völlig ausgeflippt. Ich wünschte nur, eine meiner letzten Erinnerungen an sie wäre nicht so ein unangenehmer Moment.«

Ich drehe mich um und lege mich wieder hin. Cameron folgt meinem Beispiel. »Wow«, flüstere ich. Auf einmal sind meine Augen schwer.

»Was wow?«

»Einfach wow.«

Cameron schaltet das Licht aus. Ich rolle mich auf die Seite, seine Körperwärme im Rücken, und schlummere mit dem Gedanken ein, dass Storm vielleicht doch nicht fort ist, sondern gleich hier im Bett zwischen Cameron und mir.

KAPITEL 17

Wir erwachen vor Sonnenaufgang, und ich bin nur allzu bereit, von hier aufzubrechen. Wir ziehen uns dieselben Klamotten an, die wir gestern getragen haben, und schieben dann den Fernsehtisch zurück an seinen Platz vor dem Bett.

Im Foyer schläft derselbe Mann von gestern auf dem Sofa, und wir schleichen zum Empfangstresen.

Als Cameron der Frau den Schlüssel überreicht, flüstert sie: »Er war die ganze Nacht hier. Seine Frau hat ihn rausgeworfen. Ihr beide hattet großes Glück, dass er das Zimmer nicht wollte.«

Ich blicke zu dem Mann. Schlafend sieht er jünger aus, sein Gesicht nicht so verhärmt. Ein Lächeln umspielt meine Lippen, und ich empfinde die irrationale Hoffnung, dass er und seine Frau sich versöhnen werden.

Cameron bedankt sich, und wir lassen das Bender House hinter uns.

Die Fahrt verläuft ereignislos. Wir reden nicht, außer um den Weg zu diskutieren oder zu fragen, ob der andere Hunger hat oder eine Pinkelpause braucht. Musik gibt es nicht – das Radio ist eines der Dinge in diesem Auto, die nie repariert wurden –, nur einen Soundtrack aus Wind und Reifen auf der Straße, der uns Gesellschaft leistet. Unser Gespräch von letzter Nacht schafft am helllichten Tag eine unbehagliche Atmosphäre. Ich weiß nicht, was ich Cameron sagen soll, und sein Schweigen verrät mir, dass er auch nichts hinzuzufügen hat.

Also fährt er, und ich beobachte die Straße, ohne dass einer von uns wüsste, wohin wir unterwegs sind, außer nach Osten, ans Meer. Wir haben den ganzen Tag im Auto verbracht, nur zum Tanken gehalten, uns Essen in Drive-Thrus besorgt. Mein Rücken tut weh, und ich weiß, dass Cameron erledigt sein muss, aber wenn ich ihn frage, ob ich übernehmen soll, winkt er seufzend ab.

Ich bin in meinem Sitz zurückgelehnt, die Füße auf dem Armaturenbrett, und kämpfe gegen den Schlaf an, da sehe ich das Schild. Ich setze mich aufrecht hin. »Nimm die nächste Ausfahrt«, sage ich.

Wortlos schaltet er den Blinker ein. Nach einer Meile kommen wir auf einen anderen, größeren Highway.

Wir sind vierzig Meilen von der Küste von Virginia entfernt, und der Verkehr ist unglaublich. Cameron manövriert uns durch die vielen Autos und grummelt vor sich hin, wenn uns jemand schneidet. »Wohin fahren wir?«, fragt er.

»Da hinten war ein Schild nach Virgo Beach. Ich dachte mir, wir könnten uns die Uferpromenade ansehen oder so.«

»Wie du meinst«, erwidert er und verfällt dann wieder in Schweigen.

Ich beobachte ihn aus dem Augenwinkel. Sein Gesicht ist hart. Die Muskulatur der Kieferpartie steht unter der Haut hervor, und ich sehe zu, wie er das Lenkrad mit den Händen umklammert, bis sich seine Knöchel weiß verfärben. Er hat heute kaum mit mir gesprochen, und ich weiß nicht so recht, wie ich ihn fragen soll, was los ist.

»Ich habe nur gedacht, es wäre cool, wenn wir es uns mit eigenen Augen ansehen«, sage ich. Ich weiß nicht, warum ich das Bedürfnis verspüre, es zu erklären. In mir steigt Zorn hoch, und zwar schnell. »Du weißt schon, weil Storm die Serie so lustig fand.« Meine Stimme ist scharf und spitz.

Cameron wirft mir einen Blick zu, das Gesicht angespannt, und nickt kaum merklich. Er redet immer noch nicht. Ich atme mit einem ärgerlichen Schnauben aus und drehe mich dem Fenster zu. Ich weiß nicht, wo sein Problem liegt. Es hat mich so gefreut, das Schild nach Virgo Beach zu sehen! Und ich versuche, mir diese Freude nicht nehmen zu lassen.

Vor ein paar Jahren, als ich in der sechsten Klasse war, und Storm und Cameron in der siebten, war Storm von *Virgo Beach* besessen. Das war eine total dramatische Teenager-Soap, angeblich aus dem Leben gegriffen, aber wir waren sicher, dass niemand tatsächlich wie die Leute aus der Sendung lebte. Doch so unecht die Serie auch wirkte, Storm liebte sie, verpasste keine einzige Folge und stellte sicher, dass Cameron und ich da waren und sie uns mit ihr ansahen.

In der Serie versuchten sie, Virgo Beach wie eine unglaublich tolle Küstenstadt aussehen zu lassen, eine kleinere Version von Virginia Beach. Aber am Rand der Szenen war alles wirklich heruntergekommen, und man sah, dass Virgo Beach überhaupt kein schicker Urlaubsort war. Das liebte Storm am meisten – dass nichts so war, wie sie es uns glauben machen wollten.

Wir fahren in die kleine Stadt, und Cameron biegt in Richtung Uferpromenade ab. Er hat sich noch immer nicht anmerken lassen, dass ihm Virgo Beach etwas sagt. Ich war so sicher, dass er auch aufgeregt sein würde, dass er es sich genauso sehr wie ich ansehen wollen würde. Doch er sitzt bloß auf dem Fahrersitz, steif, als würde er mit allem hadern. Oder vielleicht bloß mit mir.

»Da ist eine Lücke.« Ich deute an den Straßenrand zwischen zwei Geländewagen. Cameron fährt wortlos hinein und steigt sofort aus dem Auto. Ich starre ihn einen Moment lang ungläubig an, bevor ich selbst aussteige.

»Ich muss mich unterwegs bei Tante Morgan melden«, sage ich, immer noch eine gewisse Schärfe in der Stimme, und zücke mein Handy.

»Kein Problem.« Er schiebt die Hände tief in die Taschen seiner Shorts, geht auf die Uferpromenade zu und lässt mich zurück.

Zu Hause geht niemand ran, also rufe ich Tante Morgan auf dem Handy an. Es läutet viermal, und ich mache mich schon bereit, eine Nachricht zu hinterlassen, da geht sie ran, atemlos. »Hey, *Banana!* Wo bist du?«

»Wo bist *du?*« Ich kann sie über die Musik im Hintergrund kaum hören.

»Im Rush in der Innenstadt. Cassie hat Geburtstag, also sind wir feiern.« Ich sehe auf dem Handy nach der Uhrzeit. Sie haben die Party reichlich früh anfangen lassen. Die Musik wird leiser. Sie muss nach draußen gegangen sein.

»Tut mir leid, dass ich gestern Abend bloß eine SMS geschickt habe. Ich dachte nicht, dass du so spät noch angerufen werden wolltest.«

Sie seufzt laut ins Handy. »Anna, es ist erst der erste Tag, und du hast schon unsere eine Regel gebrochen.«

»Ich weiß, aber …«

»Kein Aber.« Sie kichert, offensichtlich hat sie ein paar Drinks intus. »Ruf mich an. Jeden Abend. Das haben wir deinem Dad versprochen. Okay?«

»Ich verspreche es. Und ich versuche, mich von jetzt an früher zu melden.«

Sie redet mit jemand anderem. Ich höre das leise Murmeln ihrer Stimme, kann aber keine Wörter ausmachen. »Danke«, sagt sie zu mir. »Ich muss wieder rein, aber du pass auf dich auf, ja? Und amüsier dich.«

»Mach ich. Danke, Tante Morgan. Ich hab dich lieb.«

»Ich dich auch.« Sie legt auf.

Piper sollte ich auch anrufen, aber ehrlich gesagt habe ich ein bisschen Angst. Ihre Antwort auf meine SMS gestern Abend war alles andere als glücklich. Vielleicht gebe ich ihr ein bisschen Zeit, sich zu beruhigen. Stattdessen wähle ich Jovanis Nummer. Er geht nicht ran, und ich hinterlasse keine Nachricht. Er hat weder auf die SMS geantwortet, die ich gestern Abend geschickt habe, noch auf die drei zusätzlichen von heute Morgen.

Cameron ist gute dreißig Meter vor mir. Er geht schnell. Ich jogge, um ihn einzuholen, und stupse ihn mit der Schulter am Arm an. »Hey.«

»Hey?«

»Was ist los?«

Er blickt auf mich herab, ein hämisches Grinsen im Gesicht. »Nichts. Uferpromenade, Strand, verschwitzte Touristen, überteuerte Hotdogs. Ist doch alles super!«

»Ach, sei nicht so!«

Jetzt lächelt er richtig. »Tut mir leid. Ich bin nur müde.«

»Du hättest mich fahren lassen können! Warum hast du dich nicht entspannt und ein bisschen geschlafen?«

»Weil ich mir ziemlich sicher bin, dass das Getriebe völlig geschrottet irgendwo auf dem Highway liegen würde, wenn ich dich in dem Verkehr hätte fahren lassen.«

»Halt den Mund!« Ich stupse ihn erneut an. »So schlecht bin ich nicht.«

»Wenn du meinst.« Lachend wirft er einen Arm um meine Schulter und zieht mich eng an seine Seite. Es fühlt sich ein wenig künstlich an, aber zumindest gibt er sich Mühe. Ich schmiege mich wie ein kleines Kind in seine Achsel, und er drückt mich kurz. »Lass uns nur was essen, dann geht's mir gleich besser«, sagt er und lässt mich los.

»Essen ist immer gut«, stimme ich zu. Ich hake mich bei ihm unter. »Wohin, Matrose?«

Direkt vor uns befindet sich ein heruntergekommener Hotdog-Stand, vor dem nur drei Leute anstehen. Er nickt in die Richtung. »Das sieht gut aus.«

Ich bin mir nicht so sicher. »Ich weiß nicht. Es wirkt ein bisschen …«

»Ghettomäßig?«

»Genau. Und als würde da keiner was essen. Und was sagt dir das?«

»Dass es das beste Essen an der ganzen Uferpromenade ist«, erwidert er.

»Ich kann dir nicht folgen.«

Er beschreibt einen Bogen mit dem Arm. »Sieh dich um. Die ganzen glänzenden, sauberen Läden mit gewaltigen Schlangen? Was fällt dir an den Menschen in diesen Schlangen auf?«

»Ähm, dass sie gleich köstliches Essen ohne E. coli-Bakterien kriegen?«

»Nein. Sie sind alle geschniegelt in eleganten Kleidern und übercoolen Shorts. Sie tragen Make-up und haben Glitzer an den Flipflops.«

»Worauf willst du hinaus?«

»Sie sehen aus, als kämen sie gerade vom Strand und hätten sich locker etwas über ihre Schwimmsachen geworfen, aber das ist bloß ein Act. Jetzt«, wir treten näher an den schmuddeligen Hotdog-Stand, und er deutet auf die Leute dort, »sieh dir die an.«

Um den Stand drängen sich zwei Mädchen und ein Typ. Sie sind ungefähr in unserem Alter, vielleicht ein bisschen älter. Wahrscheinlich Studenten. Die Kakishorts des Jungen sind unten ausgefranst, und seine Flipflops sind so schmutzig, dass der braune Riemen fast schwarz ist. Die junge Frau auf der linken Seite trägt ein einfaches Strandkleid, grün und ein bisschen zerknittert. Ihre schwarzen Haare sind zu einem unordentlichen Pferdeschwanz zusammengebunden, der ihr den Rücken hinabhängt. Die andere hat abgeschnittene Jeansshorts und ein graues Tanktop an. Von dem Bikini-Oberteil darunter machen sich nasse Flecken auf ihrem Top breit. Sie lacht lauthals.

»Und?«, frage ich.

»Einheimische«, flüstert Cameron. »Sie sind hier, weil sie hierher gehören, und sie wissen, wo man das beste Essen bekommt. Ergo werden wir hier essen.«

Ich lache. »Hast du gerade im Ernst *ergo* gesagt?«

»Du weißt genau, dass du es toll findest.«

»Du bist ein Nerd.«

Die Gruppe vor uns tritt beiseite, als wir näher kommen, und der Mann hinter dem Ladentisch ruft uns zu: »Hey, was darf's sein?« Er ist jung und sieht lächerlich gut aus. Vielleicht war das hier doch keine so schlechte Idee.

»Was ist denn gut?«, fragt Cameron.

»Glaubst du wirklich, dass ich sagen werde, irgendwas von meinem Zeug wäre schlecht, Mann? Es ist alles gut.«

»Na schön. Ich nehme eine große Portion mit Zwiebeln und Käse.« Cameron dreht sich zu mir. »Anna?«

»Ähm.« Ich betrachte suchend die Tafel hinter dem Kopf des Mannes. »Keine Ahnung. Ich lass mich überraschen.«

»Bist du sicher, dass du das möchtest?«

Ich nicke. »Ich nehme dein Lieblingsessen«, sage ich dem Typen.

»Wie du meinst, kleine Lady.« Er zwinkert.

Cameron lacht leise, hält sich rasch den Mund zu und hustet. Er sieht mit hochgezogener Augenbraue auf mich herab. Ich weiß, was er gerade denkt, ohne dass er es ausspricht. Hat der Typ mich eben tatsächlich »kleine Lady« genannt?

»Hey«, sagt die Frau mit dem nassen Tanktop, »nehmt eine Tüte Pommes dazu, das werdet ihr nicht bereuen. Versprochen.« Wie zum Beweis steckt sie sich eine ihrer eigenen Fritten in den Mund und kaut ausgiebig.

»Pommes brauchen wir wohl auch noch«, sagt Cameron dem Stand-Typen. Dann wendet er sich der Frau zu. »Danke.«

»Mhmm«, murmelt sie und starrt dann mich an. »Du bist echt hübsch«, sagt es unverblümt.

Ich ziehe mir die Haare über die Schulter und zwinge mich dazu, sie nicht zu flechten. »Ähm, danke.«

Jetzt werden wir von allen angestarrt, und ich fühle mich wie in einem Museumsschaukasten. Bevor die Situation noch unangenehmer werden kann, reicht uns der Stand-Typ zum Glück eine Tüte über den Ladentisch, und ich stecke mir schnell eine Pommes in den Mund.

»Heilige Scheiße!«, entfährt es mir. »Die Dinger sind unglaublich!«

»Hab ich doch gesagt«, sagt Tanktop-Mädchen. »Miguel macht das beste Essen. Wie heißt ihr?«

»Ich heiße Anna.« Ich lehne mich an Cams Arm und nicke in seine Richtung. »Und das ist Cam.«

»Wie lange seid ihr beiden schon zusammen?«

Cameron verschluckt sich an einer Pommes und bekommt einen Hustenanfall.

»Oh, sind wir nicht«, erwidere ich.

»Na ja, das solltet ihr aber. Ihr gebt ein tolles Paar ab.«

»Ähm, danke.« Ich halte inne. »Wie heißt du?«

Das Gesicht des Mädchens hellt sich auf. »Ich bin Sabine, und das sind Nina und Courtland.«

»Court«, sagt der Junge. »Einfach nur Court.«

»Einfach-nur-Court also«, sage ich, »freut mich, deine Bekanntschaft zu machen. Und deine auch, Nina.«

Nina winkt mir zu, während sie sich mit der anderen Hand einen triefenden Hotdog an den Mund hält. Schließlich reicht Miguel uns das restliche Essen. Ich bekomme ein rot-weiß kariertes Pappschiffchen, in dem sich Bohnen, Coleslaw und irgendeine rote Soße türmen.

»Southern Dog«, erklärt Court. »Ich hoffe, dass du einen Magen aus Stahl hast, Mädchen.«

»Da drunter ist ein Hotdog?«, frage ich.

Gleichzeitig erklärt Cameron: »Keine Sorge. Anna kann einen übergewichtigen Bauarbeiter unter den Tisch essen.«

»Mensch, danke«, sage ich.

»Das ist was Positives«, beharrt Cameron. »Männer mögen es, wenn ein Mädchen essen kann.«

»Besonders diese übergewichtigen Bauarbeiter«, sagt Nina. Sie spricht mit einem leichten Akzent, den ich nicht einordnen kann. »Wollt ihr zwei mit uns zusammen essen?«

Ich werfe Cameron einen raschen Blick zu. Da er mit den Schultern zuckt, nicke ich, und wir folgen Nina, Court und Sabine über die Uferpromenade zu einem Tisch, der wie durch ein Wunder frei ist.

Während des Essens reden wir nicht – die Hotdogs erfordern unsere ganze Konzentration. Mein Southern Dog ist das Widerlich-Tollste, was ich je gegessen habe. Die Bohnen sind säuerlich, der Krautsalat süß. Und die rote Soße sorgt für gerade einmal so viel Schärfe, dass mir die Nase läuft.

Als ich fertig bin, wische ich mir übers Gesicht und lehne mich in meinem Stuhl zurück.

»Was führt euch nach Virgo Beach?«, erkundigt sich Sabine.

»Du tust es schon wieder«, sagt Nina.

»Tu ich nicht.«

»Bitte. Du solltest in die Politik gehen. Du tust es sehr wohl.«

»Was denn?«, fragt Cameron, den Mund voller Pommes.

»Sabine meint, das offizielle Begrüßungskomitee von Virgo Beach sein zu müssen«, sagt Court. »Nachdem ihr beide ihr gesagt habt, was euch herführt, wird sie euch fragen, wie lange ihr bleiben wollt. Dann, ob ihr einen Stadtplan braucht oder jemanden, der euch herumführt.«

Cameron lacht. »Tja, tut mir leid, euch enttäuschen zu müssen, aber wahrscheinlich werden wir nur über Nacht hier sein.« Er sieht mich mit hochgezogenen Augenbrauen an, als suche er Bestätigung. Ich zucke mit den Schultern, nicke leicht. Das hier ist nicht der richtige Ort, um mit der Liste weiterzumachen.

»Schon Pläne für heute Abend?«, fragt Nina.

Cameron und ich schütteln die Köpfe.

Auf einmal schreit Nina so laut, dass ich beinahe vom Stuhl kippe. »Hey, Miguel! Wo findet die Party heute statt?«

Er brüllt aus seinem Stand genauso laut zurück: »Strandfeuer bei mir zu Hause.«

Nina guckt auf ihr Handy. »Seht mal, wir müssen los, aber kommt um neun hierher, wenn ihr mitwollt, okay?«

»Oh, ihr müsst unbedingt mitkommen«, sagt Sabine. »Miguel veranstaltet die besten Partys.«

»Okay, danke«, sage ich. »Wir überlegen es uns.«

Nachdem das Trio winkend abgezogen ist, sind da wieder nur Cameron und ich. Wir starren auf die Uferpromenade.

»Du kommst wirklich nicht mit?« Ich stehe in dem winzigen Bad unseres winzigen Hotelzimmers und versuche, meine Haare zu bändigen. Ich habe sie ungefähr dreimal geflochten und wieder auseinandergeflochten, vergeblich. Schließlich binde ich sie zu einem unordentlichen Knoten hoch. Besser wird es heute Abend nicht mehr.

Als ich das Zimmer betrete, liegt Cameron auf dem Bett und zappt auf dem passend winzigen Fernseher durch die Kanäle. »Hast du mich gehört?«

»Natürlich«, sagt er. »Du hast einen halben Meter von mir weg gestanden.«

»Und?«

»Und da ich die ersten vier Male, als du gefragt hast, geantwortet habe, bin ich davon ausgegangen, dass ich es diesmal eigentlich nicht zu tun brauche.«

»Mir zuliebe«, sage ich.

»Schön. Ja, Anna. Ich komme wirklich, wirklich nicht mit.«

Ich lasse mich neben ihn aufs Bett plumpsen und überkreuze die Beine. Nachdem ich die Fernbedienung aus seiner Hand genommen habe, schalte ich den Apparat aus. »Komm schon, Cameron, es könnte lustig werden«, flehe ich.

»Ich bin müde.«

»Du bist achtzehn, in Virgo Beach, weit und breit keine Eltern, auf eine Party eingeladen – von zwei Schönheiten, wie ich hinzufügen möchte –, und du wirst im kleinsten Hotelzimmer der Menschheitsgeschichte hocken und was machen? *Duck Dynasty* anschauen?«

»Ich spiele eigentlich mit dem Gedanken, *Project Runway* auszuprobieren.«

»Du machst Witze.«

»Ja. Jetzt her damit.« Cameron streckt sich nach der Fernbedienung. Ich halte sie so weit wie möglich von der Bettkante weg und stoße mit der Hand an die Wand. Camerons Hand legt sich um die Fernbedienung, gleich über meinen Fingern, und er zieht daran. Ich weigere mich loszulassen.

Während ich die Fernbedienungs-Hand zurückziehe, schiebe ich die andere Hand an seiner Seite hoch und kitzele ihn unter der Achsel. Er zuckt schnell zurück. So schnell, dass mich sein Ellbogen am Kiefer trifft. Ruckartig fahre ich mit der eigenen Hand an mein Gesicht, ohne an die Fernbedienung zu denken, bis die Tasten gegen meine Wange knallen. Ich schreie auf, und die Fernbedienung fällt polternd zu Boden.

»Oh Mann, alles in Ordnung?« Cameron setzt sich auf und beugt sich über mich.

Meine Augen füllen sich mit Wasser, sodass ich nur noch verschwommen sehe. »Aua«, stöhne ich.

»Es tut mir so leid.«

Ich winke ab. »Ich weiß. Nichts passiert. Mach dir keine Sorgen.« Zum Beweis setze ich mich auf und wende mich ihm lächelnd zu.

Cameron wird ganz bleich im Gesicht. »Oh Mann!«

»Nichts passiert«, wiederhole ich.

»Ist es doch«, widerspricht er. »Dein Gesicht ist auf der einen Seite ganz rot.«

Ich zucke mit den Schultern. »In ein paar Minuten ist das wieder weg.«

Cameron zupft an seinen Fingernägeln herum und blickt alle paar Sekunden zu mir auf, das schlechte Gewissen ins Gesicht geschrieben. In meinem Kiefer ist ein pochender Schmerz. Ich hoffe nur, dass kein blauer Fleck zurückbleibt.

Cameron räuspert sich, während ich mein Tanktop glatt streiche. »Na schön«, sagt er schließlich.

»Was, na schön?«

»Ich komme mit. Zieh deine Schuhe an.«

Ich kreische wie ein kleines Mädchen und werfe die Arme um seine Schultern. »Danke, danke! Ich wollte da heute Abend wirklich nicht allein aufkreuzen.«

»Schon gut«, sagt er. »Aber wenn es langweilig ist, beanspruche ich das Recht abzuhauen. Geschwollener Kiefer hin oder her.«

»Ordnungsgemäß zur Kenntnis genommen.«

KAPITEL 18

Bei unserem Eintreffen um fünf Minuten nach neun sitzen Nina und Court auf dem Tisch.

»Tut mir leid, dass wir ein bisschen spät dran sind!«, rufe ich ihnen zu.

»Macht nichts«, erwidert Nina und springt auf die Beine. »Fünf Minuten gilt hier bei niemandem als zu spät.«

»Cool. Wo ist Sabine?«

Court steht auf. »Sie ist schon auf der Party.«

»Versucht, meinen Bruder rumzukriegen«, fügt Nina hinzu.

»Ist … Miguel?«

Sie nickt. »Sabine mag ihn nicht. Erzählt sie mir ständig.« Nina verdreht die Augen. »Aber füll sie mit ein paar Drinks ab, und sie scheint das völlig zu vergessen.«

»Seid ihr bereit?«, fragt Court.

Cameron nickt zögerlich, und ich sage: »Wo müssen wir lang?«

Es ist kein weiter Fußmarsch, bloß nach unten zum Strand und dann ein paar hundert Meter in südlicher Richtung. Ich kann den Schein des Feuers sehen, sobald wir den Sand betreten haben. Dann höre ich Lärm. Laute Musik, durch die Nacht hämmernder Bass. Gelächter und Geschrei vermengen sich und bilden einen typischen Party-Soundtrack. Die Wellen brechen sich zu unserer Linken, der stete Rhythmus des Meeres im Einklang mit unseren

Schritten, und ich treibe unwillkürlich darauf zu – werde in seine Umarmung gerufen.

Die Flipflops in der Hand überquere ich den Strand, bis ich auf kühlen, festen Sand stoße. Drei Schritte weiter kitzelt Wasser am Rand meiner Füße, liebkost meine Haut mit seiner kühlen Berührung. Als wir die Party erreichen, gehe ich schon wadentief im Wasser, sauge so viel Kraft des Ozeans wie möglich in mir auf, genieße den Nebel auf meinem Gesicht und die Salzluft, die um mich herumwirbelt.

Ein paar Meter vor dem Feuer bleiben wir stehen, und Nina und Court lösen sich von uns, um mit ein paar Freunden zu reden. Erst jetzt bemerke ich, dass Cameron mit mir im Wasser ist, die Jeans über die Schienbeine hochgekrempelt, ein Hosenbein höher als das andere. Die Flipflops hat er sich in die Gesäßtaschen gesteckt. Im flackernden Schein des Feuers erkenne ich, wo das Wasser die Haare an seine Beine geklebt hat.

»Bereit?«, frage ich ihn.

»Wir könnten einfach hier draußen bleiben«, antwortet er.

Es ist verlockend. Ich kann mir nicht vorstellen, dass es auf der Party etwas Besseres geben kann als das Gefühl, wie das Meer über meine Füße rollt. Doch Sabine hat uns bemerkt und winkt uns mit Nachdruck zu sich.

»Gehen wir hin«, sage ich. »Wenn nicht, kugelt sich Sabine vielleicht noch eine Schulter aus.«

Als wir zu ihr stoßen, schreit sie: »Ihr habt es hergeschafft!« Sabine schlingt die Arme um mich und umarmt mich fest. Sie riecht stark nach Zitrus und Alkohol. Nachdem sie mich losgelassen hat, zieht sie sofort Cameron in eine ebenso feste Umarmung. »Wollt ihr was trinken? Kommt, ich zeige euch, wo alles ist.«

Sabine latscht den Strand hoch auf das Haus zu, und Cameron folgt ihr mit einem Schulterzucken. Nach einem letzten Blick auf den Ozean setze ich mich ebenfalls in Bewegung.

»Wie viel hat sie wohl schon intus?«, fragt Cam.

»Keine Ahnung«, erwidere ich. »Die Begrüßung wirkte gar nicht so anders wie heute Nachmittag.«

»Ich kann euch hören«, säuselt Sabine. »Ich bin überhaupt nicht betrunken.« Sie rülpst.

Während es den Anschein hat, als wäre jeder Bewohner von Virgo Beach bei dem Strandfeuer, ist das Haus praktisch verlassen. Zwei Leute wandeln durchs Wohnzimmer, und ein Mädchen hämmert an die Tür, die wohl zum Badezimmer führen muss. Die Spüle ist voller Eiswürfel mit Bierdosen und -flaschen, und an einer Seite lugt willkürlich ein starkes Cider heraus. Auf der Arbeitsfläche wimmelt es von Flaschen mit Hochprozentigem, dazwischen stehen ineinandergestapelte rote Plastikbecher.

»Wie sehr wollt ihr euch betrinken?«, fragt Sabine. »Wir haben die Leichtgewichte im Spülbecken und die schweren Jungs auf der Arbeitsfläche.«

»Wasser?«, fragt Cam.

»Geht nicht, Süßer.« Sie holt ein Miller Lite aus der Spüle und wirft es ihm zu. »Das ist das Nächstbeste.«

»Ähm, danke.« Er wischt die Dose an seiner Hose ab und öffnet sie. Allerdings trinkt er nicht davon.

Sie dreht sich zu mir um. »Und was ist mit dir?«

»Ist mir egal. Etwas Gutes.«

Strahlend geht sie an die Arbeitsfläche und gießt blitzschnell Flüssigkeiten in einen Becher. Zweimal hält sie sich das Gebräu an die Nase und schnuppert eingehend daran, bevor sie mehr Alkohol hinzufügt. Nach einem letzten Schuss von etwas Klarem wirbelt sie herum, sodass ein bisschen von meinem Getränk auf den Boden schwappt. »Madam«, sagt sie, »Ihr Drink.«

Das Gebräu hat eine heftige Farbe, die gewöhnlich wohl für Giftmüll reserviert ist. Der intensive Geruch brennt in meiner Nase. Da Sabine mich anstarrt, führe ich den Drink an die Lippen und trinke einen winzigen Schluck.

»Oh mein Gott! Das ist völlig verrückt!« Der Drink schmeckt wie süßsaure Gummibärchen.

»Nicht wahr? Ist mein Lieblingsdrink.«

»Das könnte ich jeden Tag trinken«, sage ich und nehme noch einen Schluck. Ich weiß nicht, wie sie es geschafft hat, aber der Drink schmeckt nicht nach Alkohol. Er ist nur süß und sauer und grün und köstlich. Ich trinke mehr.

Einen halben Becher später dreht sich das Zimmer um mich. »Wow«, sage ich, »das Zeug ist stark.«

Cameron packt mich am Arm und zieht mich behutsam auf die Tür zu. Seine volle Bierdose lässt er auf der Arbeitsfläche stehen. »Gehen wir nach draußen, damit du ein bisschen frische Luft schnappen kannst.«

Das Feuer ist sogar noch größer als vorhin, und ich sehe zu, wie ein Riesenkerl in Jeans und Karohemd noch eine Palette in die Flammen wirft.

Die Menge jubelt, und Sabine hüpft auf ihn zu. »Clem, du musst meine neuen Freunde kennenlernen«, lallt sie und deutet ungefähr in unsere Richtung. »Das sind Anna und Christopher.«

»Cameron«, verbessere ich sie. Cameron sagt nichts.

»Hey, Mann«, sagt Clem und gibt Cameron einen Klaps auf die Schulter. »Alles gut?«

»Prima.«

»Chris redet nicht viel«, lallt Sabine. »Hey, hast du Miguel gesehen?«

Clem bricht in schallendes Gelächter aus und nimmt dann einen großen Schluck von seinem Drink. An seinem Schnurrbart klebt Schaum. »Loverboy ist nach unten ans Wasser gegangen. Irgendwas von wegen nackt baden. Lauf schon, Prinzessin! Das könnte deine einzige Chance sein, ihn je nackig zu sehen.«

»Halt den Mund«, erwidert sie lachend, geht aber in Richtung Meer davon.

Meine Gedanken überschlagen sich, kreisen um diese beiden Wörter: nackt baden. Kann es wirklich so einfach sein? Ich kneife die Augen gegen den grellen Schein des Feuers zusammen und spähe nach unten zum Rand des Strands. Fünf oder sechs Schatten laufen und drehen sich in der Nähe des Wassers, und leises Gelächter dringt an meine Ohren.

Eine Hand wedelt vor meinem Gesicht herum. »Erde an Anna«, sagt Clem. Ich achte nicht auf ihn, sondern wende mich Cameron zu. »Nummer sechs«, sage ich.

Er starrt mich an.

»Die Liste.« Wie kann er sie vergessen haben? Sie ist der einzige Zweck unserer Reise. »Die Liste, Cameron! #6: Nackt baden.«

Sein Blick wandert zum Meer und dann wieder langsam zu mir zurück. »Jetzt?«

»Warum nicht?« Ich gehe bereits auf das Wasser zu. »Siehst du es denn nicht – es ist Schicksal.«

Er muss sich beeilen, um Schritt mit mir zu halten. »Schicksal, Anna? Du bist betrunken. Machen wir das einfach ein andermal, okay?«

Ich werfe die Schuhe ab, sobald ich den festen Sand erreicht habe. Jetzt fühlt er sich kühler an als auf dem Weg zur Party.

Cameron packt meine Hand und bringt mich dazu, stehen zu bleiben. »Anna, komm, schon.«

Ich entreiße mich seinem Griff und wirbele zu ihm herum. »Nein, komm du! Deshalb sind wir hier, Cam. Um die Liste abzuhaken.« Ich ziehe das Tanktop in einer fließenden Bewegung über meinen Kopf und lasse es zu meinen Füßen auf den Boden fallen. Cameron starrt den Sand zu meiner Linken an, während ich aus meinen Shorts steige. Als ich nur in BH und Unterhose dastehe, verursacht mir die kühle Meeresbrise eine Gänsehaut. »Letzte Chance«, erkläre ich ihm. »Machst du mit oder nicht?«

Er sagt nichts.

Ich lasse meine Unterhose auf den Sand fallen und greife hinter mich, um den BH aufzumachen. Sobald ich mich befreit habe, renne ich auf das Meer zu.

Das Wasser ist kalt, viel kälter, als ich im Juli erwartet hätte. Ich keuche auf, meine Muskeln versteifen sich, und ich erstarre, während das Wasser an meinen Oberschenkeln leckt. Meine Arme sind über der Brust verschränkt, und ich halte die Oberarme mit den Händen gepackt. Drücke zu und befehle mir, warm zu werden. Eine Welle trifft mich, sodass die Kälte bis zu meinem Bauchnabel reicht.

»Es hilft, wenn man einfach eintaucht«, sagt eine tiefe Stimme schockierend nah an meinem Ohr.

»Miguel.« Meine Arme legen sich automatisch noch enger über meine Brüste, als könnte er im Dunkeln etwas sehen.

»Hey, Anna«, sagt er. »Freut mich, dass du gekommen bist.« Er verströmt Körperwärme, steht dicht bei mir, und auf einmal werde ich den Gedanken nicht los, wie lächerlich nackt ich bin, und dass uns nur Wasser voneinander trennt. Ich weiche möglichst unauffällig zurück, wobei ich mir ziemlich sicher bin, dass ich mich ungefähr so elegant bewege wie ein Elefant im Porzellanladen.

Er spritzt mich lachend voll. »Ich meine es ernst, tauch einfach unter. Danach ist dir warm.« Als ich nichts erwidere, fährt er fort: »Ich mache mit. Auf drei, okay?«

»Vier«, sage ich.

»Hä?«

»Auf vier.«

»Okay, wie du meinst.« Er zählt langsam, und bei vier lasse ich meine Beine einknicken.

Das Wasser bedeckt meinen Kopf, kalt und intensiv und wunderbar. Ich bleibe unter der Oberfläche, lasse mich sanft von den Wellen über den Meeresboden treiben, bis meine Lunge brennt. Dann bleibe ich noch ein bisschen länger und stürze endlich an die Oberfläche, als mein Körper nach einem Atemzug schreit. Die Luft trifft auf meine Haut, strömt in meine Lunge, tanzt durch mein Haar. Die Luft ist jetzt kalt und das Wasser wie eine warme Umarmung, hält mich fest, beschützt mich. Miguel ist immer noch da, so nah, aber jetzt bin ich entspannt, und mich kümmert nichts außer dem Gefühl des Meeres, das um meinen Körper fließt. Es spricht zu mir, singt Schlaflieder, verlockt mich, Teil von ihm zu werden. Ich könnte für immer hierbleiben.

Die Wolken ziehen weiter, und der Mond scheint auf uns herunter, glitzert silbern über das sich kräuselnde Wasser. Wir treiben mit den Wellen auf und ab, und mehr Leute gesellen sich spritzend und lachend zu uns. Gesichter kann ich nicht erkennen, und mir ist auch egal, wer sie sind. Ich lasse mich auf dem Meer auf den Rücken gleiten. Wasser dringt in meine Ohren, schließt die Welt aus, und ich bin ganz allein, bloß ich und das Meer. Und Gedanken an Storm. Nummer 6.

KAPITEL 19

Cameron ist nicht am Strand, als ich an Land schwimme. Ich schlüpfe in meine Kleidung, zwinge sie über meine klebende, nasse Haut. Nachdem ich der restlichen Gruppe, die immer noch in den Wellen planscht, zugewunken habe, kehre ich zum Feuer zurück.

Ich umkreise die Flammen einmal, aber von Cameron keine Spur. Clem sitzt nach hinten gelehnt in einem Strandstuhl, Sabine auf dem Schoß. Sie lächelt mir zu und wackelt mit den Fingerspitzen.

Das Feuer trocknet meine Haut, sodass sie sich eng anfühlt, und das Salz an meinen Poren juckt. »Hast du Cameron gesehen?«, frage ich Sabine.

»Wen?«

»Chris«, sagt Clem mit einem Grinsen.

»Oh ja! Er ist vor zwanzig Minuten hergekommen und hat mich gebeten, dir auszurichten … Ähm …«

»Dass er ins Zimmer zurück ist«, beendet Clem den Satz für sie.

Ich nicke, ohne recht zu wissen, warum. »Oh, okay. Wahrscheinlich sollte ich auch gehen. Danke für die Einladung.«

»Sollen wir dich zurückbegleiten?«, fragt Sabine. Ein Blick auf ihr Gesicht verrät mir, dass sie eigentlich nicht die geringste Lust verspürt, Clems Schoß zu verlassen, also schüttele ich den Kopf.

»Ich komme schon klar.« Ich umarme sie flüchtig.

»Mein Nachname ist Martin«, sagt sie. »Suchst du mich auf Facebook?«

»Mach ich. Nochmals danke.«

Der Weg zurück zum Hotel ist ruhig; die Uferpromenade ist schlafen gegangen, während ich auf der Party war. Nur das rhythmische Meeresrauschen leistet mir auf meinem Weg durch die Straßen Gesellschaft. Ich schleiche ins Zimmer, gehe auf Zehenspitzen durch die Dunkelheit. Cameron schläft. Er schnarcht leise, also lege ich mich neben ihn, hellwach.

Das Meer befindet sich immer noch auf meiner Haut, das Rauschen der Nacht immer noch in meinem Herzen.

»Los geht's«, sagt Cameron viel zu laut am nächsten Morgen.

Ich öffne mühsam die Augen, blinzele in das helle Zimmer. »Wie viel Uhr ist es?«, krächze ich.

»Halb acht.«

Ich rolle mich herum und ziehe mir die Decke über den Kopf. »Du hast mich nicht im Ernst gerade eben um halb acht Uhr morgens aufgeweckt.«

»Gestern waren wir schon viel früher unterwegs«, sagt er. Ich höre das Geräusch eines Reißverschlusses, gefolgt von einem Rascheln, als er Sachen in seine Tasche stopft.

»Gestern waren wir im widerlichsten Motel der Vereinigten Staaten. Mal im Ernst, wozu die Eile?«

Er seufzt. »Ich will einfach nicht hier sein, okay? Fahren wir weiter.«

»Ich schlafe noch 'ne Runde.«

Das Bett hüpft heftig, und mir wird die Decke fortgerissen. Cameron ist nur Zentimeter von mir entfernt, der Zorn steht ihm ins Gesicht geschrieben.

»Was zum Teufel, Cam!« Mein Zorn steht seinem in nichts nach.

»Schönen Abend gehabt?«

»Ja, danke. Jetzt lass mich in Ruhe.«

»Steh auf.«

»Nein.«

Seine Miene wird ein klein wenig sanfter. »Können wir bitte einfach nur losfahren? Du kannst im Auto schlafen.«

Ich ziehe das Kissen unter meinem Kopf hervor und drücke es über mein Gesicht. »Wie stehen die Chancen, dass du mich schlafen lässt, wenn ich Nein sage?«

»Nicht gut«, erwidert er.

»Na schön.« Ich setze mich auf und werfe mit dem Kopfkissen nach ihm. »Aber wir besorgen uns einen Kaffee.«

Die Uferpromenade ist so früh am Morgen ausgestorben, allerdings gelingt es uns, einen kleinen Espresso-Stand ausfindig zu machen. Die Preise sind völlig überteuert, aber zu dieser Tageszeit bin ich gewillt, mein Erstgeborenes gegen einen guten Latte einzutauschen.

Der Barista reicht uns unsere Getränke, und Cameron dreht sich zum Auto um, doch ich halte ihn auf und wende mich in die andere Richtung.

»Wohin gehen wir?« Er ist immer noch wütend.

»Ich muss ein Foto machen.« Ich ziehe die Polaroidkamera aus meiner Handtasche und gehe in Richtung Strand. Cameron folgt mir. Sobald wir uns auf dem Sand befinden, ohne Häuser zwischen uns und dem Wasser, bleibe ich stehen und hebe die Kamera an die Augen.

»Bist du dir sicher, dass du dich dazu nicht ausziehen willst, um sicherzugehen, dass es ganz akkurat ist?«

»Halt den Mund«, fahre ich ihn an. »Fotografier mich einfach.«

Er nimmt mir die Kamera aus der Hand, und wir graben unsere Getränke in den Sand. Ich gehe den Strand hinunter, bloß bis zur Flutmarkierung, und drehe mich dann zu ihm um. Ich werfe die Arme seitlich in die Luft, drehe das Gesicht gen Himmel und erinnere mich an die Freiheit vom Vorabend, wie ich vor mich hintrieb, ohne dass mich etwas vom Rauschen des Meeres trennte.

»Okay, Verrückte«, ruft Cameron, »wir sind fertig!« Er hält das Bild in einer Hand und wedelt langsam damit herum. Als ich näherkomme, lächelt er, und mit Schrecken stelle ich fest, wie sehr ich den Anblick dieses Lächelns seit gestern vermisst habe. Ich strecke die Hand nach dem Bild aus.

Cameron zieht seine Hand zurück und hält das Foto knapp außer meiner Reichweite. »Nö«, sagt er. »Erst wenn wir im Auto sind.«

Während wir langsam durch die Hügel des Strands zurückgehen, lassen wir den Sand aufwirbeln und stoßen immer wieder wie Autoscooter aneinander.

»Wohin fahren wir als Nächstes?«, fragt Cameron, als wir wieder auf der Uferpromenade sind.

Ich zucke mit den Achseln. »Ich habe keine Ahnung. Wohl nach Süden.«

Am Wagen macht Cam mir die Tür auf. »Outer Banks?«

»Okay …?«

Er lässt sich auf den Fahrersitz gleiten und macht den Motor an. »Ich habe gestern Abend ein bisschen Recherche betrieben, als du … Du weißt schon. Outer Banks …«

»Wann hattest du denn Zeit für Recherche? Du bist doch bloß ganz kurz vor mir gegangen.«

Er winkt mit einer raschen Handbewegung ab. »Mach dir keine Gedanken. Dort gibt es Leuchttürme, man kann Parasailing machen, und es liegt auf dem Weg nach Carolina Beach.«

»Was bedeutet, dass es ziemlich ideal ist?«

»Genau.«

Ich stelle den Sitz zurück und lege meine nackten Füße aufs Armaturenbrett. »Dann nach Outer Banks. Los geht's!«

»Warum glaubst du, wollte sie es machen?« Camerons Stimme durchschneidet das Schweigen, sobald wir Virgo Beach hinter uns gelassen haben.

»Was machen?«

»Nackt baden. Den Punkt kann ich mir nicht erklären.«

»Wer weiß. Warum hat sie irgendetwas von den Sachen auf die Liste gesetzt?«

Er schaltet den Blinker ein und wechselt die Spur, um an einem Wohnmobil vorbeizukommen, das ein Auto mit einem Boot auf dem Dach zieht. Der Chevrolet wirkt wie eine Ameise neben einem Elefanten. »Die Sache mit dem Leuchtturm ergibt total Sinn.«

»Ach ja?«

»Ja. Erinnerst du dich nicht mehr an den Sommer, in dem uns eure Grandma in die Bücherei geschleppt hat und Storm sich so gut wie jede Woche dasselbe Buch ausgeliehen hat?«

»Ganz vage.« Ich erinnere mich überhaupt nicht daran, aber

ich bringe es nicht über mich, laut einzugestehen, dass ich es vergessen habe. Es ist, als hätte ich ein Stück von Storm vergessen – ein Stück von mir selbst –, und das will ich nicht. Kann ich nicht.

»Das Mädchen in dem Buch lebte in einem Leuchtturm. Na ja, nicht *in* einem Leuchtturm, aber der Vater der Heldin war der Leuchtturmwärter oder so was, also wohnten sie gleich daneben. Sie konnte ständig in den Leuchtturm hinaufgehen, und ich glaube, es war ein magischer Leuchtturm. Aber vielleicht bilde ich mir den Teil auch nur ein.«

»Wieso habe ich nichts davon gewusst?«

Er zuckt mit den Schultern. »Keine Ahnung. Aber Storm hat ständig davon geredet. Jahrelang. Sie hat immer wieder gesagt, dass sie einen alten, ausgemusterten Leuchtturm suchen und ihn renovieren wollte, um darin zu wohnen. Das kann man wohl machen. Sie hat es im Fernsehen oder so gesehen.«

Mir fehlen die Worte. Sie war meine Schwester, mein Idol. Der Mensch, den ich besser als jeden anderen kannte. Und ich hatte keine Ahnung, wie sehr sie Leuchttürme liebte, dass sie in einem wohnen wollte. Früher erzählten wir einander alles, schmiedeten unsere verrückten Pläne gemeinsam. Nun überkommt mich eine innere Leere bei dem Gedanken, dass ich hierbei übergangen worden bin – oder vielleicht zu beschäftigt war, um zuzuhören.

»Alles in Ordnung?« Camerons Stimme ist sanft, ohne die Leichtigkeit, die gerade eben noch darin mitschwang.

»Alles gut.«

»Lügnerin.«

»Ich kapiere bloß nicht, warum sie es mir nicht gesagt hat. Wenn sie Leuchttürme so unglaublich toll fand, wieso wusste ich dann nichts davon?«

»Ich weiß es nicht, Anna. Es ist ja nicht so, als hätte sie jedem davon erzählt.«

»Du hast eben gesagt, dass sie ständig davon gesprochen hat!« Ich schreie jetzt, aber das ist mir egal.

Cameron verfällt in Schweigen, konzentriert sich ganz auf die Straße. Die Strecke ist wunderschön, voller üppiger Bäume und mit Kühen gesprenkelter Weiden, und gelegentlich lugt das Meer durch, als wolle es uns ins Gedächtnis rufen, dass es immer noch da ist.

Ich betrachte das Auto vor uns und lese die Aufkleber, die jeden Zentimeter der hinteren Stoßstange bedecken. VIRGINIA IST FÜR ALLE LIEBENDEN. WAS HAT KILLERWAL SHAMU EUCH JE GETAN? OBX.

»Was ist OBX?«, frage ich Cameron, weil ich das Thema wechseln möchte, um mich zu zwingen, nicht länger über Leuchttürme und Storm nachzugrübeln.

»Da fahren wir hin.«

»Outer Banks?«

»Yep.« Das ist alles, keine weitere Erklärung, nur ein Wort, und er geht wieder dazu über, durch die Windschutzscheibe zu starren.

Ich drehe mich ihm zu und schiebe einen Fuß unter den anderen Oberschenkel. »Es tut mir leid, dass ich dich angeplärrt habe.«

Er winkt ab und sieht auf meinen Schoß, auf das Bild, das ich dort umklammert halte. »Wie ist es geworden?«

Das Polaroidfoto ist ein bisschen verschwommen, das frühe Morgenlicht lässt das Bild gelblich-goldener erscheinen, als es eigentlich sein sollte. Es ist schön. Ich stehe da, mein durchscheinendes Sommerkleid weht mir um die Oberschenkel. Kopf zurückgelegt, die Haare in wilden Wellen um die Schultern. Die Sonne sprenkelt die obere rechte Bildecke, wirft ihre Strahlen über die Einstellung, verschleiert mich.

»Perfekt«, sage ich.

»Was wirst du draufschreiben?«

»Weiß nicht.« Ich hole den Stift aus dem Handschuhfach und halte ihn dann unschlüssig über das Bild. »Was meinst du?«

»Ich meine, dass es verrückt ist, mit Leuten, die du überhaupt nicht kennst, nackt zu baden.«

»Was denn, hättest du es lieber gehabt, wenn ich mit dir nackt baden gegangen wäre?«

Cameron stößt ein leises Ächzen aus, und ich beobachte ihn aus dem Augenwinkel. Rote Flecken übersäen seine Wangen.

»Ich hab's!«, rufe ich und setze den Stift an. Ich lasse ihn auf das Bild sinken, direkt über meiner Brust. *Ohne ihn war es nicht dasselbe.*

Cameron reckt den Hals in meine Richtung, und ich ziehe das Bild außer Sicht. »Nein«, necke ich ihn. »Nicht so neugierig.«

»Du willst im Ernst mit mir diese Reise machen, mich zu all deinen kleinen Verrücktheiten mitschleppen, und dann lässt du mich noch nicht einmal sehen, was du geschrieben hast?«

»Ganz genau.« Ich stecke das Foto in das Buch bei #6: Nackt baden.

»Ich weiß, wo du das Buch aufbewahrst«, sagt er. »Ich kann einfach eines Nachts nachschauen, während du schläfst. Oder bei einer deiner tausend Pinkelpausen am Tag.«

»Das könntest du, aber das wirst du nicht.« Während ich es sage, weiß ich, dass es stimmt. Er wird nicht nachsehen, wenn ich ihn darum bitte, denn so ist Cameron einfach. So ist er schon immer gewesen. Ich schiebe das Buch zurück unter meinen Sitz. »Und ich gehe nicht tausendmal am Tag aufs Klo.«

Er lacht, laut, und als er vor Lachen prustet, fällt die Anspannung von meinen Schultern ab.

Es ist gut, ihn zurückzuhaben.

KAPITEL 20

Ich lehne mich in dem Stuhl zurück und falte die Hände über dem Bauch. »Ich glaube, ich platze gleich.«

Camerons Hand erstarrt mitten in der Luft, einen Löffel Joghurt auf halbem Weg zum Mund. »Zu viel?«

Ich lasse den Blick durch unser Hotelzimmer schweifen und betrachte die wahnwitzige Essensmenge, die noch nicht verspeist ist. »Ja. Nur ein bisschen.«

Die gestrige Fahrt nach Nags Head dauerte den ganzen Tag. Der Ort liegt gute hundert Meilen von Virgo Beach entfernt, aber auf ungefähr neunzig dieser Meilen wurde gebaut. Bautrupps hatten die Straße alle paar Meter aufgerissen, und wir haben einen Großteil des Tages damit verbracht, auf Verkehrspolizisten und Lotsenfahrzeuge zu warten. Cameron und ich haben uns die ganze Zeit unterhalten und in Erinnerungen geschwelgt. Wir haben gelacht und geweint, während wir uns an Storm erinnerten, und genau das haben wir gebraucht.

Überall um uns herum wurden die Fahrer immer frustierter. Regelmäßig wurde gehupt, und der Typ in dem Pick-up vor uns machte eine ungehörige Geste aus dem Fenster. Die Verkehrslotsen sahen aus, als wären sie lieber sonstwo auf der Welt. Aber ich? Ich hätte ewig in unserem Wagen, in unseren Erinnerungen bleiben können.

Bei unserer Ankunft hier waren wir erschöpft gewesen, sodass wir beschlossen, mit jeglicher Erkundung bis heute Morgen zu warten. Tante Morgan hatte ich auf dem Weg angerufen, und sie hatte uns dieses Zimmer besorgt. Dann hatte ich Piper angerufen, mit angehaltenem Atem.

»Du hast zwei Minuten, um mir zu sagen, was los ist«, sagte sie mit eiskalter Stimme, »und es ist besser gut, ansonsten lege ich auf.«

Anfangs fehlten mir die Worte, aber schon bald sprudelte alles aus mir heraus. Piper hörte viel länger zu als zwei Minuten.

Als ich fertig war, sagte sie nur: »Wow.« Ich konnte an einer Hand abzählen, wie oft Piper schon sprachlos gewesen war, aber diesmal war sie es ganz bestimmt.

Die Dinge zwischen uns waren nun nicht perfekt, aber es war ein Anfang.

Heute Morgen ist Cameron früh aufgewacht, nach unten gelaufen und hat mehr Essen hochgeholt, als wir jemals zum Frühstück vertilgen können. Jetzt weiß ich nicht recht, ob ich ein Nickerchen brauche oder mich übergeben muss. Ich bin total voll.

Cameron lässt den immer noch vollen Löffel in den Joghurtbecher fallen. »Vielleicht sollten wir spazieren gehen oder so was. Du solltest ein bisschen verdauen, bevor es losgeht.«

»Was losgeht?«

»Ich habe uns um neun Uhr zu einer Parasailingtour angemeldet.«

Das Zimmer dreht sich um mich, und mein Frühstück drückt jetzt ernsthaft gegen meine Kehle. »Du hast *was?*«

»Nummer vierzehn. Parasailing. Sie haben hier tolle Touren.«

»Ich weiß, was Nummer vierzehn ist.« Ich beuge mich vor, lasse den Kopf zwischen die Knie sinken. Der Druck hilft meinem vollen Magen nicht, aber zumindest kann ich wieder atmen. Ich mache tiefe, langsame Züge – einatmen durch die Nase, ausatmen durch den Mund.

»Was ist los?« Camerons Stimme klingt weit weg. Jetzt liegt eine Hand auf meiner Schulter, warm und tröstlich.

»Du musst aufhören, mich ständig mit diesen Höhen zu konfrontieren.«

»Nein, das hier ist was anderes«, widerspricht er. Ich hebe den Kopf gerade einmal so hoch, dass ich ihm in die Augen sehen kann, um sicherzugehen, dass er es ernst meint. Seine Miene ist sanft, besorgt. »Ich verspreche es. Angefangen wird am Boden, und bis wir erst einmal hoch oben sind, macht es dir so viel Spaß, dass es dir nichts mehr ausmacht.«

»*Wir?*«

»Ja, wir. Du hast doch nicht gedacht, dass ich dich allein zum Parasailing lasse, oder? Wir machen einen Tandemflug.«

Ich schaffe es, mich aufzusetzen. Das Zimmer dreht sich nicht mehr, und ich bin mir ziemlich sicher, dass das Frühstück in meinem Magen bleibt – jedenfalls vorerst. »Fang das nächste Mal mit der Info an, okay?«

Er lacht. »Ich versuch's«, sagt er. »Jetzt geh dich anziehen.«

»Wenn ihr zwei mal nicht das süßeste Pärchen seid, dass ich die ganze Woche gesehen habe!« Die Frau in dem Parasailing-Geschäft kommt hinter dem Ladentisch hervor auf uns zu. Sie ist eine Explosion von Pink: magentafarbenes Tanktop mit weißen und pinkfarbenen Strasssteinen, weiße Bermudashorts, fuchsiafarbene Plateausandalen. Ihre Lippen sind so grell, dass ich fast erblinde, und passen im Farbton perfekt zu den knallpinken Strähnchen in ihrem platinblonden A-line Bob. Als sie auf uns zukommt, mache ich mich auf eine Umarmung gefasst. Sie sieht wie eine Umarmerin aus. Ich werde nicht enttäuscht.

»Oh, wir sind kein Pärchen«, sage ich in ihr nach Haarspray duftendes Haar, aber Cameron neben mir sagt einfach: »Danke.«

Sie schiebt mich auf Armeslänge von sich weg. »Tja, du bist absolut winzig. Ich werde hinten im Regal kramen müssen, um Gurtzeug zu finden, das dir passt.«

Ist das ihr Ernst? In ihren Plateauschuhen ist sie gute zehn Zentimeter kleiner als ich in meinen Flipflops! Ich sehe zu Cameron, der mich mit einem amüsierten Grinsen beobachtet. »Ähm, ich heiße Anna«, sage ich.

»Oh, Süße, ich weiß. Habe deinen Namen schwarz auf weiß. Dein Liebster hier hat mir alles von dir erzählt. Zerbrich dir nicht dein hübsches Köpfchen, Liebes. Wir kümmern uns gut um dich.« Sie greift mit der einen Hand nach mir, mit der anderen nach Cameron. Ihre Augen werden feucht, und ich habe Angst, dass ihr breites Lächeln ihr Gesicht spalten könnte. »Hört mal, ich muss los und sicherstellen, dass alles für euch bereit ist, und Gurtzeug für euch suchen gehen. Ich bin im Nu wieder da, aber falls ihr schon vorher irgendetwas brauchen solltet, schreit ihr einfach nach mir, verstanden? Ich heiße Bobbi Rae.«

»Danke, Bobbi Rae«, erwidert Cameron, in dessen Stimme Lachen mitschwingt.

Die Frau strahlt sogar noch mehr, falls das möglich ist, lässt dann unsere Hände los und eilt in den Hinterraum.

Ich ziehe eine Augenbraue hoch und starre Cameron an. »Sieh einer an, wie du Miss Bobbi Rae bezirzt. Vielleicht nimmt sie dich heute Abend sogar mit nach Hause.« Ich tue mein Bestes, Bobbi

Raes starken Akzent nachzuahmen, höre mich aber an, als gehörte ich in ein schlechtes Countrymusik-Video.

»Ich weiß nicht. Ich glaube, du wärst eher ihr Typ, du hübsches kleines Ding.« Er stupst mich mit dem Arm an. Ich verdrehe die Augen.

Dann schlendere ich in dem Raum herum, der ziemlich spärlich eingerichtet ist – bloß ein Tisch mit einem Computer und ein paar Broschüren, davor ein einzelner Hocker. In einer Ecke steht ein Wasserspender, kleine kegelförmige Pappbecher auf dem winzigen Tisch daneben gestapelt. Die Wände sind mit Bildern übersät.

Ich beuge mich zu einer Korkpinnwand vor. Daran sind Dutzende Bilder befestigt, alle von Menschen am Himmel, in Schwimmwesten und Gurtzeug, mit einem Seil an der Erde verankert. All diese Menschen, die dort gewesen sind, wo wir in nur ein paar Minuten sein werden.

Ich spüre Cameron neben mir, fühle seine Körperwärme über meiner Schulter. »Bist du bereit?«, fragt er im Flüsterton, sein Mund dicht an meinem Ohr.

»Sie sehen alle aus, als würde es ihnen Spaß machen.«

»Das liegt daran, dass es ihnen Spaß *macht*.« Er beugt sich ein wenig näher, bis seine Brust kaum merklich meinen Rücken berührt. Unwillkürlich lehne ich mich an ihn. Nur so viel, um ihn wissen zu lassen, dass ich ihn spüre, nicht weiter. Sein Atem kitzelt mich seitlich am Hals. Er öffnet den Mund, um etwas zu sagen, und ich drehe mein Gesicht zu ihm.

»Seid ihr zwei bereit?« Bobbi Raes munterer Tonfall erklingt aus dem Hinterzimmer.

Ich mache einen Satz. Weg von Cameron, von dem, was auch

immer da gerade passiert. Dabei stoße ich mir den Zeh an der Wand an und fluche leise vor mich hin.

»Alles okay?« Cameron kann ein Lachen kaum unterdrücken.

»Sei still.« Eigentlich will ich ihn grimmig ansehen, aber ich kann mich nicht überwinden, ihm in die Augen zu blicken. »Wir sind so bereit, bereiter kann man gar nicht sein!«, rufe ich Bobbi Rae zu.

»Na schön. Ich empfehle immer, dass Fluggäste vorher auf die Toilette gehen. Ihr werdet eine Weile da draußen sein.«

»Oh, ich muss nicht, danke.«

»Sie lügt«, sagt Cameron. »Geh aufs Klo, Anna. Du wirst es sonst bereuen.«

»Schon gut, Nerd.«

Bobbi Rae weist auf eine Tür, die ich bisher nicht bemerkt hatte. Wie die Wand zu beiden Seiten ist die Tür völlig mit Fotos von Menschen beim Parasailing übersät. Ich drücke dagegen, und sie geht knarzend auf.

Ein paar Minuten später treibt Bobbi Rae Cameron und mich nach draußen auf einen Steg. »Folgt dem hier einfach bis zum Jachthafen runter, da wartet Leroy beim Boot. Ihr könnt ihn nicht verfehlen.«

Sie hat recht. Wir könnten Leroy auf keinen Fall verfehlen. Er trägt genauso leuchtende Farben wie Bobbi Rae – ein metallicblaues Tanktop mit aufgedrucktem PARASAIL AWAY! in grellem Pink und dazu eine orange Badehose. Er steht vor einem riesigen weißen Boot. Ein verchromtes Gestänge wölbt sich in einem Bogen über das Boot. Zu Leroys Füßen liegt ein Bündel aus regenbogenfarbenem Material.

»Leroy, wie ich annehme?«, fragt Cameron.

»Das bin ich. Und ihr müsst Cameron und Anna sein. Bobbi Rae quasselt seit eurem Anruf über nichts anderes.« Sein Akzent ist genauso stark wie Bobbi Raes, doch während ihre Stimme nasal und hoch klingt, ist seine rau und krächzend.

»Was hast du ihr gesagt?«, flüstere ich Cameron zu.

»Ach, nichts Wichtiges.« Er reibt sich mit der Hand über den Nacken und streckt dann die andere Leroy hin. Sie schütteln sich die Hände. »Danke hierfür.«

»Kein Problem. Seid ihr bereit, das Zeug anzulegen?«

Leroy weist uns an, uns bis auf die Badesachen auszuziehen. Auf einmal frage ich mich, ob ein Bikini überhaupt tauglich zum Parasailing ist. Wird das Gurtzeug daran herumziehen? Ich komme mir jämmerlich underdressed vor. Trotz der warmen Vormittagssonne habe ich eine Gänsehaut.

Leroy ist über die aufgeklappte Hinterbank des Boots gebeugt und kramt darin herum. Nach einer Minute richtet er sich wieder auf, zwei Neopren-Schwimmwesten in der Hand. »Die sollten passen.« Er reicht sie uns.

Wir schließen die Reißverschlüsse und Schnallen der Schwimmwesten. Meine passt wie angegossen, und ich drehe mich von einer Seite zur anderen, um sicherzugehen, dass sie nicht hochrutscht. Perfekt. Sobald ich fertig bin, steht Leroy vor mir. Er hat kompliziert aussehendes Gurtzeug in der Hand. Er hilft mir, in die Beinlöcher zu steigen, und macht sich dann daran, Gurte um meinen Oberkörper zu wickeln. Er zieht so fest daran, dass ich nach vorn falle und mich an seinen Schultern abstützen muss.

»Vorsicht, Süße«, sagt er.

»Tut mir leid.«

»Keine Sorge. Passiert jedem. Ich muss nur sichergehen, dass du gut festgezurrt bist.«

Sobald Leroy überzeugt ist, dass ich nicht aus meinem Gurtzeug fallen werde, macht er das Gleiche bei Cameron und führt uns dann aufs Boot. Er bietet mir die Hand, als ich hineinsteige, und da ich ihn nicht kränken will, nehme ich sie an. Seine Handfläche ist rau, schwielig und so heiß, dass es fast wehtut, sie zu berühren. »Schon geschafft, Liebes«, sagt er.

Wir tuckern aus dem Jachthafen, treiben an Dutzenden in ordentlichen Reihen angedockten Booten vorüber. Als wir an einer Boje vorbeigleiten, die das Ende der Ruhezone markiert, tritt Leroy voll aufs Gas. Das Boot schießt davon, rast parallel zur Küste entlang und tanzt über die Wellen.

Der Wind weht in meinen Haaren. Ich schließe die Augen und spüre, wie die Salzluft meine Haut liebkost. Cameron sitzt neben mir. Ich spüre ihn dort, seine stets ruhige Gegenwart neben meinem panischen Ich. Ich lockere die Beine, bis mein Knie an seinem lehnt.

Das Boot fährt langsamer, und ich öffne die Augen. Wir befinden uns auf offenem Gewässer, sanft auf und ab schaukelnd. Ein winziges Dorf schmiegt sich links an die Küste, und der gewaltige, weite Ozean rechts von uns erstreckt sich in alle Ewigkeit.

»Seid ihr bereit für den Flug eures Lebens?«, fragt Leroy. Ich nicke, da mir die Stimme versagt.

Er führt Cameron und mich an die Rückseite des Boots, wo er uns bittet, uns nebeneinander hinzustellen. Anschließend klickt er unser Gurtzeug zusammen, sodass wir aneinandergebunden sind. Es wirkt seltsam angemessen, dass wir beide nun durch mehr als die Erinnerungen an meine Schwester aneinandergekettet sind.

Leroy überprüft den Fallschirm, kommt zu der Einschätzung, dass er einsatzbereit ist, und hakt ihn an uns fest. Jetzt gibt es kein

Zurück mehr. Ich werfe Cameron einen Blick zu. Mit einem Lächeln starrt er auf mich herunter.

»Was?«

»Nichts«, sagt er, schaut jedoch nicht weg.

Leroy setzt sich wieder ans Steuer. »Letzte Chance!«, ruft er nach hinten. »Bereit?«

»Bereit, Leroy«, sagt Cameron. »Los geht's.«

Leroy gibt Gas, und der Motor gibt ein Knurren von sich. Der Wind wird durch die Bewegung des Boots stärker und braust an uns vorbei. Wir fangen langsam an, bewegen uns kaum, um dann immer schneller zu werden. Ich konzentriere mich auf den Rücken von Leroys Hemd, den Regenbogen-Fallschirm mit einer Telefonnummer darunter. Mein Herz hämmert in meinen Ohren, zu gleichen Teilen aufgeregt und verängstigt.

Der Fallschirm bläht sich hinter uns, fängt die Luft ein, und meine Füße rutschen rückwärts. Mein Magen rumort, und mir bleibt ein Schrei in der Kehle stecken. Ich befinde mich immer noch auf dem Boot, stehe auf der hinteren Fläche, doch meine Füße gleiten immer weiter, schieben sich langsam auf den Fall zu. Automatisch strecke ich die Hand nach Camerons aus.

Die Rückseite meiner Fingerknöchel streicht gegen seine. Ich bin verzweifelt, panisch. Er legt die Hand um meine, hält mich fest, und lockert dann kurz den Griff, damit sich unsere Finger ineinander verschränken können. Ich drücke zu und riskiere einen Blick in seine Richtung. Er beobachtet mich. Seine Augen glänzen, sind voller Leben und freudiger Erregung. Ein breites Grinsen verzieht sein Gesicht. Unsere Füße verlassen das Boot.

Ich vergesse zu atmen, drücke nur seine Hand fester. Einen Moment schweben wir, knapp über dem hinteren Deck von Leroys

Boot, und gleich darauf steigen wir nach oben. Erst langsam, dann immer schneller und immer noch schneller. Wir steigen auf, fliegen gen Himmel, und das Boot unter uns wird immer kleiner, während wir auf die Wolken zutreiben. Mein Herz schlägt doppelt so schnell, steppt quer durch meinen Brustkorb, und ich atme noch immer nicht.

Endlich ist das Seil gespannt, und ich sauge Luft in meine brennende Lunge. Als ich ausatme, lache ich. »Das ist unglaublich!«

Cameron zieht meine Hand an seine Brust. »Fühl«, sagt er. »Mein Herz rast.«

»Meins auch.«

»Ich weiß.« Sein Lächeln ist umwerfend in der klaren Luft.

»Wie hoch, glaubst du, sind wir?«

»Ungefähr dreihundert Meter.«

»Im Ernst?« Ich blicke auf das Boot hinunter und kann Leroy in seinem neonfarbenen Outfit kaum erkennen.

Cameron nickt. »Höher geht es nicht«, sagt er. »Ich habe gefragt.«

Mein Herz beschleunigt wieder. Doch jetzt ist es ein anderes Gefühl. Da ist keine Angst – nur überschwängliche Freude. Ich entspanne mich in meinem Gurtzeug, bis ich im Himmel sitze. Bloß ich und der Junge von nebenan, hier oben in unserer eigenen Welt.

»Danke«, flüstere ich.

Ich bin mir nicht sicher, ob er mich gehört hat, aber eine Minute später streicht er meine Fingerknöchel an seinen Lippen vorbei und sagt: »Gern geschehen.«

Wir schweben fast eine Stunde über dem Meer. Die Städte und Inseln von Outer Banks treiben unter uns vorüber. Das Wasser ist aus diesem Winkel betrachtet so blau, dass es wie gemalt aussieht. Verschwommene weiße Linien zeigen an, wo die Wellen an den Strand rollen.

Eine Möwe fliegt neben uns, der Sonnenschein glitzert an ihren Federn und erschafft einen winzigen Regenbogen in dem Meer aus Weiß. Sie fliegt im gleichen Tempo wie wir, stößt gurgelndes Gegurre aus, gerade einmal laut genug, dass ich ihren Gesang höre.

»Ich glaube, du hast einen Freund gefunden«, sagt Cameron, und ich nicke, ohne den Blick von dem Vogel abzuwenden. Meine Hand ist immer noch in Camerons, warm und sicher.

»Ich glaube, ich werde ihn George nennen«, sage ich.

»Ich weiß nicht«, erwidert Cameron. »Sieht mir mehr nach einem Spock aus.«

»Du bist ein *Geek.*« Ich ziehe seine Hand näher an mich, bis ich meinen Arm um seinen legen kann. Den Kopf lehne ich an seine Schulter.

Auf einmal rutscht mein Magen nach unten, als befände ich mich auf einer extrem schnellen Rolltreppe. Cameron und ich kippen nach vorn und schaukeln dann wieder in unsere Sitzposition zurück. Das Boot gleitet langsam durchs Wasser. Leroy steht hinten und kurbelt das Seil auf, damit wir an Höhe verlieren. Es wirkt, als wären wir eine Ewigkeit und zugleich überhaupt nicht hier oben gewesen. Ich möchte nicht, dass es zu Ende geht.

Der Abstieg ist langsamer als der Aufstieg, und ich nutze die letzten uns verbleibenden Momente zum Einsaugen der grenzenlosen Freude, hier oben zu sein. Cameron seufzt leise neben mir. Und dann landen wir. Irgendwann hat Leroy das Gas weggenommen, sodass das Boot träge im Wasser treibt. Er macht den Fallschirm ab, und ich falle vorwärts.

»Hab dich«, sagt er, eine Hand ausgestreckt, um mir Halt zu geben. Cameron gerät neben mir ins Taumeln, und Leroy streckt auch ihm eine Hand hin. »Vorsicht, Kollege. Du wirst ein bisschen wackelig auf den Beinen sein.«

Wie zum Beweis stolpert Cameron und streckt den freien Arm aus, um sich abzufangen. Aber da ist nichts, also rudert er mit dem Arm durch die Luft und versucht, das Gleichgewicht wiederzuerlangen. Es passiert alles in Zeitlupe. In der einen Sekunde ist er neben mir und versucht, hinten auf dem Boot aufrecht zu bleiben, und in der nächsten stürzt er. Das Gurtzeug, dort, wo ich mit ihm zusammengeschnallt bin, zerrt zuerst an mir, dicht gefolgt von seiner Hand, die meine immer noch gepackt hält. Ich strecke die Hand nach Leroys aus, kann ihn aber nicht finden, also greife ich stattdessen nach dem Fallschirm.

Cam und ich platschen gemeinsam ins Wasser, ein Durcheinander aus Beinen und Armen und Fallschirmmaterial. Es gelingt mir, den Karabinerhaken zu finden, der uns zusammenhält, und ich öffne ihn, sodass wir jetzt nur noch durch den gewaltigen Fallschirm miteinander verbunden sind. Als wir wieder auftauchen, ist alles Regenbogen, nur Cameron und ich in unserer eigenen Welt unter dem Fallschirm. Sein Gesicht ist blau, mit einem violetten Streifen quer über der Stirn.

Die Anziehungskraft ist magnetisch, während ich dort auf und ab schaukele, ihn anstarre, ihn sehe – ihn wirklich sehe –, möglicherweise zum ersten Mal. Wir treiben gemeinsam, und der Abstand zwischen uns wirkt riesig, nachdem wir die letzte Stunde Seite an Seite klebend verbracht haben.

Die Farbe verschiebt sich, das Licht ändert sich, und der Fallschirm wird von unseren Köpfen gezogen. Greller Sonnenschein trifft meine Augen, und ich schließe sie, wünsche mir insgeheim, wir könnten im Schutz unserer Regenbogenwelt verborgen bleiben.

Leroys Stimme ist laut. »Vorsicht, Cowboy! Alles in Ordnung, Leute?«

Auf einmal lache ich. Schwindeliges, hysterisches Gelächter, während die ganze Aufregung und Freude und Lächerlichkeit dieses Vormittags mich einholen. »Alles bestens, Leroy«, bringe ich zwischen Gekicher hervor.

Er lässt die Leiter herab, und wir klettern ins Boot zurück, wo Leroy uns zu den Sitzplätzen führt.

Die Rückfahrt zum Jachthafen vergeht schnell und unter Schweigen.

»Vielen Dank, Leroy«, sage ich, als wir angekommen sind. »Das war unglaublich.«

»Bedank dich nicht bei mir, Darling. Bedank dich bei deinem Typen.« Er zwinkert Cameron zu.

Als wir den Steg zurück zum Büro hochgehen, frage ich Cameron wieder: »Was hast du ihnen bei deinem Anruf gesagt?«

»Nichts. Ich habe bloß einen Termin vereinbart.«

»Dir ist doch klar, dass du ein schrecklicher Lügner bist, oder?«

»Mir ist gar nichts klar.«

»Tja, bist du aber. Was hast du ihnen also erzählt?«

Er grinst und rempelt mich an. Beinahe falle ich vom Steg. »Das weiß nur ich, und du musst es selbst herausfinden«, sagt er.

»Wie alt sind wir? Zwölf?«

Bobbi Rae kommt aus dem Büro gestürzt. Sie strahlt übers ganze Gesicht, hüpft auf uns zu und zieht mich in eine knochenbrecherische Umarmung. Als sie mich wieder loslässt, ist ihr Tanktop nass, aber es scheint ihr nicht aufzufallen. »Wie war's, Süße?«

»Es war unglaublich«, sprudelt es aus mir heraus. »Ich wollte nie wieder runterkommen.«

»Oh, gut. Warum geht ihr euch nicht umziehen? Leroy wird gleich mit euren Bildern da sein.«

»Bilder?«

»Aber ja«, sagt sie, als wir ins Haus zurückkehren. Sie macht eine ausladende Bewegung mit dem Arm, die das Zimmer umfasst. Die bilderübersäten Wände.

»Danke, Bobbi Rae«, sagt Cameron. Er kramt in seinem Kleiderhaufen herum und zieht die Polaroidkamera hervor, hält sie ihr entgegen. »Würden Sie uns damit fotografieren?«

»Na klar, Junge.« Sie greift nach der Kamera und dreht sie in den Händen. »Boah, so eine habe ich schon seit Jahren nicht mehr gesehen. Woher habt ihr die?«

Meine Stimme wird ganz leise, als ich antworte: »Sie hat meiner Schwester gehört.«

Bobbi Rae nickt wissend, und ich werfe Cameron einen neugierigen Blick zu. Er starrt unverwandt geradeaus.

»Wo wollt ihr stehen?«, fragt Bobbi Rae. »Draußen?«

»Nein«, erwidert Cameron. »Machen wir es hier drinnen. Vor der Wand, damit die ganzen anderen Bilder unser Hintergrund sein können.« Wir gehen an die gegenüberliegende Wand, sorgsam darauf achtend, dass unsere nassen Schwimmwesten nicht die Bilder berühren, und stehen verlegen da.

Bobbi Rae lässt die Kamera wieder auf Hüfthöhe sinken. »Na schön, ihr beiden. Zieht die Schwimmwesten aus, und tut so, als würdet ihr euch mögen.« Sie zwinkert uns übertrieben verschmitzt zu.

Wir ziehen die Schwimmwesten aus. Dann kehren wir zu der Wand zurück und stellen uns auf, nackte Haut, wilde Haare und freudig erregte Gesichter. Ich schlinge die Arme um Camerons Taille, und er legt leicht eine Hand an meine Hüfte.

Die Kamera spuckt den Film just in dem Moment aus, als Leroy eintritt und Bobbi Rae einen schmatzenden Kuss auf die Wange gibt. »Guter Flug«, sagt er. Dann tätschelt er ihren Po und geht ins Hinterzimmer.

Ich ziehe ein Sommerkleid über meinen nassen Bikini. Cameron verschwindet in der Toilette und kehrt mit tief auf den Hüften sitzender Jeans zurück, die Badehose in der Hand. Mir fällt auf, dass sein graues T-Shirt eng an seinem Körper anliegt, und ich frage mich augenblicklich, seit wann mir so etwas auffällt.

Fünf Minuten später, Leroys Bilder in der Hand, verlassen wir ihn und Bobbi Rae. Ich hüpfe praktisch zum Wagen zurück. Auf dem Parkplatz drehe ich mich im Kreis. »Das war das Unglaublichste, was ich je getan habe!«

»Wie ist das Bild?«

Ich nehme das Polaroid aus seiner ausgestreckten Hand. »Und was ist damit, sie erst anzusehen, wenn wir im Auto sind?«

»Wie auch immer.« Lachend beugt er sich zu mir, greift mit seinem langen Arm über meinen Kopf und schnappt mir das Bild weg. Er verschwindet im Wagen, kommt mit dem Stift aus dem Handschuhfach heraus und legt das Foto dann auf das Dach des Chevrolets. Ich sehe zu, wie er eine Überschrift über unsere Körper schreibt.

Zusammen geflogen.

»Es ist perfekt«, flüstere ich. Ich schubse ihn beiseite, krame dann das Notizbuch unter dem Sitz hervor und stecke das Bild zwischen die Seiten.

Meine Muskeln sind immer noch erwartungsvoll angespannt, sehnen sich nach der Aufregung von gerade eben. Ich richte mich auf und reibe mit den Händen vorn über mein Kleid. Ich hüpfe auf den Fersen und sage: »Ich bin so aufgedreht! Ich habe das Gefühl, als könnte ich alles machen!«

»Bist du dir sicher?«

Ich nicke.

»Gut«, sagt er mit einem Grinsen und streckt eine Hand nach mir aus.

KAPITEL 21

Cameron packt meine Hand und zieht mich den Gehsteig entlang. Er ignoriert meine Fragerei nach unserem Ziel. Erst nach zwei Blocks bleibt er unvermittelt vor einer schlichten blauen Tür stehen.

»Wo …«

»Psssst. Einfach – mitkommen.«

Eine Glocke läutet leise, als wir das Gebäude betreten. Es ist dunkel und riecht stark nach Räucherstäbchen. Die Wände sind in dem gleichen Blau gestrichen wie die Tür und mit Schwarz-Weiß-Skizzen bedeckt. Im nächsten Moment wird mir klar, dass es Skizzen von Tätowierungen sind.

»Cameron«, setze ich an, aber eine andere Stimme übertönt mich, hoch und munter.

»Willkommen!«, sagt eine junge Frau. Sie ist klein, mit violetten Haaren, die zu einem kurzen Bubikopf geschnitten sind. Ihre Augen sind kristallblau, und an der Seite ihrer Nase glitzert ein winziger roter Schmuckstein.

»Ähm, hi«, sage ich.

»Habt ihr einen Termin?«

Cameron lässt mich an der Tür stehen und geht auf sie zu. »Nein«, sagt er, »aber die Sache verhält sich so …« Seine Stimme wird leiser, bis ich nicht mehr hören kann, was er sagt.

Die beiden unterhalten sich ein paar Minuten, dann winkt die Frau mich zu sich. »Erstes Tattoo? Keine Sorge. Jim ist super. Der Beste.«

Cameron beobachtet mich, und ich beobachte die Frau, entsetzt. Sie sieht mich erwartungsvoll an, also nicke ich. »Aber es ist bescheuert«, sage ich. »Ich weiß noch nicht einmal, was ich will. Das ist dumm, was?«

Sie schüttelt den Kopf, wirft Cameron einen raschen Blick zu und sieht dann wieder mich an. »Gar nicht dumm. Aber pass auf, dass du etwas aussuchst, was dir gefällt, okay? Du wirst lange Zeit damit leben müssen.« Als ich sie verblüfft anstarre, fügt sie hinzu: »Wir haben ein paar Bücher, die du durchschauen kannst.«

»Das wäre gut.«

»Klasse.« Sie kommt hinter dem Ladentisch hervor und führt uns zu einem Sofa. Auf einem Couchtisch liegen drei riesige Ringbücher. »Nimm dir so viel Zeit, wie du brauchst. Jim wartet auf dich. In dem Buch hier sind große Farbmotive, in dem hier kleine Farbmotive, und in dem da drüben sind die schwarz-weißen, einfaches Zeug.«

Sofort greife ich nach dem dritten Buch und ziehe es auf meinen Schoß. Ich blättere durch die Seiten, und Cameron sieht über meine Schulter hinweg zu, während ich in Windeseile fliegende Vögel, dahinwehenden Löwenzahn und stilisierte Pfeile betrachte. Manche sind toll, Sachen, die ich mir vorstellen könnte, aber nichts sticht heraus. Ich komme ans Ende und kehre gleich wieder zum Anfang zurück.

»Nichts?«, fragt Cameron.

Ich zucke mit den Schultern. »Ich weiß nicht. Manche haben mir gefallen. Ich bin mir bloß nicht sicher …«

Diesmal blättert er um, nimmt sich mehr Zeit als ich und mustert jede Abbildung wirklich eingehend. Auf einer Seite hält er inne, blättert weiter, kehrt dann wieder zurück. »Was hältst du von denen hier?«

Die Seite ist voller Wörter, Schnörkelschrift auf weicher Haut. *Let it be; ohne Reue; Entsetzlich wild, obschon so klein* aus Shakespeares *Sommernachtstraum.* Ich lese ein Tattoo nach dem anderen, betrachte die Art, wie die Buchstaben ineinander übergehen. Mein Blick fährt die Schmucklettern eines Tattoos nach, das sich von der einen Seite betrachtet als *sisters* liest und von der anderen als *friends*. Da kommt mir die Erleuchtung.

»Schlüssel«, sage ich und strecke Cameron die Hand hin. Er kramt die Schlüssel aus der Tasche hervor, und sobald ich sie mir geschnappt habe, laufe ich aus dem Laden, so schnell ich kann, bis ich das Auto erreiche. Keuchend schließe ich die Tür auf und ziehe das Notizbuch unter dem Sitz hervor. Ich versuche, mein Herz zu beruhigen und wieder zu Atem zu kommen, und zwinge mich, in den Laden zurückzugehen, das Buch fest an die Brust gedrückt.

Sobald die Glocke meine Rückkehr einläutet, blickt Cameron auf. Er betrachtet forschend mein Gesicht. Dann fällt sein Blick auf das Buch.

»Ich hab's«, erkläre ich der jungen Frau hinter dem Ladentisch.

»Cool.« Sie zieht ein Klemmbrett aus einer Schachtel hinter sich. »Du musst nur das hier für mich ausfüllen und dein Bruder muss es unterschreiben, weil du minderjährig bist.«

Ich nicke stumm und setze mich neben Cameron. »Bruder?«, flüstere ich.

»Ja, Schwesterherz. Ich habe erklärt, dass unsere Eltern verstorben sind, aber dass ich dein Erziehungsberechtigter bin, und dass ich genehmige, dass du das hier machst.« Er zieht seinen Führerschein aus dem Geldbeutel und schiebt ihn unter die Klemme an dem Brett. »Den werden sie brauchen.« In der Hoffnung, dass es funktioniert, gebe ich seinen Nachnamen an.

Nachdem der Papierkram abgegeben ist, führt uns die Frau durch einen Perlenvorhang in ein weiteres Zimmer. Dieses hier ist hell. Weiß und klinisch. Vier Stühle stehen in gleichmäßig weitem Abstand voneinander in einer Reihe. Sie sehen wie Zahnarztstühle aus. Jeder steht vor einem kleinen Frisiertisch und einem gewaltigen Spiegel. Auf einem Stuhl befindet sich ein dicker Mann, ganz ausgestreckt daliegend, mit dem Gesicht nach unten, und eine zierliche Japanerin sticht gerade einen Drachen quer über seine breiten Schultern. Die anderen drei Stühle sind leer.

»Hey, Jimbo!«, ruft die Frau durch die offene Tür. »Sie sind so weit.«

Der Mann, der jetzt zu uns tritt, ist dünn und strahlt eine unglaubliche Präsenz aus. Er hat ein kurzärmeliges Button-down-Hemd in eine schwarze Hose gesteckt. Sein Haar ist kurz und ordentlich gekämmt, und er trägt eine dünne Drahtbrille. Sein Erscheinungsbild steht in krassem Gegensatz zu den klassischen Seemannstätowierungen, die seine Unterarme bedecken und sich um seinen Hals winden.

»Ich heiße Jim«, sagt er mit leiser Stimme und streckt mir eine Hand entgegen. Sein Handschlag ist glatt, sanft.

»Anna.«

»Was machen wir heute, Anna?«

Ich lege das Notizbuch auf den nächsten Stuhl und blättere darin herum, bis zu #15: Mehr Mut im Leben. Ich deute darauf. »Das hier. *Mehr Mut.*«

Er nickt. »Darf ich?« Ich reiche ihm das Buch, und er betrachtet die Wörter, die sich über die Seite ergießen, die einzigartige Kalligrafie, die mein Tattoo wiedergibt, gleichzeitig unordentlich und schön. Er reicht es der Frau mit den violetten Haaren. »Kannst du das hier bitte für mich kopieren, Allie?«

Sie nickt und tänzelt aus dem Zimmer, das Buch in der Hand. Während sie weg ist, stellen sich Jim und Cameron einander vor, und Cameron macht einen auf großer Bruder. Ich bin mir ziemlich sicher, dass Jim ihm kein Wort glaubt, aber er lässt sich nichts anmerken.

Er wendet sich mir zu. »Wohin soll es kommen?«

Ich zögere nicht. Sofort zeige ich auf die rechte Seite meines Brustkorbs, knapp unterhalb der Stelle, wo der Riemen meines Bikinis meinen Oberkörper umschließt. »Hierhin.«

Er zuckt zusammen. »Das ist eine sensible Stelle. Es wird mehr wehtun als im Normalfall.«

»Ich schaffe das«, erwidere ich. Es kann nicht schlimmer als der Schmerz sein, den ich seit Storms Tod mit mir herumtrage.

»Wenn du dir sicher bist, ist es für mich in Ordnung.«

Ich nicke, und Allie kehrt durch die Perlen zurück. Sie reicht Cameron das Notizbuch und Jim die Kopie. Mir hält sie zwei blau-rote Tablettenkapseln hin. Ich sehe sie fragend an. »Es ist bloß Paracetamol«, sagt sie. »Du musst es nicht nehmen, aber wenn du es jetzt tust, wird es ein bisschen gegen die Schmerzen helfen. Im Kühlschrank sind Wasserflaschen, wenn du willst.«

Die Pillen starren mich von ihrer Handfläche aus an. »Geht nicht«, sage ich. »Ich habe eine Allergie. Habt ihr Aspirin?«

Sie schüttelt den Kopf, und Jim erklärt: »Tut mir leid. Aspirin könnte dich stärker bluten lassen. *No bueno.*«

Mit einem Schulterzucken ignoriere ich die Tabletten und gehe zum Kühlschrank, um eine Wasserflasche herauszuholen. Beim Durchqueren des Zimmers trinke ich einen großen Schluck. Jim beugt sich über den Frisiertisch neben einem der Stühle und zeichnet mit einem dünnen Filzstift eine Skizze auf ein dünnes Blatt Papier. Ich setze mich.

»Warum die Rippen?«, fragt Cameron.

»Keine Ahnung. Schien einfach die richtige Stelle zu sein.«

»Bereit?«, erkundigt sich Jim.

Ich nicke in der Hoffnung, dass ich zuversichtlicher aussehe, als ich mich fühle.

Er hält das Blatt hoch, die Schablone, die er nehmen wird, und da sind sie, die Wörter, die ich mein restliches Leben auf der Haut tragen werde.

Mehr Mut.

Nachdem ich das Kleid bis auf die Hüften hinuntergezogen habe, stellt Jim die Rückenlehne des Stuhls nach hinten und verlangt von mir, mich auf die linke Seite zu legen, den rechten Arm über dem Kopf. Er zieht Handschuhe an und säubert meine Haut.

»Ganz in Schwarz?«, fragt er.

Ich nicke.

Neben meinem Kopf ertönt ein Brummen. Im Spiegel sehe ich, wie Jim die Tätowiermaschine einstellt, bis das Brummen gleichmäßig, summend klingt. Vor ihm steht ein winziges Gefäß mit schwarzer Tinte. »Los geht's«, sagt er.

Mein Körper verspannt sich in der Sekunde, als er meine Seite berührt, weil ich mit dem Schmerz rechne. Er ist heftig, weiß glühend, wie ein teuflisches Kätzchen, das mich immer wieder mit Laserkrallen zerkratzt.

Jim arbeitet langsam und methodisch, nimmt sich Zeit, um sicherzugehen, dass jede Linie und jeder Buchstabe genau richtig aussieht. Ich balle die Hände zu Fäusten und spanne die Kiefer an.

Auf einmal werden Endorphine ausgeschüttet, und ich weiß, was gemeint ist, wenn von einem »Tattoo-High« die Rede ist. Die Schmerzen sind immer noch da, brennen an meinem Brustkorb, aber es kümmert mich nicht mehr. Es hat etwas Kathartisches, beinahe Besänftigendes. Mein Gesicht entspannt sich, und schon bald merke ich, wie ich einnicke, nur in meiner eigenen Welt existiere.

Das Klicken des Auslösers, gefolgt vom mechanischen Surren eines Polaroids, das in die Welt gespuckt wird, holt mich zurück, und als ich die Augen öffne, steht Cameron vor mir und beobachtet den Fortschritt. Er lehnt das Bild an den Frisiertisch, weit weg von Jims Utensilien, und legt den Fotoapparat daneben. »Wie geht es dir?«

»Alles gut«, sage ich. »Anfangs hat es echt wehgetan, aber jetzt ist es nicht mehr schlimm.«

»Gut.«

»Sogar noch besser«, sagt Jim und hält dann entsetzlich lange inne, bevor er fortfährt: »Wir – sind – fertig.«

Er schaltet die Tätowiermaschine aus, und in der jähen Stille kann ich den Mann auf dem anderen Stuhl leise schnarchen hören. Ich kann es ihm nicht verübeln. Jim wischt mir ein letztes Mal mit einem weichen Papiertuch über die Seite und trägt dann so etwas wie eine Lotion auf. »Bist du bereit, es anzusehen?«

Er stellt die Stuhllehne hoch, und ich gleite hinunter, stehe auf wackeligen Beinen. Mit einem tiefen Atemzug drehe ich mich zum Spiegel und hebe den Arm.

Es ist perfekt. Besser, als ich es mir vorgestellt habe. Das Tattoo, die Wörter, ihre Schrift – es sieht aus, als gehöre es nur dorthin, wie es sich so seitlich an meinen Körper schmiegt. Ich hätte damit geboren worden sein können, so gut passt es. Tränen steigen mir in die Augen, und meine Nase brennt.

»Es ist unglaublich«, sage ich. »Danke.«

»Keine Ursache«, sagt Jim mit seiner sanften Stimme. »Machen wir dich mal ganz fertig.« Er schmiert das Tattoo mit einem Gel ein und klebt ein rechteckiges Stück Plastikverband über sein Werk. Während ich mein Kleid wieder hochziehe, reicht Jim Cameron eine kleine Dose mit einer Lotion. »Sorg dafür, dass sie das hier benutzt.« Jim dreht sich wieder zu mir um. »Danke, dass ich an dir arbeiten durfte, Anna. Es war mir ein Vergnügen.« Er umarmt mich flüchtig, küsst mich auf die Wange und verschwindet durch die Hintertür.

Allie sitzt in ihrem Stuhl zurückgelehnt da und liest im *Rolling Stone*, als ich mich dem Ladentisch nähere. Ich ziehe meinen Geldbeutel aus der Handtasche, doch sie winkt ab. »Das hat dein Bruder schon erledigt.«

»Oh, okay. Danke für alles«, sage ich lahm.

Wir treten wieder ins Freie auf den Gehsteig.

»Was habe ich über das Bezahlen gesagt?«

»Ich weiß nicht, wovon du redest«, erwidert Cameron.

»Lügner.« Ich hake mich bei ihm unter. »Danke für heute. Es war genial.«

»Oh, es ist noch nicht vorbei.« Er grinst wie ein Honigkuchenpferd.

»Was kannst du denn noch im Schilde führen?«

»Das siehst du schon noch. Aber erst einmal Mittagessen.«

KAPITEL 22

In einer versteckten Ecke in der Nähe von einigen Touristenläden finden wir ein Café. Die Tische sind mit rot-weiß kariertem Wachstuch bedeckt, und an den Wänden prangen reihenweise Teller mit Kätzchen, die mit Garn spielen, und Hand in Hand über Felder tollenden Kindern. An der Theke vorne befindet sich eine Glasvitrine mit mehr Pasteten, als ich je auf einem Haufen gesehen habe.

Sobald wir durch die Tür treten, ruft uns eine Frau zu: »Setzt euch einfach irgendwohin! Ich komme gleich.« Sie sieht umwerfend aus, mit samtweicher Haut und knallrotem Haar, das zu Victory Rolls hochgesteckt ist. Sie trägt ein altmodisches Servierkleid – kurzärmelig mit Bubikragen –, und eine gestärkte weiße Schürze hebt sich von dem leuchtenden Aquamarin des Kleids ab. Ihr Oberarm ist ein Gewirr aus schwarzen und grauen Linien, eine Tätowierung, die sich von ihrem Ellbogen bis irgendwo unter ihr Kleid windet. Sie hat dichte, schwarze Augenbrauen und ungefähr sechs Glitzerohrringe in jedem Ohr.

Cameron wählt einen Tisch in Fensternähe, und wir setzen uns, Notizbuch, Fotoapparat und neuestes Polaroid mitten auf dem Tisch. Ich sehe auf dem Foto aus, als würde ich schlafen, auf dem Stuhl ausgestreckt, hinter mir Jim, der sich über mich beugt und Buchstaben in meine Haut eingraviert. Ich berühre meine Seite. Sie fühlt sich durch das Kleid heiß an – empfindlich, aber nicht schmerzhaft.

»Das hier benötigt keine Überschrift«, sage ich und greife nach dem Bild, um es mir genauer anzusehen. Geknipst hat Cameron das Foto, kurz bevor Jim mein Tattoo für beendet erklärt hat, sodass die einzige Überschrift, die ich brauche, bereits dort steht: »Mehr Mut«, für immer in meine Seite gestochen. Ich lasse das Bild in das Notizbuch gleiten.

»Bitte schön«, sagt die Frau und deponiert zwei Speisekarten zusammen mit Wassergläsern auf dem Tisch. »Tut mir leid, dass es gedauert hat. Ich hatte da hinten eine gewaltige Eistee-Katastrophe.«

»Alles gut«, erwidert Cameron. »Kann ich denn etwas von dem Eistee haben?«

»Oh, ich auch bitte«, sage ich.

Das Lachen der Kellnerin klingt tief und kehlig. »Ihr wollt das Zeug, das ich eben auf dem Boden verschüttet habe? Na schön.« Sie zwinkert Cameron zu und eilt in die Küche zurück.

Beinahe augenblicklich ist sie wieder da, zwei hohe Gläser in der Hand, an deren Rand je eine Zitronenscheibe steckt. Während sie den Tee abstellt, betrachtet sie mich neugierig. »Hey, hab ich dich vorhin nicht in Jims Laden laufen gesehen?«

Ich nicke.

»Hab mir gedacht, dass du das warst. Die Haare vergisst man nicht so schnell. Sie sind wunderschön. Meine hätte ich eigentlich gern blond, wisst ihr, aber ich würde es nie hinbekommen, dass sie wie deine aussehen. Ich habe es immer wieder versucht, diesen unkomplizierten Strandlook hinzukriegen, aber es klappt nicht. Also habe ich aufgegeben.«

Ich versuche mir die junge Frau mit meinen hellen, goldenen Haaren vorzustellen. Es passt nicht zu ihrem jetzigen lebhaften

Look. »Ich finde deine Haare toll«, sage ich. »Wie lange dauert das Stylen?«

Sie legt eine Hand über eine Victory Roll. »Das erste Mal hat es eine Ewigkeit gedauert. Eeeeeewig. Aber seitdem ich meinen Haaren gezeigt habe, wo's langgeht, geht es ganz schnell. Was hast du dir also machen lassen?«

»Hm …?«

»Dein Tattoo? Jim hat alle meine gemacht. Er ist der Beste in der Stadt, auch wenn er nicht gerade viel Konkurrenz hat. Aber er ist so ein netter Kerl, nicht wahr? Was hast du dir machen lassen?«

Ich deute matt auf meine Seite. »Es ist, ähm, gleich hier, meine Schwester hat …«

»Hier«, fällt mir Cameron rettend ins Wort. Er angelt das Bild aus dem Notizbuch und reicht es ihr.

»Oh, das ist klasse!«, ruft sie. »Die Schrift ist unglaublich. Wo hast du sie gefunden?«

»Meine Schwester hat das geschrieben.«

Sie gibt das Bild Cam zurück und sagt: »Sie ist echt gut. Du solltest ihr sagen, dass sie Designs an Studios verkaufen soll. Sie könnte wahrscheinlich ein bisschen Kohle damit verdienen.«

»Ähm … Danke. Mach ich.« Mein Gesicht glüht. Ich starre unverwandt auf den Tisch.

»Ich sollte euch wohl besser ein paar Minuten geben, damit ihr euch die Speisekarte ansehen könnt. Schreit einfach, wenn ihr so weit seid. Ich heiße Sam.«

»Danke, Sam«, sagt Cameron, und sie geht, hüpft praktisch in die Küche. »Anna, alles in Ordnung?«

»Bestens.« Ich zucke mit aufgesetzter Nonchalance die Schultern.

»Sie erinnert mich an sie.«

Ich folge seinem Blick zu der Stelle, wo Sam verschwunden ist.

»Storm hatte auch diese extremen Retro-Vibes, weißt du?«, sagt er.

»Ja.«

»Erinnerst du dich noch an den Sommer, als meine Mom sich eingebildet hat, sie müsse mit Porträtmalerei anfangen?«

Ein Lachen kribbelt in meiner Kehle. »Das werde ich nie vergessen. Sie hat uns gezwungen, stundenlang still zu sitzen.«

»Am Schluss hat sie uns aber immer Kekse gegeben, also hat es sich gelohnt.«

»Diese Kekse waren der einzige Grund, warum ich mitgemacht habe.« Ich schlage die Speisekarte auf und überfliege die Angebote.

»Das war das Jahr, in dem Storm angefangen hat, mich in diese Secondhandläden mit Vintage-Mode zu schleppen«, fährt Cameron fort. »Meine Mom hat ihr gesagt, sie würde wie ein altes Fotomodell aus der Zeit der Schwarz-Weiß-Fotografie aussehen, und Storm hat gleich angebissen. Wollte sich wie das Fotomodell anziehen und all so was.«

»Bettie Page«, sage ich. Ich erinnere mich noch an den Tag, als wäre es gestern gewesen. Mrs. Andrews hatte uns zum Porträtieren bei sich, vielleicht das dritte Mal, das sie mich gemalt hatte. Sie war eben mit meinem Porträt fertig geworden, und ich stopfte mich mit Keksen voll. Während sie das Sofa für das nächste Bild herrichtete, fragte ich: »Wie kommt es, dass Sie mich und Storm nie zusammen malen?«

Sie drehte sich zu mir um, einen Streifen goldene Farbe unter einem Auge, und antwortete: »Weil du, Miss Anna, ganz Gold und

Gelb und Bronze bist, eine Palette von einer Farbe, und deine Schwester«, sie hielt inne und strahlte, »Stormy ist eine Studie in Gegensätzen.«

Sie hatte recht, wie mir klarwurde, als ich uns beide nebeneinander im Spiegel betrachtete. Mein blondes Haar ging in sonnengebräunte Haut über, die blassbraunen Augen passten zu meinen glänzenden Wangen. Storm neben mir war ganz milchweiße Haut, schwarzes Haar und lebhaft blaue Augen. Alles eine klare Linie, ein scharfer Gegensatz.

»Komm schon, Bettie Page«, sagte Mrs. Andrews und führte Storm durch das Zimmer aufs Sofa zu. Ich hatte meine Schwester noch nie so breit lächeln sehen.

Jetzt kommt Sam in den Raum zurück. »Fertig? Tut mir leid, falls ich euer Rufen überhört haben sollte. Da hinten herrscht ein ziemlicher Lärm.«

»Kein Problem«, erwidere ich und nehme, was mir als Erstes auf der Speisekarte ins Auge springt. »Für mich Fish and Chips und als Beilage Krautsalat.«

»Ausgezeichnet.« Sie nimmt meine Speisekarte. »Und du, Süßer?«

Cameron reicht ihr seine Speisekarte. »Ich probiere den Burger mit Blauschimmelkäse und Speck und Bratkartoffeln.«

»Gute Wahl.« Sie zwinkert. »Mein Favorit. Wollt ihr ein paar Hushpuppys zum Knabbern, während ihr wartet?«

»Das wäre klasse, danke.« Nachdem sie fort ist, frage ich Cameron: »Und was machen wir anschließend?«

»Netter Versuch.«

»Komm schon, du weißt, dass du es mir unbedingt verraten willst.«

Kopfschüttelnd lehnt er sich in seinem Stuhl zurück, die Arme über der Brust verschränkt. »Keine Chance.«

Mein Handy summt. Am liebsten würde ich es ignorieren, aber nur für den Fall, dass es Tante Morgan ist, ziehe ich es aus der Handtasche.

PIPER: was zum Teufel? gehst du jetzt nicht mehr ran, wenn ich anrufe?

Als ich über das Display wische, sehe ich, dass ich am Vormittag sieben Anrufe verpasst habe. Nach dem Parasailing ist es mir gar nicht in den Sinn gekommen, nach Nachrichten zu schauen. Ich tippe rasch eine Antwort.

ICH: Sorry! Mein Handy war lautlos gestellt.

PIPER: dann ruf mich an. JETZT.

Ich seufze. Telefonieren ist ungefähr das Letzte, was ich tun möchte. Ich liebe Piper, aber sie kann ermüdend sein. Sie neigt zur Theatralik. Aber sie ist meine beste Freundin, und ich habe sie ohne ein Sterbenswörtchen sitzen lassen. Wäre es umgekehrt gewesen, weiß ich nicht, ob ich tatsächlich so anders reagiert hätte. Wenigstens ruft sie an. Vielleicht hat sie entschieden, mir zu verzeihen. Ich wedele mit dem Handy herum und erkläre Cameron: »Ich muss Pip anrufen. Bin gleich wieder da.« Mit diesen Worten verlasse ich das Lokal.

Sie geht sofort ans Telefon. »Na endlich!«

»Tut mir leid. Cameron hat mich in aller Herrgottsfrühe aufgeweckt, um mich …«

»Ich will jetzt gerade nichts von eurer Reise hören.«

Ich bin verblüfft. Verziehen hat sie mir wohl doch nicht. Ich versuche, ihre Worte abzuschütteln, ihren scharfen Tonfall zu ignorieren. An die Backsteinmauer des Cafés gelehnt, warte ich darauf, dass sie fortfährt.

»Rate mal!« Sie ist aufgekratzt wie immer, das Bedürfnis, Klatsch zu verbreiten, überwiegt ihren Zorn. »Gestern war doch bei Taylor diese Party, ja? Nichts Großes, Filme und all so was, aber jeder war da.«

Ich rutsche die Mauer hinunter, setze mich im Schneidersitz auf den Gehsteig und beobachte Touristen dabei, wie sie sich durch die Läden arbeiten, die die Straße säumen.

»Jedenfalls gefällt mir der Film nicht, den Luke ausgesucht hat, also beschließe ich, herumzulaufen und nachzusehen, wer sonst noch da ist, und ich gehe in den Garten, und rate mal, was ich da sehe?«

»Ich habe keine Ahnung«, sage ich trocken.

»Jovani und Shelly! Sie waren draußen auf der Schaukel, wo jeder sie sehen konnte, und haben einfach rumgeknutscht. Ich meine, so richtig rumgeknutscht, als wäre es keine große Sache. Ich hätte ihn umbringen können.«

»Warum?«

»Warum?« Sie schreit jetzt, steigert sich in einen richtigen Schimpf-Modus hinein. »Weil du meine beste Freundin bist, darum! Ich fasse es nicht, dass er dir das antut. Ich meine, ich weiß, dass du uns total im Stich gelassen hast, aber trotzdem.«

»Ich habe euch nicht im Stich gelassen«, erwidere ich ruhig. »Ich bin bald wieder da.«

»Wie bald?«

»Ziemlich bald ... Aber, Pip? Wenn Jo mit Shelly rumknutschen will, dann ist das in Ordnung. Wir mögen Shelly, schon vergessen?«

Sie lacht spöttisch ins Handy. »Ja, klar. Du weißt ganz genau, dass ihr beide füreinander gemacht seid. Gib's zu, es treibt dich in den Wahnsinn.«

Ich unterdrücke ein Seufzen. »Wirklich. Es ist in Ordnung. Er darf küssen, wen auch immer er will. Ich finde, Shelly passt toll zu ihm.«

Im Hintergrund erklingt eine Stimme, und Piper sagt: »Hey, ich muss Schluss machen. Chase ist da.« Sie legt auf, bevor ich etwas erwidern kann.

Im Café ist der Teller mit den Hushpuppys leer, und Cameron starrt seinen Burger an. Ein Korb mit gebratenem Fisch und Pommes steht vor meinem Platz, daneben eine Keramikschüssel voller Krautsalat. »Du hättest nicht auf mich zu warten brauchen.«

»Hab ich nicht. Bei den Hushpuppys ist dir echt was entgangen.« Er nimmt seinen Burger in die Hand und beißt mit verzückter Miene ein Riesenstück ab. »Wie geht's Piper?«, fragt er, nachdem er geschluckt hat.

»Ach. Ich will nicht darüber reden. Lass uns einfach essen.«

Eine Stunde später parkt Cameron den Wagen, dann dreht er sich um, um den Kram auf der Rückbank zu durchforsten.

»Hier!« Er dreht sich zurück und lässt Tante Morgans Kameratasche in meinem Schoß landen.

»Wo sind wir?«

»Wart's einfach ab.« Cameron hat absichtlich am anderen Ende des Parkplatzes geparkt, direkt vor einem riesigen Baum, damit ich nicht erraten kann, wo wir sind. Ich weiß, dass wir die Outer

Banks nicht verlassen haben, aber das ist der einzige Hinweis, den ich erhalten habe.

»Bereit?«, erkundigt sich Cameron. Ich nicke.

Er führt mich zu einem befestigten Pfad, auf dem drei Kinder herumlaufen und über den aus einer Kette bestehenden Zaun hüpfen, der den Weg säumt. Eine ältere Frau – vielleicht ihre Großmutter – sitzt auf einer Bank und fotografiert. Wir gehen an ihnen vorüber, über einen kleinen Hügel. Da sehe ich ihn.

Der Leuchtturm steht stolz am Strand, das Haus des Leuchtturmwärters gleich davor, zu beiden Seiten hohes Schilf. Eine schwarze Spirale windet sich bis zur Spitze um den Turm. Jenseits davon ist das Meer grau mit weißen Schaumkronen, der Himmel ein blasses Blau mit sich darüber erstreckenden Wolkenfetzen.

»Wow!« Mehr bringe ich nicht heraus.

»Der Nationalpark Cape Hatteras. Bist du bereit hineinzugehen?«

»Ist das dein Ernst?« Ich hüpfe auf den Fußballen, sodass die Tasche mit der Kamera wild herumschlenkert. Sie trifft mein Tattoo, und ich ziehe eine Grimasse. »Aua.«

»Gib mir die.« Cameron lässt die Tasche von meiner Schulter gleiten und hängt sie sich quer über die Brust. Wir gehen zur Vorderseite des Leuchtturms, wo ein Mann steht und wartet. Er trägt eine gelbbraune Uniform und ist bestimmt ein Parkmitarbeiter.

»Sind wir die Einzigen?«, erkundigt sich Cameron.

Der Mann nickt in Richtung Pfad. »Ich glaube schon. Die Kinder scheinen sich nicht reinzutrauen.«

Cameron reicht dem Mann Geld und erhält im Gegenzug zwei

Eintrittskarten. Ich will protestieren, aber meine Handtasche ist hinten im Wagen, und ich weiß, dass Cameron mein Geld sowieso ablehnen würde. Er hat längst deutlich gemacht, dass er meiner Bitte, selbst für diese Reise aufzukommen, nicht entsprechen wird. Wir warten ein oder zwei Minuten auf mögliche Nachzügler, und als niemand auftaucht, macht der Mann die Tür auf.

»Ich heiße übrigens Rick«, stellt er sich vor. »Ich schätze mal, ich bin heute Nachmittag Ihr persönlicher Führer. Gewöhnlich ist die Besichtigung ohne Führung, aber ich muss sowieso im Leuchtturm nachsehen und sichergehen, dass keiner seine Sachen vergessen hat. Bereit für den Aufstieg? Wir haben zweihundertsiebenundfünfzig Stufen vor uns.«

Mit diesen Worten fängt er an, die scheinbar unendliche Treppe hochzusteigen, und Cameron bedeutet mir, als Nächstes hochzuklettern. Er bildet das Schlusslicht. Wir steigen und steigen und steigen, und gelegentlich weist Rick auf Stellen an den Leuchtturmwänden hin, erzählt Anekdoten über den Bau, doch hauptsächlich hängt lediglich unser schwerer Atem in der Luft. Ewig steigen wir nach oben, drehen und drehen und drehen uns, bis wir die Lampe erblicken. Sie ist riesengroß, eine von einer verspiegelten Umhüllung umgebene Glühbirne. Fenster befinden sich kreisum in den Wänden. Endlich gelangen wir auf die Plattform. Ich keuche auf. Von hier oben sieht das Meer ewig aus. Ich trete ans östliche Fenster und starre über das Wasser. Ein paar Schiffe sprenkeln den Horizont, und ich kann gerade einmal so die Gestalten von Menschen auf den Stränden unten ausmachen. »Das hier ist fantastisch.«

»Möchten Sie wissen, wie das Licht funktioniert?«

»Ja, klar«, antwortet Cameron sofort, und Rick fängt seine Erklärung an. Es ist interessant, da bin ich mir sicher – Cameron hängt an Ricks Lippen –, aber ich kann mich nicht überwinden zuzuhören. Alles hier oben ist surreal. Ich bin ganz hibbelig vor Aufregung. Es ist unfassbar, dass ich hier bin, oben in einem Leuchtturm, und Storms Traum lebe.

Der Vormittag wirkt längst so weit weg, als hätte sich das Parasailing in einem anderen Leben zugetragen. Wortlos nehme ich Cameron Tante Morgans gewaltige Kamera ab und hebe sie ans Auge, mache mehr Bilder, als ich tatsächlich je brauchen werde. Neben mir fotografiert Cameron sogar noch mehr mit seinem Handy.

Cameron tritt neben mich, gerade einmal nah genug, dass unsere Arme aneinanderstreichen. »Ziemlich gut, was?« Ich nicke.

Rick räuspert sich hinter uns. »Ich muss wieder nach unten«, erklärt er, »aber wenn Sie beide versprechen, dass es nicht allzu lange dauert, können Sie noch einen Moment hierbleiben, bevor ich zusperre.«

»Danke, Rick«, sagt Cameron.

»Und nicht die Scheiben anfassen.«

Er macht Anstalten zu gehen, aber Cameron ruft ihn zurück. Er hält Rick den Polaroidapparat hin. »Würden Sie ein Foto von uns machen?«

Nickend greift Rick nach dem Fotoapparat. Wir stellen uns gemeinsam neben die Riesenglühbirne. Ich lächele, und Rick drückt auf den Auslöser. Dann gibt er Cameron den Fotoapparat zurück und steigt die Stufen hinunter.

Cameron hält das Bild seitlich von sich, in Richtung seiner Hose gedreht. Wir sehen zu, wie das Meer unter uns heranrollt, während wir darauf warten, dass sich das Bild entwickelt. Nach längerer Zeit als nötig dreht Cam das Bild nach oben. Darauf macht er mir Hasenohren und streckt die Zunge heraus.

»Super«, sage ich.

»Bloß um auf dem Teppich zu bleiben.«

Er steht jetzt näher bei mir, ganz nah. Wenn ich mich nach hinten lehnen würde, fiele ich gegen seine Brust. Er legt Fotoapparat und Bild auf den Sims, neben eine Unzahl von Hebeln und Tasten. Als er den Arm zurückzieht, nimmt er meine Hand in seine und dreht mich zu sich.

Ist er schon immer so groß gewesen, oder liegt es nur daran, dass wir jetzt so nahe voreinander stehen? Ich lege den Kopf zurück, um sein Gesicht betrachten zu können. »Der heutige Tag ist genial gewesen«, flüstere ich.

Statt einer Antwort beugt er sich herunter. Seine Nase streicht seitlich an meine. Es kitzelt.

Unsere Lippen treffen aufeinander. Der Kuss ist zaghaft, zögerlich – so sanft, dass es beinahe gar kein Kuss ist. Einmal, zweimal, dreimal streichen seine Lippen federleicht über meine. Und dann schmiege ich mich an ihn.

Er schlingt die Arme um meine Taille, hält mich fest, und ich schiebe eine Hand in seinen Nacken, mit der anderen stütze ich mich flach an seiner Brust ab, wo meine Hand in der Wärme zwischen uns eingeschlossen ist. Mein Mund öffnet sich, und seine Zunge gleitet zwischen meine Lippen.

Mein Herz springt in meiner Brust herum, ein Vogel, der darum kämpft, aus seinem Käfig zu entkommen. Ich ziehe Camerons Unterlippe in meinen Mund, nage mit den Zähnen daran, er stöhnt leise. Das Geräusch vibriert bis in meine Handfläche.

Als wir uns voneinander lösen, zittern meine Hände. »Wow«, flüstere ich.

»Yep.«

»Wir sollten … Ähm … Wir sollten aufbrechen.«

»Yep«, wiederholt er. Er beugt sich herunter und gibt mir einen letzten sanften Kuss auf die Lippen, bevor wir, Hand in Hand, die Leuchtturmtreppe hinuntersteigen.

KAPITEL 23

#5: ~~Meinem Seelenverwandten begegnen.~~ Mich verlieben.

Die Wörter starren mir von meinem Schoß entgegen. Ich bin in einem Sessel neben dem Fenster eingerollt. Der Vorhang ist gerade einmal so weit aufgezogen, dass ich die Notizbuchseiten im Schein der Straßenlaternen sehen kann. Cameron liegt auf dem Bett und schnarcht leise, einen Arm über meine leere Bettseite geworfen. Die Uhr neben ihm zeigt 5:22 Uhr morgens an.

Ich kann nicht schlafen.

Nachdem wir gestern den Leuchtturm verlassen hatten, verbrachten wir den restlichen Nachmittag und Abend am Strand. Wir spielten im Meer, bauten Sandburgen. Knutschten in den Wellen, unsere Körper rutschig aneinander, die Schultern von Salzwasser umspült. Zum Abendessen gingen wir in ein Fischrestaurant in Strandnähe, saßen an einem Fenster, das auf die Bucht hinausging. Der Tag war perfekt – der Abend, wenn überhaupt möglich, noch besser. Wieder im Hotel fielen wir ins Bett, umschlangen uns unter der Decke, unsere Lippen aufeinander. Wir küssten uns bis spät in die Nacht, die rauschhafte Aufregung hielt uns wach, bis wir endlich in den Armen des anderen einschlummerten.

Dann bin ich aufgewacht und wurde von Angst gepackt. Was habe ich mir dabei gedacht? Das hier ist Cameron. Der Junge von nebenan. Storms bester Freund.

Auf den Lippen kann ich immer noch seine Küsse als Erinnerung spüren, aber mein Magen ist fest verkrampft wegen dem, was wir getan haben. Wie konnten wir uns, selbst einen Moment lang, so ineinander verlieren, dass wir sie vergessen haben?

Dass Bettzeug raschelt. Cameron rollt sich herum, die Augen kaum geöffnet. Sie richten sich auf mich, kurz, spähen dann zur Uhr. »Warum bist du auf?«, fragt er, die Stimme schlaftrunken.

»Konnte nicht schlafen.«

Er hebt die Decke. »Komm her.« Sein Lächeln ist sanft und verschlafen, sein Blick trüb.

Ich blicke wieder auf das Notizbuch. *Meinem Seelenverwandten begegnen.* Warum sind diese Wörter durchgestrichen, ersetzt durch *Mich verlieben?* Sie sind so ähnlich, aber doch eine Million Meilen voneinander entfernt. Ich habe eigentlich nie an die Vorstellung von Seelenverwandten geglaubt, oder an nur einen Menschen für jeden von uns, aber Storm muss daran geglaubt haben. Warum sonst hätte sie das geschrieben?

»Anna?«

Ehe ich auch nur weiß, was ich tue, bin ich aufgestanden, durchquere das kleine Zimmer und krieche zwischen seine Arme. Seine Umarmung ist warm. Sicher. Er presst die Lippen auf meinen Kopf, und ich lege die Wange an seine Brust, lausche seinem Herzschlag, gleichmäßig und langsam. Ich schiebe ein Bein zwischen seine und lasse den Finger an seiner Schulter kreisen.

»Was ist los?«, fragt er. Die Frage, wie sie durch seine Brust unter mir grollt, spüre ich mehr, als dass ich sie höre.

»Nichts.«

»Anna?«

»Ich denke bloß über Storm nach«, erwidere ich.

Sein Atem stockt nur eine Sekunde, aber lange genug, dass es mir auffällt. Mein Finger erstarrt mitten in der Kreisbewegung.

Er räuspert sich. »Liegt es daran, dass Storm und ich … Dass wir …?«

Mein Herz bleibt stehen, stockt in meiner Brust, und kommt dann wieder rasend schnell in Gang. Wie konnte ich das vergessen? Storm und Cameron waren im Bett, wie wir es jetzt sind, Haut an Haut, verschwitzt … Er sagte *fast,* dass es nicht richtig passiert sei, aber trotzdem.

Ich setze mich kerzengerade auf, entwinde mich seinen Armen. Dann laufe ich zum Badezimmer. Nachdem ich abgeschlossen habe, setze ich mich auf den Toilettendeckel, die Ellbogen auf den Knien und die Hände in den Haaren. Mein Magen ist in Aufruhr. Ich konzentriere mich auf meine Atmung.

An der Tür erklingt ein leises Klopfen. »Alles in Ordnung?«

»Ja«, bringe ich mit bebender Stimme hervor. »Fühle mich nur nicht allzu toll.«

»Kann ich dir was holen?«

»Nein. Ich komm gleich wieder raus.«

Ich zähle bis fünf, dann bespritze ich mir das Gesicht mit kaltem Wasser, befehle mir, mich zusammenzureißen. Es ist bloß Cameron. Dann haben wir uns eben geküsst. Es ist ja nicht so, als hätten wir beide noch nie zuvor jemanden geküsst. Das hier muss keine große Sache sein. Letzte Nacht war ein Ausrutscher, Zufall, eine Kombination aus Adrenalin und aufgewühlten Emotionen, die zu etwas führte, das nie hätte passieren dürfen. Es liegt in der Vergangenheit, und jetzt können wir es hinter uns lassen und die Liste zu Ende führen. Ich schaffe das.

Doch als ich aus dem Badezimmer gehe und ihn in seinem

Schlafanzug auf dem Bett sitzen sehe, auf der einen Seite mit abstehenden Haaren, das Gesicht von Sorge gezeichnet, ist da ein Ziehen, ein Schlingern, tief in meinen Eingeweiden, und freudige Erregung steigt in mir empor. Ich kann nichts dagegen tun.

»Besser?«

»Ja. Tut mir leid.« Ich setze mich neben ihn, lehne mich an seine Seite, während er einen Arm um mich schlingt. Meine Atmung beschleunigt sich ein wenig, wird flacher. Das hier sollte nicht passieren, das weiß ich, aber es passiert trotzdem. Ich bin dabei, mich in Cameron Andrews zu verlieben. Und trotz der tausend Gründe, warum ich es nicht tun sollte, lasse ich es zu.

»Willst du fahren?«, fragt Cameron auf unserem Weg aus dem Hotelfoyer. Er lässt die Autoschlüssel vor mir baumeln, eine Augenbraue lächerlich hochgezogen. Ich schnappe mir die Schlüssel und laufe zum Auto.

Ich bin schon auf dem Fahrersitz, und das Auto grollt um mich herum, während Cameron noch unsere Taschen im Kofferraum verstaut. Er lässt sich auf dem Sitz neben mir nieder, beugt sich dann über den Schaltknüppel und gibt mir einen flüchtigen Kuss. »Wohin jetzt?«

Ich zucke die Schultern. »Nach Süden? Letzten Endes müssen wir in Carolina Beach landen, stimmt's?«

»Hört sich gut an.«

Während des Versuchs, rückwärts aus unserer Parklücke zu setzen, würge ich den Motor dreimal ab, dann noch einmal beim Verlassen des Parkplatzes, aber schließlich schaffen wir es auf die Straße. Die Fahrt durch die Stadt ist brutal – hier gibt es mehr Stoppschilder, als es in einem winzigen Stranddorf geben dürfte –, aber es gelingt mir, uns ohne Probleme den ganzen Weg bis zum Highway zu bringen. Ich lächele Cameron selbstgefällig zu.

Sie hält ungefähr eine Stunde an, diese leichte Fahrerei, bis ich für einen Lkw das Tempo drossele. Das Auto erschaudert, und mir fällt wieder ein, dass ich einen niedrigeren Gang einlegen muss. Mit der durchgedrückten Kupplung schalte ich den Wagen vom vierten in den dritten Gang hinunter.

Das Knirschen ist schrecklich.

Als ich es erneut versuche, vernehme ich das gleiche Geknirsche. Ich schiebe den Schaltknüppel in den vierten zurück, aber das Ergebnis ist keinen Deut besser.

»Kupplung«, sagt Cameron matt.

»Ich trete die Kupplung!« In mir steigt Panik hoch. Ich trete mehrmals auf die Kupplung, probiere jeden möglichen Gang aus. Endlich, mit einem Schluckauf, schaltet das Auto in den zweiten Gang. Es macht einen Satz vorwärts, und der Motor heult auf. Automatisch drücke ich die Kupplung wieder nach unten. Ich trete auf die Bremse und schere an den Straßenrand aus.

Das Auto hüpft auf dem Kies, und ich drücke sogar noch fester aufs Pedal. Als ich es schon so gut wie durch den Wagenboden gestemmt habe und mir sicher bin, dass der Motor gleich absäuft, nimmt Cameron den Gang heraus und schaltet in den Leerlauf. Wir halten an, und der Motor grollt leise.

»Was ist gerade passiert?«, fragt Cameron.

Nachdem ich die Handbremse angezogen habe, lehne ich mich zurück und drücke die Handflächen an meine Augen. »Ich habe keine Ahnung. Alles lief prima, aber dann ist es einfach ausgeflippt.«

»Was hast du gemacht?«

»Nichts hab ich gemacht!«, brülle ich.

Cameron löst meine Hände von meinem Gesicht. »Beruhige dich. Ich sage ja nicht, dass du etwas falsch gemacht hast. Ich muss nur wissen, was passiert ist, damit ich versuchen kann dahinterzukommen, was mit dem Auto los ist.«

»Ich bin bloß gefahren, und dann ist dieser Laster echt langsam gefahren, also habe ich versucht runterzuschalten …«

Cameron nickt langsam. »Tritt auf die Kupplung«, sagt er.

Ich tue es. Sobald sie bis zum Boden gedrückt ist, schaltet Cameron durch die Gänge, probiert jeden einzelnen und erntet jedes Mal das gleiche metallene Knirschen. »Die Kupplung ist im Eimer.«

»Was bedeutet das? Wir sitzen hier fest?«

»Nein. Aber es bedeutet, dass ich jetzt fahren muss, okay?«

Wortlos tauschen wir die Plätze, Cameron schaltet den Motor aus und legt den ersten Gang ein. Er stellt den Blinker ein und wartet darauf, dass der Verkehr nachlässt. Schließlich sagt er: »Bereit?« Ich nicke, und er lässt den Motor an.

Der Wagen rollt erst langsam und macht dann einen Satz auf die Straße. Als Cameron den zweiten Gang einlegt, knirscht die Gangschaltung wieder, also wartet er einen Moment und versucht es noch einmal. Der Knüppel lässt sich einlegen. Das Auto erbebt ein wenig, aber wir fahren weiter. Das Schalten in den dritten und vierten Gang verläuft glatt, und wir sind wieder unterwegs.

»Du bist ein Genie.«

»Ich tue mein Bestes.« Er greift über den Schaltknüppel und umschließt meine Hand mit seiner. Ich drehe meine um, und unsere Finger verschränken sich, die Hände auf meinem Oberschenkel. »Ich glaube, ich habe weiter hinten ein Schild nach New Bern gesehen. Wir können einen Boxenstopp einlegen und sehen, ob wir das Auto reparieren lassen können.«

»So kannst du es nicht weiterfahren? Scheint doch zu funktionieren.«

»Das strapaziert das Getriebe zu sehr. Ich fahre uns in die Stadt, aber wir sollten es nicht übertreiben, bis wir irgendwo eine neue Kupplung herbekommen.«

Jedes Mal, wenn Cameron herunterschalten muss, jagt er den Motor hoch, und wenn er einen höheren Gang einlegt, bewegt er den Knüppel langsam, bis er einrastet. Wir brauchen zwei Stunden nach New Bern, und als wir dort sind, halten wir an der ersten Werkstatt, an der wir vorüberkommen.

Es ist ein kleiner Laden mit gerade einmal genug Platz für zwei Autos und ein Büro mit drei Stühlen. An einer Station ist ein alter Pick-up aufgebockt, die andere ist zum Glück leer. Cameron stellt das Auto vor der leeren Station ab, wobei er darauf achtet, in den Leerlauf zu schalten, bevor er den Motor abstellt.

Beinahe sofort steht ein wettergegerbter Mann in schmierigem Overall neben dem Auto. »Was kann ich für Sie tun?«, erkundigt er sich, sobald wir ausgestiegen sind.

»Die Kupplung hat zwischen hier und Outer Banks den Geist aufgegeben«, erklärt Cameron. »Wäre es möglich, dass Sie uns schnell einschieben?«

»Baujahr?«

»1970.«

Der Mann pfeift. »Da haben Sie ein tolles Auto, mein Junge. Viele dieser alten Chevrolets kriegt man hier nicht zu Gesicht. Aber wir haben alle Hände voll zu tun. Habt ihr zwei Tage Zeit?«

Camerons Blick wandert zu der leeren Station, dann zu mir, und ich nicke. Welche Wahl bleibt uns schon? Wir könnten uns nach einer anderen Werkstatt umsehen, aber das Auto fuhr schon ziemlich unsicher, als wir in die Stadt gerollt sind, und ich weiß nicht recht, wie viel weiter wir es noch riskieren sollten.

Wir folgen dem Mann ins Büro und sehen zu, wie er durch mehrere Menüs auf dem Computer navigiert. »Na schön«, sagt er nach zwei Minuten. »Eine neue Kupplung kriegen wir ohne Weiteres, aber die Arbeit werden wir erst Montagvormittag hinbekommen. Mit ein bisschen Glück vielleicht Sonntag.«

Ich betrachte das GEÖFFNET-Schild an der Eingangstür. »Haben Sie denn sonntags geöffnet?«

»Oh ja. Wir nehmen keine neuen Wagen an, aber wir haben einen Kerl, der zu diesen Adventisten vom Siebenten Tag gehört. Geht am Samstag zur Kirche und kommt deshalb sonntags vorbei, um liegen gebliebene Arbeit fertigzustellen.«

»Klingt gut«, sagt Cameron. »Wie viel wird uns das kosten?«

»Das Ersatzteil ungefähr eins fünfzig, und ich schätze, ungefähr vierhundert für die Arbeit, es sei denn, wir stoßen auf Probleme.«

Vor meinem geistigen Auge sehe ich das Geld aus meinem Sparkonto fließen. Die Kreditkarte, die Mom und Dad mir vor einem Jahr gegeben haben, befindet sich in meiner Handtasche, falls die Lage verzweifelt wird, aber da sie jede Transaktion sehen werden, möchte ich diese Option um jeden Preis vermeiden.

Cameron reicht dem Mann unsere Schlüssel, und wir gehen zu dritt zum Wagen, um unsere Taschen holen zu können, während der Mann uns zeigt, wo ein Bus hält, mit dem wir in die Stadtmitte fahren können. Wir gehen auf die Bank zu, auf die er gewiesen hat, und ich zücke mein Handy.

»Hey, *Banana!*«

»Hey, Tante Morgan.« Meine Stimme ist bei Weitem nicht so aufgekratzt wie ihre. »Wir sind in New Bern.«

»Wow! Begeistert klingst du ja nicht gerade.«

»Die Kupplung ist kaputtgegangen«, sage ich, »also sitzen wir hier zwei Tage fest.«

»Aua. Das hört sich teuer an.«

»Ja. Hey ... Kannst du dich vielleicht nach einem Zimmer für uns umsehen? Etwas nicht allzu Teures? Wir warten gerade auf den Bus, aber wir haben keine Ahnung, wohin wir eigentlich fahren, und ich will mich im Moment wirklich nicht darum kümmern.« Seit Bender House ist es sowieso einfacher, wenn Tante Morgan das Buchen für uns übernimmt.

»Sicher. Wie lange, glaubt ihr, werdet ihr dort sein?«

»Der Mechaniker hat gesagt, dass sie vor Montag nicht fertig werden, also wohl übers Wochenende.«

»Okay. Ich finde was. Ich melde mich.«

»Danke, Tante Morgan.« Ich lege auf und lasse das Handy in die Handtasche fallen. Cameron reibt meinen Arm, weiche Streicheleinheiten auf meiner nackten Haut. Ich schmiege mich näher an ihn. »Ich bin froh, dass du hier bist.«

»Das solltest du auch sein«, erwidert er lachend, »ansonsten wärst du vorhin völlig stecken geblieben.«

»Sei still. Nicht bloß deswegen.« Ich recke den Hals, bringe meine Lippen an seine und küsse ihn, sanft und langsam.

Das Klingeln meines Handys lässt uns auseinanderfahren, und ich taste eilig danach, während mir die Röte in die Wangen steigt.

»Hey, was hast du gefunden?« Ich klinge atemlos.

»Okay, also Zimmer in New Bern sind schwer zu finden. Aber ich habe euch eines im Bradham B&B besorgt.«

»Bed and Breakfast? Wie teuer wird das denn?«

»Mach dir keine Sorgen. Das geht auf mich.«

»Das musst du nicht tun.«

»Ich weiß. Aber ich will. Vergnügt euch schön dort, okay?«

»Danke. Ich hab dich lieb.«

»Ich dich auch, *Banana.*«

Gerade als ich auflege, kommt der Bus in Sicht. Cameron sammelt unsere Taschen auf, und wir treten an den Bordstein. Der Bus hält quietschend an, und die Türen öffnen sich mit einem Zischen.

»Wo ist das Bradham B&B?«, erkundige ich mich beim Fahrer, als wir einsteigen. In meiner Handtasche krame ich nach Bargeld für unsere Fahrkarten.

»Wir fahren direkt dran vorbei«, antwortet er. »Ich halte für euch an.«

»Vielen Dank!«

Wir suchen uns einen Sitzplatz, auf halbem Weg nach hinten, zwischen einer Frau mittleren Alters in Rock und Blazer und einer Gruppe Highschool-Schülern, die sich um ein Video drängen, das auf einem iPad läuft. Wir verstauen unsere Taschen unter den Sitzplätzen und setzen uns hin.

Der Bus schlängelt sich durch die Straßen, vorbei an gewaltigen alten Häusern mit Magnolienbäumen, die auf weitläufigen Rasenflächen Schatten spenden. Wir überqueren einen Fluss, dann befinden sich zu beiden Seiten Backsteinläden. Leute schlendern auf den Gehsteigen, und es fahren so gut wie keine Autos vorüber.

Wir halten zweimal, und es steigen Fahrgäste ein und aus. Bald schon biegt der Fahrer um eine Ecke und stoppt vor einem riesigen viktorianischen Haus, das himmelblau gestrichen ist. »Ihr beiden, das Bradham B&B!«

Das Haus ist wunderschön. Es hat eine breite Veranda vorne, die von Adirondack-Stühlen mit kleinen Tischen dazwischen gesäumt wird. Die Eingangstür besteht aus aufwendig geschnitztem Holz mit einem mattierten Glasfenster fast ganz oben. Das Foyer drinnen hat eine hohe Decke und Stuckverzierungen, den Hartholzboden bedeckt ein gewaltiger Orientteppich. Wir durchqueren den Raum zu dem Rezeptionstisch mit Marmorplatte und läuten die Glocke.

»Hi!«, kommt eine Stimme von hinten, gefolgt von einer zierlichen Frau. »Oh, Sie müssen Anna und Cameron sein!«

»Sind wir.«

Sie holt einen Schlüssel von der Wand und winkt uns in Richtung der Treppe. »Tja, kommen Sie! Sie haben Glück. Bei uns ist eine Hochzeitsgesellschaft einquartiert, sodass wir nur ein Zimmer frei haben. Ich heiße Nancy«, fügt sie noch hinzu, bevor sie die Treppe hochsteigt. Sie führt uns am ersten Stock vorbei in den zweiten, wo wir auf einem kleinen Treppenabsatz mit je einer Tür zu beiden Seiten stehen bleiben. Sie sperrt die linke Tür auf, und wir betreten das Zimmer, das riesengroß ist, mit einem gewaltigen Himmelbett in der Mitte. Zu beiden Seiten des Bettes befindet sich ein runder Tisch und an der Wand ein Kleiderschrank.

»Sie haben dort auch Ihr eigenes Bad«, erklärt Nancy uns, »und wir servieren Frühstück von sechs bis neun Uhr. Falls Sie etwas brauchen sollten, bin ich gleich unten.«

Wir bedanken uns bei ihr, und sie geht. »Wie viel, glaubst du, bezahlt deine Tante hierfür?«, fragt Cameron, sobald er sicher ist, dass sich Nancy außer Hörweite befindet.

»Wahrscheinlich zu viel«, erwidere ich, »aber ich habe vor, es zu genießen.« Ich springe aufs Bett und wickele mich in die gewaltige Tagesdecke. Derart warm eingehüllt werde ich von unserer späten Nacht und dem frühen Aufbruch eingeholt und fühle mich auf einmal völlig erledigt.

»Ich bin gleich wieder da«, sagt Cameron und schleicht aus der Tür, bevor ich etwas sagen kann. Er ist nicht einmal eine Minute fort, und bei seiner Rückkehr atmet er schwer.

»Alles in Ordnung?«, frage ich gähnend.

Nickend hält er einen Zettel hoch, und ich winke ihn zu mir. Es ist eine Hochzeitseinladung.

»Woher hast du die?«

»Sie lag bei unserer Anmeldung an der Rezeption. Du hast sie nicht gesehen?«

Ich schüttele den Kopf. »Und was – du hast einfach beschlossen, sie zu klauen?«

»Ich werde sie zurückgeben. Ich wollte bloß die Einzelheiten in Erfahrung bringen.«

»Wieso?«

»Weil wir morgen Abend eine Hochzeit crashen werden.«

KAPITEL 24

»Cameron.«

Nichts.

Ich schüttele ihn. »Cameron.«

»Mmmm?«

»Bist du wach?«

»Nein.«

»Ich hab Hunger.«

»Es ist dunkel.«

»Kohldampf.«

»Wie viel Uhr ist es?«

»Egal. Ich hab Hunger.«

Ächzend rollt er herum und holt sein Handy vom Nachttisch. »Ach. Es ist Viertel nach drei. Schlaf ein.«

»Geht nicht. Ich hab Hunger.«

»Es ist nicht meine Schuld, dass du zu Bett gegangen bist, ohne etwas zu essen.«

»Doch, ist es.«

»Ach ja? Wie das?«

Ich schmiege mich an seine Seite und drücke den Mund an seinen Hals. Sein Puls schlägt unter meinen Lippen. »Weil du so warm und bequem warst, und ich mich nicht wegbewegen wollte und eingeschlafen bin. Deine Schuld.«

»Du wirst mich nicht wieder einschlafen lassen, bis du etwas zu essen bekommst, oder?«

»Unwahrscheinlich.«

»Schön. Gehen wir.«

Wir schleichen aus dem Zimmer und steigen auf Zehenspitzen die Treppe hinunter. Das Haus ist dunkel, nur eine kleine Lampe wirft Licht ins Foyer. Der Speisesaal ist gleich an der Seite, und wir durchqueren ihn in Richtung Küche.

Die Küche ist riesengroß, mit Gerätschaften aus Edelstahl. Sie ist überraschend modern in einem Haus voller Antiquitäten. Cameron zieht einen Kühlschrank auf, und Licht fällt auf den Boden.

»Dürfen wir uns hier drinnen aufhalten?«

»Wahrscheinlich nicht«, antwortet er und häuft Lebensmittel in seine Arme. »Aber wenn du nichts zu essen kriegst, werde ich nie schlafen, und ich bin müde.« Er macht sich an die Arbeit, blitzschnell ein Brot zu belegen. Nachdem er es mir gereicht hat, räumt er die Zutaten in den Kühlschrank zurück.

»Himmel, das ist das beste Brot, das ich je gegessen habe«, sage ich mit vollem Mund. »Im Ernst, ich möchte eine Familie mit dem Brot gründen.«

»Solange du dich beeilst.« Cameron packt meine Hand und führt mich in den Speisesaal zurück.

In dem Moment geht im Nebenzimmer ein Licht an, und eine Stimme ruft: »Hallo? Ist jemand da unten?«

Es ist Nancy, die vielleicht netteste Frau auf Erden. Wahrscheinlich wäre es ihr gleich, dass wir uns etwas zu essen geholt haben, wenn wir ihr erklären, wie hungrig ich bin, doch ich gerate trotzdem in Panik. Ich lasse mich zu Boden fallen, ziehe Cameron mit mir, und wir beide kriechen unter den gewaltigen Esstisch. Ich knie mich hin und beiße noch einmal von dem Brot ab. Unglaublich gut, ganz ehrlich.

Die Deckenbeleuchtung geht flackernd an, und ich beobachte, wie Füße in Strümpfen den Tisch umrunden und in die Küche gehen. »Hallo?«

Cameron passt eigentlich nicht unter den Tisch. Er sieht wie eine in ihre Verpackung gestopfte Marionette aus, ganz lange Gliedmaßen und spitze Winkel, in diesen winzigen Raum gequetscht. Sein Kopf ist gegen die Unterseite des Tisches gepresst, und er starrt mich wütend an. Ich muss ein Lachen unterdrücken.

Ich lege mein Brot auf einen der Stühle, lasse mich auf Hände und Knie hinunter, beuge mich vor und drücke meinen Mund auf seinen. Er erwidert den Kuss, und so bleiben wir, selig unbequem, noch lange Zeit, nachdem das Licht ausgeschaltet ist und Nancy längst wieder im Bett liegt.

Oben in unserem Zimmer, ins Bett gekuschelt, esse ich mein Brot auf. Nachdem ich den letzten Bissen hinuntergeschluckt habe, sage ich: »Danke für das Essen.«

»Du schuldest mir was.«

»Ich weiß.« Ich lege einen Arm über seine Brust, schmiege den Kopf in die Mulde an seiner Schulter und schlummere wieder ein, geborgen in seinen Armen.

Wir schlafen aus und verpassen das Frühstück völlig. Bis wir geduscht und uns angezogen haben, ist es fast Mittagszeit. Da die Hochzeit erst um vier Uhr stattfindet, bleiben uns ein paar Stunden vor unserem uneingeladenen Erscheinen auf der Feier.

In dem B&B herrscht ein Wirbelsturm aus Brautjungfern, die sich fertig machen und halb angezogen durch die Korridore laufen, die Haare voller Lockenwickler. Die Braut ist im Salon neben dem Foyer untergebracht, umgeben von einem Team aus Stylistinnen, die an ihrem Haar zupfen und ihr Make-up auffrischen. Ihr Kleid hängt in der Ecke, makellos und funkelnd.

»Stand auf der Einladung zufälligerweise eine Kleiderordnung?«, flüstere ich Cameron zu. Ich klinge, als würde ich mit einem Mund voll Murmeln sprechen, aber ich weiß nicht recht, wie ich die Wörter sonst bilden soll. Akzente sind sogar noch schwieriger, wenn man zu flüstern versucht, wie ich schnell erkenne.

»Dein britischer Akzent ist echt mies«, antwortet er mit einem Akzent, der zugegebenermaßen viel besser als meiner ist, wenn auch immer noch nicht ganz britisch.

»*Bollocks.*«

»Weißt du überhaupt, was das bedeutet?«

»Egal. Was sollen wir anziehen?«

Verstohlen zieht er die Einladung hinter der Kameratasche hervor und liest sie auf dem Weg zur Rezeption. Nachdem er sie wieder an die Stelle gelegt hat, von wo er sie entwendet hat, kehrt er zu mir zurück. »Da steht Smoking optional.«

»Was bedeutet, dass wir wahrscheinlich etwas viel Besseres anziehen sollten, als wir dabeihaben. Dazu fehlt uns das Geld.«

»Oh, ihr Kleingläubigen!« Zwinkernd winkt er der Braut und ihrer Entourage zu, während wir durch die Eingangstür ins Freie treten.

Er führt mich durch die Straßen, an Geschäften und Boutiquen vorbei, sein Handy stets gezückt, während er der Wegbeschreibung auf dem Display folgt. Kleider hängen in Schaufenstern, und ich sehe mindestens drei Stück, die hochzeitstauglich wären, doch Cameron verlangsamt seine Schritte nicht. Schließlich bleibt er vor einem schlichten Haus stehen und weist mit ausladender Bewegung darauf. »Wir sind da.«

»Ähm, okay?« Ein kleines Holzschild hängt an der Mauer, und in Zierschrift steht darauf LOUISA JANE. Wir treten ein.

Der Laden ist klein, und von einer Wand zur anderen mit Kleiderständern vollgestopft. Eine Systematik lässt sich in dem Chaos nicht erkennen. Glänzende Kleider liegen hingeworfen neben T-Shirts und Jeans, die sich neben Schlafoveralls türmen. »Hier finden wir nie was.«

Eine alte Frau quetscht ihren beträchtlichen Bauch zwischen zwei Kleiderständern hindurch und bleibt vor uns stehen. »Hallo, meine Lieben«, keucht sie. »Wonach suchen wir denn heute?«

»Wir müssen auf eine Hochzeit im Tryon Palace. Smoking optional«, erläutert Cameron. »Viel Bares haben wir nicht.«

»Ts, ts, ts.« Sie mustert uns von Kopf bis Fuß. »Drehen«, befiehlt sie, und wir gehorchen, wobei wir aneinanderrempeln, während wir uns auf dem engen Raum drehen. Als wir sie wieder ansehen, starrt sie uns aufmerksam an, und ihr Gesicht verzieht sich langsam zu einem Lächeln. »Ich habe genau das Richtige. Wartet hier.«

Sie verschwindet zwischen den Kleiderständern, und dass sie sich überhaupt noch in dem Raum befindet, ist nur am Geräusch von Metallbügeln zu erkennen, die aneinanderklirren. Sie murmelt etwas vor sich hin. Eine Tür knallt zu. Ich sehe zu Cameron hoch, fragend, er zuckt die Schultern.

Die Frau kehrt zurück, und wir folgen mit den Blicken der Linie wackelnder Kleiderständer, während sie sich einen Weg zu uns bahnt. Über ihrem Arm hängen zwei Taschen. »Schwarz ist für dich.« Sie deutet mit dem Kinn auf Cameron. »Und die weiße ist deine«, erklärt sie mir.

Wir nehmen die Taschen. »Haben Sie eine Umkleide?«, erkundige ich mich.

Sie sieht mich an, als hätte ich eben einen kleinen Hundewelpen getreten. »Nicht nötig. Es passt, versprochen.«

»Danke«, sagt Cameron und zückt seinen Geldbeutel. »Wie viel schulden wir Ihnen?«

Sie winkt ab. »Bringt sie einfach morgen zurück.«

»Im Ernst?«

»Ja, klar. Das hier ist ein Secondhandladen. Es kümmert keinen, ob die Klamotten ein bisschen getragen sind.«

Wir bedanken uns erneut bei der Frau und versprechen, die Kleidungsstücke gleich morgen früh zurückzubringen. Dann machen wir uns auf den Rückweg zum B&B.

Das Kleid ist atemberaubend. Ich stehe vor dem Badezimmerspiegel und drehe mich, um es von allen Seiten zu bewundern. Der glänzende Stoff ist dunkelviolett, beinahe schwarz. Es ist trägerlos, ein schwarzes Lederband hält das Oberteil knapp über meiner Brust. Es liegt eng am Körper an und fällt mir bis auf die Knie. Die Frau hat sogar Schuhe in die Tasche gepackt, schwarze mit Keilsabsatz und kleinen silbernen Perlen.

Ich knete meine Haare, versuche, meinen Wellen etwas Volumen zu geben, ziehe sie dann über die Schulter und binde sie zu einem losen Knoten. Ich lege etwas Lipgloss auf und lasse es dabei bewenden.

Cameron steht am Kleiderschrank, mit dem Rücken zu mir, als ich das Zimmer wieder betrete. Seine Kleidung passt genauso gut. Er trägt einen schmalen grauen Anzug und schwarze Schuhe.

Da dreht er sich um. »Wow!«, sagt er. »Du siehst – wow aus.«

»Du bist selbst nicht so übel, Kollege.« Unter dem grauen Jackett trägt er ein weißes Hemd, den obersten Knopf offen.

»Bist du so weit?«

Die Hochzeitsgesellschaft ist schon fort, und in ihrer Abwesenheit herrscht Stille im Haus. »*Cheerio.*«

»Du musst echt mal nach England, um zu sehen, wie dort wirklich geredet wird.« Camerons Akzent ist subtil und einwandfrei, nachdem er den ganzen Tag daran gefeilt hat.

»*Pishposh,* altes Haus.«

Draußen hält Cameron mich davon ab, die Treppe hinunterzusteigen, und führt mich zu einem der Verandastühle. »Ich habe ein Taxi bestellt«, sagt er. »In den Schuhen gehen wir auf keinen Fall zu Fuß dorthin.«

Das Taxi hält eine Minute später, und wir gleiten auf die Rückbank. »Bringen Sie uns zum Palast, James«, sage ich dem Fahrer.

»Achten Sie nicht auf sie«, sagt Cameron lachend.

Tryon Palace ragt nach nicht einmal zehn Minuten vor uns auf. Das Gebäude thront riesig über makellosen Rasenflächen. Der Fahrer setzt uns an der ringförmig angelegten Auffahrt ab. Cameron bezahlt ihn, und wir gehen um das Gebäude, indem wir einem Pfad aus Blumen und Luftballons folgen. An der Rückseite ist ein bogenförmiges Spalier aufgestellt, in das Wiesenblumen geflochten sind. Reihenweise säumen weiße Stühle einen grasbewachsenen Mittelgang. Gäste wuseln durcheinander, umarmen sich und verteilen Wangenküsschen. Wir gehen in die letzte Reihe und lassen uns auf zwei Plätzen nieder.

Jetzt steht ein Mann vor dem Mittelgang, unter dem Rand des Spaliers, und die Gäste begeben sich zu ihren Plätzen. Eine Schwarze setzt sich neben mich, ihre Handtasche auf dem Schoß umklammert. »Woher kennst du Sarah und Jasper?«

»Oh, eigentlich gar nicht«, sage ich, und mein Akzent verschwindet kurzzeitig, »aber mein Freund hier ist mit – ähm – Jasper zur Schule gegangen.«

»Wie nett. Woher kommst du, meine Liebe?«

»Aus Iowa.« Sie sieht überrascht aus, und mir fällt wieder der falsche britische Akzent ein, den ich mir zugelegt habe. »Ich bin in einer Kleinstadt ganz in der Nähe von Manchester aufgewachsen, aber vor ein paar Jahren bin ich hergezogen, um bei meinen Großeltern zu wohnen.«

Nun setzt Musik ein und bewahrt mich davor, mir selbst eine noch tiefere Grube zu graben. Wir beobachten die Prozession – Blumenmädchen und der Ringträger, gefolgt von vier Trauzeugen, die vier Brautjungfern begleiten. Dann erscheint die Braut, ihren Vater auf der einen Seite, auf der anderen die Mutter. Beide halten sie an der Hand.

Auf einmal weine ich. Und zwar dieses bebende Weinen, wenn man versucht, nicht laut loszuschluchzen. Während ich die schöne Braut beobachte, die auf ihren Bräutigam zugeht, trifft mich die Erkenntnis, dass Storm dies niemals tun wird. Eine Hochzeit wie diese hätte ihr gefallen – einfach und schön und im Freien, elegant, aber schlicht. Das hier hätte sie sein können, in fünf Jahren. Vielleicht sogar noch früher. Stattdessen ist sie tot, und sie wird niemals ihre Traumhochzeit bekommen.

Cameron greift nach meiner Hand und drückt sie fest. Ich erwidere den Druck, halte mich an ihm fest, um mich trösten zu lassen, um zu wissen, dass er hier ist und Storm genauso sehr vermisst wie ich.

Doch es währt nicht lange. Statt des Trosts, den ich zu spüren erwarte, kribbelt meine Haut und brennt, wo unsere Hände sich berühren. Ich drücke meine Handtasche auf den Schoß und entziehe ihm meine Hand unter dem Vorwand, nach einem Taschentuch zu kramen. Als mein Gesicht wieder trocken ist, verschränke ich die Hände im Schoß.

Der Hochzeitsempfang ist gleich im Anschluss an die Zeremonie. Sobald die Versammelten alle aufgestanden sind und dem Paar zujubeln, werden wir in eines der Gebäude hinter dem Palast geführt. Geschmückt ist es mit weißen glitzernden Lichterketten und weiteren Wiesenblumen, die in Kristallvasen im Raum verteilt sind. An einem Ende befindet sich eine Tanzfläche, eine Gruppe runder Tische am anderen.

Wir folgen der Menge zu den Tischen. Jeder ist voller Namensschilder. Natürlich. An der Seite des Saals befindet sich eine Tür, und ich gehe darauf zu und schlüpfe leise hindurch. Cameron folgt mir. In dem Zimmer verpasst ein Mann einer gewaltigen, verzierten Torte den letzten Schliff. Er starrt mich an, die Frage ist deutlich in seinem Gesicht zu lesen, also halte ich mein Handy hoch. »Ich muss telefonieren. Wie komme ich nach draußen?«

Wortlos deutet er hinter sich auf eine Tür, die mithilfe einer Kiste aufgehalten wird. Ich stürme hindurch. Draußen lehne ich mich an die Hauswand und tippe auf mein Handydisplay.

ICH: Hey, dürfte spät werden, bevor ich heute Abend anrufen kann.

TANTE MORGAN: Dann ruf jetzt an.

ICH: Kann ich es bleiben lassen?

TANTE MORGAN: ??

ICH: Mir geht's gut. Bloß echt müde. Immer noch in New Bern. Gibt nichts Neues.

TANTE MORGAN: Okay, aber ruf morgen früh an. Ich hab frei.

ICH: Mach ich.

Cameron stellt sich neben mich und wartet geduldig, bis ich mein Handy in die Handtasche zurückstecke. Als ich es tue, erkundigt er sich: »Alles in Ordnung?«

»Bestens.«

Er greift nach meiner Hand, aber ich ziehe sie zurück, und verschränke die Arme.

»Anna, was ist los?«

»Nichts.«

»Du lügst.«

»*Bollocks*. Lass uns einfach – warten.«

Verletztheit huscht über sein Gesicht, aber er zuckt mit den Achseln und geht zu einer Bank unter den weitläufigen Ästen eines Magnolienbaums. Wir sitzen, ohne zu reden. Ich hole wieder mein Handy hervor und scrolle, während ich mich von Cameron wegdrehe, durch meine Social-Media-Feeds. Mit einem Seufzen lehnt er sich zurück, sein eigenes Handy in der Hand, und so bleiben wir sitzen, zusammen, aber getrennt, bis Musik über den Rasen dröhnt.

»Das Abendessen muss vorüber sein«, sagt er.

»Super. Lass uns tanzen.«

Ich lasse mich von der Musik forttragen. Sobald wir wieder in dem Gebäude sind, gehe ich auf die Tanzfläche, lasse den Beat auf mich wirken, bewege den Körper dazu. Hier sind unzählige Leiber, hüpfen alle zusammen, Arme in der Luft, sich drehende Kleider.

Der DJ hält uns in Bewegung und spielt vier schnelle Songs, bevor es langsamer wird.

»Und wie wäre es jetzt mit Mr. und Mrs. Hepworth zu ihrem ersten Tanz?«

Die Menge bricht in Jubel aus, und die Braut und der Bräutigam kommen in die Mitte der Tanzfläche. Der Bräutigam hält die Braut fest umschlungen, als das Intro einer alten Rockballade erklingt. Wir sehen alle zu, während sie auf der Tanzfläche kreisen, dann gesellt sich ein Paar nach dem anderen zu ihnen. Mein Blick fällt auf Cameron, der am Rand der Tanzfläche steht und mich beobachtet.

Der Mann neben mir ist über sechzig. Als er mir seinen Arm anbietet, nehme ich ihn, und wir wirbeln um die Tanzfläche. Die Songs verschmelzen, langsame, wiegende Lieder, die direkt in schnelle übergehen, sodass wild umhergesprungen wird. Wir tanzen den Chicken Dance, den Hokey Pokey und den Macarena. Gefühlsduselige Countrysongs und beschwingter Jazz.

Bei der Hälfte von »The Time of My Life«, während ich gerade mit einem Jungen tanze, der ungefähr in meinem Alter ist – der Neffe der Braut, wie ich drei Songs zuvor erfahren habe –, nähert sich Cameron.

»Hey, Anna«, sagt er und wendet sich dann an meinen Partner: »Du gestattest?«

Der Neffe, dessen Namen ich vergessen habe, blickt verwirrt drein, als sei ihm nicht klar gewesen, dass so etwas jemals außerhalb von Filmen passiert. Wahrscheinlich tut es das auch nicht. Doch er tritt beiseite, und Cameron nimmt mich in die Arme. Ich lege ihm eine Hand auf die Brust, erzwinge einen gewissen Abstand zwischen uns.

»Was ist los, Anna?«

»Ich weiß nicht, wovon du sprichst.«

»Das ist lächerlich, und das weißt du. Es ist, als wäre im Laufe der Zeremonie eine Mauer zwischen uns hochgezogen worden, und ich möchte wissen, warum.«

»Ich finde nur, dass wir … Was wir hier tun …«

»Kannst du mit dem Akzent aufhören? Ich kann dieses Gespräch nicht mit dir führen, wenn du so redest.«

Zorn kribbelt in meinem Nacken. »Schön«, sage ich, meine Stimme barsch und ganz Iowa. »Ich finde, wir haben einen Fehler begangen. Ist es das, was du hören willst?«

»Einen Fehler?«

»Ja. Du und ich. Es ist ein Fehler. Du hast mich geküsst, und ich bin da reingeschlittert, und ich hätte es nicht weiterlaufen lassen dürfen. Es war ein großer, fetter Fehler.«

»Du weißt, dass das nicht stimmt.« Es kommt ein anderes Lied, irgendein schneller Popsong, aber wir bleiben zusammen, wiegen uns hin und her.

»Cameron, weißt du nicht mehr, worum es sich bei diesem ganzen Sommer eigentlich drehen soll?«

Sein Gesicht wird weicher. »Natürlich weiß ich das.«

»Und mit dir eine Beziehung zu haben gehört nicht dazu. Ich arbeite diese Liste durch, und du passt da nicht rein.«

Camerons Hand drückt an mein Kreuz, und ich lasse mich ein klitzekleines bisschen näher an ihn ziehen. »Ich könnte reinpassen, wenn du mich lässt.«

»Nein, könntest du nicht. Was ist mit Nummer fünf?«

»Verlieben. Was ist damit?«

Die Seite blitzt vor meinem geistigen Auge auf, die durchgestrichenen Wörter deutlich und leuchtend. »Sie hat geschrieben, ›meinem

Seelenverwandten begegnen‹, Cameron. Nicht, mich in einen Jungen verlieben, den ich schon mein ganzes Leben kenne.«

»Hat sie den Teil mit dem Seelenverwandten nicht durchgestrichen?«

Ich schüttele den Kopf, sage aber: »Ja, aber das ist egal. Ich muss jemanden finden. Einem Fremden begegnen und mich verlieben. Nicht – das hier.« Noch während ich protestiere, lockert sich die Muskulatur in meinem Arm, mein Ellbogen knickt ein, bis wir aneinandergedrückt sind, Brust an Brust, meine Hand flach zwischen uns.

Er neigt den Kopf tief und streicht leicht mit den Lippen über mein Ohrläppchen. Kribbeln läuft über meine Haut, und ich lehne mich an ihn, gebe bereits nach. Mir fallen unzählige Gegenargumente ein, aber mein Körper sehnt sich zu heftig nach ihm.

»Anna«, flüstert er, und der Klang, als er meinen Namen sagt, jagt mir einen Schauer über den Rücken. »Wir beginnen alle als Fremde.«

Ich weiß nicht, wer anfängt, aber unsere Lippen finden zueinander, zögerlich, dann begierig. Und wir stehen da, mitten auf der Tanzfläche, inmitten sich drehender Paare, und küssen uns.

Ich könnte ihn ewig küssen.

KAPITEL 25

Die Sonne späht am Morgen durchs Fenster, fällt warm über mein Gesicht und überredet mich aufzuwachen. Cameron liegt neben mir, eine Hand hinter dem Kopf. Schlafend sieht er jünger aus. Ich gebe ihm einen sanften Kuss auf die Lippen.

Er bewegt sich, legt einen Arm um mich. Der Kuss wird inniger. Cameron zieht mich auf sich und greift mit einer Hand in mein Haar. »Guten Morgen«, murmelt er in meinen Mund.

»Ebenfalls.« Ich küsse ihn erneut. »Was machen wir heute?«

Nach einem langen Kuss streicht er mit einer Hand meinen Rücken hinunter und lässt sie knapp über der Wölbung meines Hinterns liegen. »Das hier.«

»Das hier ist definitiv schön«, sage ich zwischen kurzen Küssen, »aber wenn du mich nicht fütterst, neige ich dazu, bösartig zu werden.«

»Als wenn ich das nicht wüsste.«

»Ich sag's ja nur: Man kann mich nicht für Dinge verantwortlich machen, die ich von mir gebe, wenn ich Hunger habe.«

Er bewegt sich, und ich kann seine Erregung spüren. Ich fahre mit den Fingern über seine Kopfhaut, schlinge die Arme um seinen Kopf und drücke mich an ihn. Stirn an Stirn blicke ich tief in seine Augen und küsse ihn dann erneut, fest und leidenschaftlich. Ich will schon sagen, dass das Essen warten kann, dass wir den ganzen Tag im Bett bleiben, doch mein Magen quittiert diese Idee mit einem lauten Knurren. Stöhnend rolle ich von Cameron und strecke mich.

»Okay, okay. Schon kapiert. Füttern wir dich.«

Da die Uhr uns verrät, dass uns eine Viertelstunde bleibt, um unten zu frühstücken, schlurfen wir ungewaschen und ungestylt in den Speisesaal. Abgesehen von Krügen mit Milch, Saft und Wasser auf dem Tisch ist er leer.

Cameron zieht mir einen Stuhl zurück, und als ich mich setze, beugt er sich tief hinunter, um meine Hand zu küssen. »Mylady.«

»Du bist ein Idiot.«

»Ich tue mein Bestes. Bin gleich wieder da.« Er steckt den Kopf durch die Küchentür. »Hallo?«

Nancys Stimme schallt heraus. »Oh, Cameron, mein Lieber! Ich freue mich so, dass Sie beide heute bei uns frühstücken.« Sie betritt den Speisesaal, und Cameron nimmt neben mir Platz. »Guten Morgen, Anna«, sagt sie.

»Morgen.«

»Heute gibt es Waffeln mit Erdbeeren. Ist das in Ordnung für Sie beide?«

»Klingt wunderbar«, erwidere ich und erinnere mich an mein Frühstück mit Dad vor nicht allzu langer Zeit.

»Wie wäre es mit Eiern? Soll ich Ihnen ein paar braten?«

»Nicht nötig«, sage ich, während Cameron gleichzeitig antwortet: »Das wäre klasse. Danke.«

Nancy lacht und sieht mich fragend an. »Eier wären prima«, sage ich.

»Kann man Ihnen helfen?«, erkundigt sich Cameron.

»Nein, nein, mein Lieber. Bleiben Sie nur sitzen, und entspannen Sie sich. Das hier ist meine Arbeit.« Mit einem Zwinkern verschwindet sie in der Küche.

Wir reden nicht, sondern sitzen nur Schulter an Schulter an dem gewaltigen Tisch. Cameron legt die Hand auf meinen Oberschenkel, Handfläche nach oben. Ich fahre mit den Fingernägeln über seine Handfläche, seine Finger auf und ab, male Kreise auf sein Handgelenk. Ich präge mir die Linien und Konturen seiner Hand ein, wo sie hart und schwielig und wo sie zwischen den Fingern weich und seidig ist.

Nancy kehrt schneller zurück, als man angesichts der Unmengen Essen, die sie gefährlich schief auf den Armen balanciert, für möglich halten würde. Cameron springt auf und hilft ihr trotz ihrer Widerrede, die Teller auf den Tisch zu stellen.

»Tausend Dank, Nancy«, sage ich. »Das sieht unglaublich aus.«

Und das ist es. Die Waffeln sind leicht und locker, und die Erdbeeren sind frisch. Wir essen schnell, und schon bald habe ich das Gefühl, gleich zu platzen.

»Ich brauche ein Nickerchen.«

Cameron lacht. »Es ist halb zehn. Wie kannst du müde sein?«

»Essen macht mich schläfrig.«

»Wie schade! Wir gehen nämlich auf Erkundungstour.«

Ich packe ihn vorn am T-Shirt und ziehe ihn gewaltsam zu mir. Unsere Lippen prallen aufeinander. »Mir fallen da ein paar Stellen ein, die ich gern erkunden würde.«

»Dich kann man nirgendwohin mitnehmen, was?«

»Nein.« Ich küsse ihn noch einmal.

Eine Stunde später sind wir angezogen und spazieren durch die Stadtmitte. Wir haben die Klamotten von gestern Abend zurückgebracht, indem wir die Taschen in einer Plastikkiste deponiert haben, die die alte Frau vor ihren verschlossenen Laden gestellt hatte, eine Haftnotiz oben darauf, auf der stand: RETOUREN.

Wir betreten ein altmodisches Café, in dem Pepsi-Flaschen die Regale säumen und alte Metallschilder an den Wänden hängen. Es ist gestopft voll, sämtliche Tische sind besetzt, ein paar Leute sitzen um eine Vitrine am Ende des Ladens. Vor der Theke stehen zwei leere Hocker nebeneinander, und wir halten direkt darauf zu. Die Wand hinter der Bar ist eine Collage aus alten Schwarz-Weiß- und Sepia-Fotos, zwischen die die Geschichte von Pepsi eingestreut ist. Der Mann hinter der Theke hat einen beeindruckenden Schnauzbart. Er lächelt breit, sodass seine Augen zwischen Fältchen verschwinden, und hält einen Finger hoch. »Bloß einen Moment.«

Als wir uns auf unseren Hockern niederlassen, greift Cameron nach einem Plastikaufsteller und liest: »New Bern, North Carolina, ist der Originalort, an dem Pepsi-Cola 1898 von Caleb Bradham in seiner Apotheke erfunden wurde.« Er überfliegt den Rest leise, während Schnauzbart-Mann auf uns zukommt. Ich bestelle zwei Pepsi und beobachte, wie er sie aus einer Säule zapft.

»Hier schmeckt sie besser. Findest du nicht, dass sie hier besser ist?«, fragt Cameron, den Strohhalm im Mund.

Ich trinke einen kleinen Schluck. Die Cola ist süß, und die Kohlensäure kitzelt mich in der Nase. »Sie ist gut«, stimme ich zu, »aber eigentlich schmecke ich keinen Unterschied.«

»Sie ist besser, Ehrenwort. Pepsiger.«

»Pepsiger. Alles klar.« Den Strohhalm zwischen den Zähnen lächele ich ihn an.

»Storm würde es kapieren«, sagt Cameron. »Sie war eine echte Pepsi-Kennerin.«

»Das war sie.« Wir führten eine Liste mit Läden in der Stadt, die Pepsi in Glasflaschen verkauften, weil das angeblich besser ist. Ich konnte nie einen großen Unterschied herausschmecken. Cameron hat recht, sie fände es hier toll.

Wir leeren unsere Gläser und rutschen von den Hockern, winken das Angebot des Schnauzers ab, uns nachzuschenken. Sobald wir wieder auf dem Gehsteig sind, biegt Cameron ab, packt meine Hand und zieht mich in Richtung Wasser. Wir gehen hüpfenden Schrittes auf den Jachthafen zu.

»Wohin. Gehen. Wir?«, frage ich zwischen meinen Atemzügen.

»Boote verspotten.«

Ich bleibe wie angewurzelt stehen, und mein Arm wird nach vorne gerissen, als Cameron zu weit von mir weghüpft. »Wie zum Teufel verspottet man Boote?«

Er zieht leicht an meinem Arm. »Du wirst schon sehen. Komm einfach.«

Wir schlendern jetzt – ein gemächlicher Spaziergang über die Anlegestege des Jachthafens. Viele Anlegeplätze sind leer, doch es liegen immer noch ausreichend Boote vor Anker. Mit der auf dem Wasser glitzernden Sonne und den Masten, die in einer Reihe hoch emporragen, fühlt es sich an, als würden wir durch ein Gemälde spazieren, die Interpretation eines Künstlers, wie die Küste auszusehen hat.

»Da«, sagt Cameron und zeigt nach vorn. »Das da.« Wir gehen an die Rückseite eines gewaltigen blauen Boots. Hinten sind weiße und goldene Lettern aufgemalt: *In Deep Ship*.

»Okay …?«

Er sieht mich an, als wäre mir ein zweiter Kopf gewachsen. »*Okay*? Das war's? Komm schon, es ist witzig! Wer nennt sein Boot so?«

»Offensichtlich der Bootsbesitzer, wer auch immer das sein mag.«

»Witzbold.«

»Egal. Was ist denn dann ein guter Bootsname, oh Weiser?«

»Ich weiß nicht. Etwas wie ...« Er wirbelt herum, lässt den Blick über Boote schweifen und eilt dann zu einem gegenüberliegenden. »Das hier! Das hier ist ein anständiger Bootsname.«

»*Carpe Diem*? Wenn du meinst, Herr Kapitän.«

»Was ist an *Carpe Diem* verkehrt?«

»Nichts. Bloß wirst du wahrscheinlich drei davon in jedem Jachthafen an der Ostküste finden.«

»So weit verbreitet ist der Name nicht.«

»Ich wette doch. *Carpe Diem* ist die Anna der Bootsnamen.«

Camerons Lippen umspielt ein wissendes Lächeln. »Du hast deinen Namen noch nie leiden können, nicht wahr?«

»Ja – nein.« Ich fahre mir mit der Hand durchs Haar, meine Finger verfangen sich, wo es verknotet ist. »Es ist nicht so, dass ich meinen Namen nicht leiden kann. Anna ist ein ausgezeichneter Name.«

»Und was ist dann das Problem?«

»Nichts. Ich mag Anna.«

»Lügnerin. Du hast früher, als wir noch Kinder waren, immer versucht, ihn zu ändern. Einmal hast du uns einen Monat lang dazu gebracht, dich River zu nennen.«

Ich zucke die Schultern und denke zurück. Als ich noch klein war, liebte ich den Namen River. »Es ist bloß – meine Eltern. Es ist, als hätten sie ihre ganze Kreativität bei Storm aufgebraucht, verstehst du? Wie konnten sie einem Kind so einen einzigartigen Namen geben, und dann kein Jahr später fällt ihnen bloß Anna ein?«

Meine Hand befindet sich jetzt in seiner, und wir lassen die *Carpe Diem* langsam hinter uns. »Erinnerst du dich noch, wie deine Eltern waren, bevor du und Storm auf der Welt wart?«

»Du machst Witze, richtig?«

Er lacht. »Natürlich *erinnerst* du dich nicht daran, aber aus Erzählungen, meine ich.«

»Ja, klar. Sie schienen irgendwie – anders zu sein. Lustiger, weniger verklemmt.«

»Sie waren Hippies.«

»Nein ...«

»Doch! Totale, waschechte Hippies. Blumenkinder. Aber dann wurde deine Mom schwanger, und dein Dad hat seine Arbeit ernst genommen.«

»Woher weißt du das alles?«

»Ich höre eben zu. Deine Mom hat damals ständig darüber geredet, wie dein Dad früher reisen wollte, wohin auch immer der Wind sie blies, und dann auf einmal die ganze Nacht gebüffelt hat, um seine Kurse zu bestehen und befördert zu werden. Sie sagte, es sei praktisch über Nacht geschehen, als sie mit Storm schwanger wurde.«

Während Cameron spricht, sehe ich vor meinem geistigen Auge weder den jetzigen Dad, den Mann mittleren Alters mit einsetzender Stirnglatze und kleinem Bäuchlein, noch sehe ich den Mann mit langen Koteletten und wallendem Haar von dem Hochzeitsfoto, das im Flur im ersten Stock bei uns an der Wand hängt.

Camerons Worte beschwören das Bild eines dritten Mannes herauf, irgendwie besser als die beiden Versionen von Dad, die ich kenne. Zudem attraktiver, wie der Held in den Liebeskomödien, die ich mir immer mit Piper ansehen muss.

Doch das alles kann ich Cameron nicht sagen – kann nicht zugeben, wie wenig ich im Gegensatz zu ihm über meine eigenen Eltern weiß. Stattdessen sage ich: »Ich begreife eigentlich nicht, was das mit unseren Namen zu tun haben soll.«

»Alles!«, brüllt er, wirft die Arme in die Luft, beschreibt einen großen Kreis und kugelt mir dabei fast den Arm aus. Ein Mann auf einem Boot in der Nähe – *The Last Chance*, wie mir auffällt – hält beim Wischen der Armaturen inne und starrt zu uns herüber.

»Im Ernst?« Ich massiere mir mit der freien Hand die schmerzende Schulter.

»Ja, klar! Sieh mal, mit Storm – dem Namen, nicht dem Baby – haben sie am Hippie-Leben festgehalten. Es war die letzte Spur dessen, wer sie gewesen sind, bevor sie Eltern wurden. Und als du dann auf dem Parkett erschienen bist …«

»Satte elf Monate später …«

»Waren sie darüber hinweg. Sie hatten den Teil von sich hinter sich gelassen. Also haben sie dich Anna genannt.«

»Lass mich das klarstellen. Du behauptest, damit meine Eltern, diese kreativen, frei denkenden Hippies, zu Leuten mutierten, die mir den am weitesten verbreiteten Namen aller Zeiten verpasst haben, hat es nur eines gebraucht: zu sehen, wie sich das Pipi-Stäbchen blau verfärbt?«

»Genau. Aber ich bin mir ziemlich sicher, dass Anna nicht der am weitesten verbreitete Name aller Zeiten ist – das dürfte wohl Mary sein.«

»Wie auch immer.«

Wir sind stehen geblieben. Meine Hand fühlt sich in seiner heiß an. Eine Möwe saust hinter Camerons Kopf vorbei und landet auf dem Mast eines riesigen weißen Boots namens *Persephone*.

»Das ist ein guter Name.« Ich recke mein Kinn in Richtung des Boots.

Er wirft ihm einen Blick zu, ganz flüchtig, dann sieht er wieder mich an. »Mir gefällt Anna besser.«

»Du bist ganz mies im Flirten.«

Er tritt näher. Ich spüre seinen Atem auf meinem Gesicht. »Ich kann dich River nennen, wenn dir das lieber ist.«

»Halt den Mund.«

»Auch das krieg ich hin.«

Er küsst mich, gleichzeitig heiß und sanft und fest. Ich lasse seine Hand los und schlinge die Arme um seinen Hals, meine Finger in seinem Haar. Ich präge mir ein, wie sich sein Körper an meinem anfühlt, jede Wölbung und Kante und Ebene seiner Brust. Seine Arme schieben sich um mein Kreuz und ziehen mich sogar noch näher an ihn, bis ich auf Zehenspitzen stehe.

Ich habe mir schon immer gewünscht, mal jemanden zu küssen, der so groß ist, dass die Zehenspitzen zum Einsatz kommen. Aber wenn man ein Meter achtundsiebzig groß ist, sind selbst die größeren Typen dazu eigentlich nicht groß genug. Aber Cameron ist es, und auf einmal sind die Gliedmaßen, die immer eine Spur zu lang gewirkt haben, ideal für mich.

Dieser Kuss währt ewig, unsere Lippen tanzen, unsere Zungen gehen auf Erkundungstour. Mein Kopf ist benommen, achtet nicht auf den Jachthafen und die Boote, den Mann auf *The Last Chance*, der uns vielleicht immer noch beobachtet.

Als Cameron zurückweicht, eine Sekunde lang den Kontakt unterbricht, folge ich ihm, lehne mich wieder an ihn. Ich bin noch nicht so weit, dass wir aufhören könnten, meine Lippen sehnen sich nach mehr. Er tut mir den Gefallen, küsst mich noch einen Moment länger und entzieht sich mir dann, drückt seine Stirn an meine. Unsere Nasenspitzen berühren sich ganz sachte.

Sein Atem kommt rasch und heftig. Ich recke das Gesicht wieder seinem entgegen, doch er schüttelt leicht den Kopf. »Warte«, flüstert er.

Auf einmal zittert er am ganzen Körper. Es ist das kaum merkliche Zittern eines Menschen, der noch nicht weiß, dass ihm kalt ist. Aber hier draußen auf dem Anlegeplatz muss es über dreißig Grad haben, also kann ihm unmöglich kalt sein! Er atmet langsam ein, und seine Brust erbebt vor Anstrengung.

»Alles in Ordnung?« Ich ziehe den Kopf von seinem weg, damit ich sein Gesicht richtig betrachten kann. Seine Wangen sind gerötet, seine Lippen leicht geschwollen. Er hält die Augen geschlossen und nickt.

»Ich …«

Nur das eine Wort, dann schweigt er wieder. Das Zittern hat sich etwas gelegt, jetzt beben nur noch seine Hände in meinem Kreuz. Er öffnet die Augen, und sie strahlen, während sie tief in meine blicken.

»Cameron?«

»Ich liebe dich.«

Ich blinzele. Mein Gesicht wird völlig schlaff. Ich muss wie die größte Idiotin der Welt aussehen. Ich finde meine Stimme nicht – auch wenn ich sowieso keine Ahnung habe, was ich sagen würde, wenn ich sprechen könnte. Die Geräusche des Jachthafens – in der

Ferne kreischende Möwen, an Schiffsrümpfe klatschendes Wasser – verblassen alle, ersetzt nur durch den Klang meines Herzens, das auf meinen Trommelfellen trommelt, unregelmäßig und zu schnell. Ich mache Anstalten, mich Camerons Armen zu entziehen, doch er hält mich fest.

»Es ist okay«, durchbricht er das Hämmern in meinen Ohren. »Du musst es nicht auch sagen oder so. Ich erwarte nicht …« Er räuspert sich. »Du sollst es bloß wissen. Ich musste es dir sagen.«

»Wie lange schon?« Meine Stimme ist kaum mehr als ein Flüstern.

»Ich glaube nicht, dass es möglich ist, Liebe einen zeitlichen Rahmen zu geben. Wenn sie einmal vorhanden ist, ist es, als wäre da nie etwas anderes gewesen. Die Zeit krümmt sich, und auf einmal wusste ich, dass ich dich immer geliebt habe.« Er spricht schnell weiter, um meinem Einwurf zuvorzukommen. »Und das habe ich. Auf die eine oder andere Weise, seitdem ich nebenan eingezogen bin, seit jenem ersten gemeinsamen Sommer, habe ich dich geliebt. Euch beide. Aber das hier jetzt? Es hat sich langsam im Laufe der vergangenen Woche entwickelt, aber genauso ist es vor nur ein paar Minuten aus dem Nichts gekommen. Ich kann es nicht erklären, Anna. Ich weiß nur, dass ich dich liebe, und wenn ich es dir nicht gleich gesagt hätte, würde ich mir in den Hintern beißen, weil ich die Gelegenheit versäumt habe.«

Tränen kribbeln in meinen Augenwinkeln, und mein ganzer Körper wirkt schwerer. Cameron sieht mich so offen an, alles spiegelt sich auf seinem Gesicht wider.

»Danke«, flüstere ich. Es ist das Dümmste, was ich sagen kann – eine schreckliche Erwiderung auf ein »Ich liebe dich«. Aber es scheint genau das zu sein, was er hören muss. Ein Lächeln lässt sein Gesicht erstrahlen, das Zähne zeigende, schiefe Lächeln, das ich schon immer geliebt habe, und seine Augen verschwinden beinahe darin. Und ich liebe dieses Lächeln tatsächlich. Ich mag noch nicht bereit sein herauszufinden, ob ich alles an ihm liebe, aber es ist ein Anfang. Ich ziehe seinen Kopf behutsam zu mir und küsse Cameron, direkt auf das Lächeln, das mein Herz zerschmelzen lässt.

KAPITEL 26

Der schrillende Wecker neben meinem Kopf reißt mich aus meinem Traum. Ich schlage danach, bis er verstummt, und schmiege mich dann wieder an Cameron. Er ist warm an meinem Rücken, und seine Arme spannen sich nur ein wenig an, um mich fest zu umschlingen. Seine Lippen ruhen an meinem Nacken.

»Anna«, flüstert er. Sein Atem kitzelt die Babyhärchen hinter meinem Ohr.

»Pfff.«

»Anna, wir müssen aufstehen.«

»Nein, müssen wir nicht.« Ich ziehe die Bettdecke bis über meinen Hals und halte sie an meine Wange. »Zu warm. Muss schlafen.«

»Wir verpassen ihn noch.«

»Schon okay.«

Cameron stöhnt. »Anna«, sagt er wieder, leise und tief. »Es war dein Einfall.« Er küsst mich, knapp hinter dem Ohr, fährt dann mit den Lippen meine Kieferpartie entlang, bei jeder Berührung eine heiß lodernde Spur hinterlassend. Ich weigere mich nachzugeben.

»Es ist Zeit aufzustehen.« Er streicht mir das Haar von der Schulter und drückt die Lippen darauf. Etwas hüpft und tanzt, tief in meinen Eingeweiden. Als er mich umdreht, leiste ich keinen

Widerstand, sondern rolle mich auf den Rücken, die Augen immer noch geschlossen. Cameron schiebt sich auf mich, stützt sich mit den Unterarmen ab, lastet gerade so viel auf mir, dass ich mehr will. Ich winde mich unter ihm.

»Wach auf.« Er küsst meine Augenlider, eine meiner Schläfen. Drückt die Lippen auf mein Kinn, dann in die Mulde an meiner Kehle. Ich biege den Rücken durch.

»Komm schon, Anna.« Seine Lippen streichen an meinen vorbei, kaum merklich. Sanft genug für ein Kitzeln, dann sind sie fort. Sein Atem liebkost die Seite meines Gesichts. Ich wende mich in die Richtung, hoffe, dort auf seine Lippen zu stoßen.

Stattdessen muss ich feststellen, dass er sich vom Bett erhebt. Unwillkürlich schießen meine Arme vor und packen ihn, ziehen ihn wieder nach unten. Unsere Lippen treffen aufeinander.

Er beendet den Kuss mit einem Lachen. »Ich wusste doch, dass ich dich wach bekomme. Jetzt aber los!« Er springt vom Bett und schlüpft in seine Flipflops.

»Unfair«, murre ich, aber folge ihm, ziehe meine Schuhe an.

Cameron zieht die Tagesdecke vom Bett und führt mich aus dem Zimmer. Das Haus liegt dunkel da, aber von unten höre ich leises Klappern – wahrscheinlich Nancy, die das Frühstück vorbereitet. In der Decke über uns befindet sich eine Falltür. Cameron zieht an der Schnur, die Tür geht auf, und eine weiße Leiter gleitet zu Boden. Wir klettern hoch.

Der Witwensteg ist klein, bietet gerade einmal Platz für einen Adirondack-Stuhl und einen kleinen Tisch, die ich in der Dunkelheit kaum erkennen kann. Wir ziehen die Leiter hinter uns hoch, da wir nicht wollen, dass die Gäste im gegenüberliegenden Zimmer darüber stolpern, wenn sie aufwachen. Cameron setzt sich, und ich schmiege mich in seinen Schoß und lege die Tagesdecke um uns.

Sterne sind immer noch sichtbar, aber der Himmel wird genau am Horizont heller, und Königsblau mischt sich in die Schwärze. Vom Dach aus können wir über die anderen Häuser hinweg bis zum Wasser sehen. Jetzt herrscht gerade genug Licht, um die Silhouetten der Boote am Jachthafen auszumachen. Wenn ich mich anstrenge, kann ich so tun, als würde ich die Stelle sehen, wo wir gestern standen, als Cameron mir sagte, dass er mich liebt.

Ich lehne den Kopf an seine Schulter. »Ich glaube nicht, dass ich schon einmal wach war, um mir einen Sonnenaufgang anzusehen.«

»Nein?« Er umarmt mich fest. »Ich dachte, ihr Mädchen müsstet immer lächerlich früh auf sein fürs Cheerleader-Training.«

»Ja, das müssen wir wohl, aber ich passe nie auf. Ich denke an nichts anderes, als zur Schule zu kommen und das Training hinter mich zu bringen.«

»Macht es dir keinen Spaß?«

»Ja, es macht schon Spaß«, sage ich ein wenig zu nachdrücklich. »Es ist bloß so, dass das Training echt früh stattfindet, und ich hasse es aufzustehen.«

»Ja. Das habe ich gemerkt.«

»Und …« Ich drehe mich auf seinem Schoß, gerade so weit, bis ich sein Gesicht sehen kann. Seitdem ich der Truppe vor drei Jahren beigetreten bin, dreht sich alles nur noch ums Cheerleading, und zwar die ganze Zeit. Wir üben, wir treten auf, und wenn wir das nicht tun, verbringen wir Zeit miteinander. Ich bin immer mit der Truppe zusammen, und die Mädchen aus dem Team sind meine besten Freundinnen. Deshalb habe ich noch nie laut ausgesprochen, was ich denke – ich habe mir kaum gestattet, es auch nur zu denken.

»Und?«, bohrt Cameron nach.

»Und manchmal kommt es mir ein bisschen sinnlos vor, weißt du?« Ich presse die Wörter so schnell hervor, wie sie meinen Mund verlassen können, weil ich weiß, dass ich sie niemals aussprechen werde, wenn ich es nicht jetzt tue. Sobald sie gesagt sind, werde ich jedoch langsamer, hole zu einer Erklärung aus. »Ich meine, du warst beim Debattierklub und all so was, weil du Anwalt werden möchtest, und Storm hat jeden naturwissenschaftlichen Kurs belegt, in dem sie einen Platz bekommen konnte, um sich aufs Studium vorzubereiten. Ihr wart beide im Key Club und habt ehrenamtliche Sachen gemacht, und was fange ich mit meiner Zeit an? Ich springe herum und klatsche in die Hände und gehe auf Partys.«

»Aber es macht dir Spaß, oder?«

Ich nicke. »Ja. Das macht es mir wirklich. Aber es ist ziemlich sinnlos.«

Er zuckt die Schultern. »Wenn es dir Spaß macht, dann ist es nicht sinnlos.«

»Das ist Blödsinn.«

»Nein, ich meine es ernst. Ich war im Key Club, weil Storm mich darum gebeten hat, und Storm konnte man nichts abschlagen. Und die Debattiererei? Ich bin ein Riesen-Nerd – gib dir nicht die Mühe, es zu leugnen, denn wir kennen beide die Wahrheit. Aber ich habe nicht debattiert, weil es irgendeinen Sinn gehabt hätte. Ich habe es getan, weil ich gern gewinne.«

»Was du nicht sagst.«

»Ist dir schon aufgefallen, wie?«

»Natürlich ist es mir aufgefallen! Es ist der ganzen Welt aufgefallen.« Ich seufze. »Aber genau das ist der springende Punkt. Du weißt, was du machen willst, und du machst es. Ich will nicht mein Leben lang Cheerleaderin sein. Ich mache es, weil ich sonst nichts mache.«

Cameron spricht erst nach kurzem Schweigen. »Tja, hast du irgendeine Vorstellung, was du nach der Schule tun willst?«

Ich zucke wortlos mit den Schultern. Ich hatte immer gedacht, ich würde Storm an die University of North Carolina folgen. Ich hatte mein ganzes Leben gelebt, indem ich in ihre Fußstapfen trat, immer elf Monate später, und ich war davon ausgegangen, dass es beim Studium nicht anders sein würde. Ihre Leidenschaft fürs Meer war so gewaltig, und da ich keine eigene Leidenschaft hatte, redete ich mir ein, mir würde auch leidenschaftlich daran liegen. Doch jetzt ist Storm fort, und ich kann ihr nicht mehr folgen. Ich muss meinen eigenen Weg gehen, und ich bin mir nicht sicher, ob ich dazu bereit bin.

Jetzt fängt der Sonnenaufgang so richtig an, ein orangefarbenes Leuchten, das über das Wasser lugt und sich auf den Wellen widerspiegelt. Wir verfallen in Schweigen, und ich schmiege mich wieder an Camerons Brust, um die Vorstellung zu genießen.

Der Himmel nimmt unzählige Farben an, von Blau bis Orange bis hin zum zartesten Rosa, und schließlich wird er gelb, kurz bevor die Sonne aus ihrem nächtlichen Gefängnis ausbricht. Ich blinzele gegen die jähe Helligkeit.

»War es das wert, so früh aufzustehen?«, fragt Cameron.

Ich nicke. »Es ist wunderschön. Wo ist die Kamera?«

»Oh, Scheiße.« Er erhebt sich, und ich rutsche von seinem Schoß aufs Dach. »Verdammte Scheiße! Es tut mir leid.«

Ich stecke mitten in einem Lachkrampf, während er mir auf die Beine hilft. »Hast du eben tatsächlich ›verdammte Scheiße‹ gesagt?«

»Halt den Mund! Ich habe einmal vor deiner Mom geflucht, und ich dachte im Ernst, dass sie mir die Zunge abschneiden würde. Ich glaube nicht, dass ich seither ein Schimpfwort in den Mund genommen habe.«

»Ich glaube, daran kann ich mich noch erinnern.«

»Das solltest du auch. Du bist diejenige, die ich damals beschimpft habe.« Er lächelt verlegen. »Bleib hier. Ich hole die Kamera.« Er verschwindet durch die Falltür, und ich ziehe auf dem Stuhl die Füße unter meinen Hintern und sehe mir das Lichtspektakel an.

Er ist blitzschnell wieder da, die Polaroidkamera in der Hand. Bevor ich mich's versehe, hat er ein Bild von mir geschossen, und der Apparat spuckt den Film mit einem mechanischen Surren aus.

»Danke für die Warnung.« Ich fahre mir mit einer Hand über den Kopf und versuche, meine vom Schlafen wirren Haare glattzustreichen.

»Du bist schön«, sagt er. »Du brauchst dir keine Sorgen zu machen.«

»Charmeur.«

»Du weißt es.« Er reicht mir den Fotoapparat, und ich stehe auf, trete einen Schritt auf die Brüstung zu. Jetzt leuchtet der Jachthafen auf, die Sonne lässt Schiffsrümpfe und Mastspitzen glitzern. Dort unten erwacht das Leben, Boote setzen rückwärts aus ihren Anlegestellen, weitere kommen von Nachtschichten zurück. Ich halte den Fotoapparat ans Auge, nehme die Stelle, an der wir, wie ich glaube, gestern gestanden haben, in die Bildmitte und mache ein Foto vom Sonnenaufgang über dem Jachthafen. Es mag nicht die richtige Stelle sein – wahrscheinlich ist sie es nicht –, aber jedes Mal, wenn ich dieses Bild ansehe, weiß ich, dass sie in meiner Erinnerung der Ort sein wird, an dem mir Cameron Andrews seine Liebe gestanden hat.

»Tja«, sagt Cameron, der hinter mich tritt und die Arme um meine Taille schlingt, »ich weiß ja nicht, wie es bei dir aussieht, aber ich bin am Verhungern. Irgend so ein Idiot hat darauf bestanden, dass wir vor der Sonne aufstehen.«

»Sei still«, sage ich, drehe aber den Hals und küsse ihn.

»Guten Morgen«, trällert Nancy, als wir den Speisesaal betreten. Sie hat sich selbst zum Frühstücken zu ihren Gästen gesetzt.

Im Gegensatz zu gestern ist das Zimmer heute früh gerammelt voll. Die Hochzeitsgesellschaft ist gestern abgereist, und jetzt ist das B&B hauptsächlich von Paaren mittleren Alters belegt. Sie starren uns bei unserem Eintreten an – acht Augenpaare, sechs mit Brille, mustern abschätzend unseren Aufzug, die nicht gebändigten Haare. Vielleicht hätten wir vor dem Herunterkommen duschen sollen.

»Ähm, hi!«, bringe ich hervor, während ich das Zimmer nach einem Platz absuche. Es gibt zwei leere Stühle, getrennt durch ein altes Paar. Ich drücke Camerons Hand leicht, lasse sie dann los und gehe auf einen Stuhl zu. Cameron steuert den anderen an.

»Oh!«, ruft Nancy, die Gabel auf halbem Weg zum Mund. »Warten Sie, Cameron! Sie beide können zusammen sitzen. Harv, Jeanette, würden Sie vielleicht weiterrutschen, damit Anna und Cameron nebeneinander sitzen können?«

Der Mann zu meiner Linken lächelt mir zu, seine hellblauen Augen sind wässrig und trübe. »Selbstverständlich«, krächzt er und greift nach seinem Teller, geht hinter seiner Frau vorbei und nimmt auf dem Stuhl auf ihrer anderen Seite Platz. Sie reicht ihm mit zittriger Hand seine Kaffeetasse hinüber.

»Danke, Harv«, sagt Cameron und tätschelt Jeanettes Schulter, als er auf dem Weg zu dem eben frei gewordenen Platz an ihr vorübergeht.

Verlegen setze ich mich auf den Stuhl neben ihm.

»Ich gebe Tom Bescheid, dass Sie beide hier sind«, sagt Nancy und erhebt sich von ihrem Platz. »Er wird Ihnen gleich das Essen bringen.«

»Danke.«

Während ich auf den Tisch starre und mir wünsche, die Röte möge aus meinen Wangen verschwinden, greife ich nach Camerons Hand. Meine Finger verschränken sich mit seinen, ruhen in seinem Schoß. Mit der anderen Hand fährt er sanft Linien auf meinem Unterarm nach, und es kostet mich Mühe, nicht aufzulachen.

»Also, Anna und Cameron, richtig? Warum erzählen Sie beide uns nicht ein bisschen von sich?«, fragt die Frau, die mir gegenübersitzt, mit zuckersüßer Stimme. Sie ist etwa Mitte fünfzig, hat kleine schwarze Locken und trägt eine Schmetterlingsbrille.

»Ähm, da gibt es eigentlich nicht viel zu erzählen«, antworte ich.

»Unsinn, meine Liebe. Jeder hat eine Geschichte.«

»Das ist das Beste an Bed and Breakfasts, Süße«, meldet sich eine andere Frau zu Wort. »Wir lieben es, zu reisen und andere Gäste kennenzulernen.«

»Allerdings wüsste ich nicht, dass wir schon einmal so jungen Leuten wie Ihnen beiden begegnet sind«, sagt ein Mann, bei dem ich davon ausgehe, dass es ihr Ehemann ist –, ein massiger Kerl mit winzigem rotem Gesicht und sehr wenig Haar. »Sind Sie Studenten?«

Da Cameron ausnahmsweise einmal merkwürdig schweigsam ist, antworte ich: »Eigentlich noch an der Highschool. Na ja, also ich habe noch ein Jahr vor mir. Cameron hat gerade seinen Abschluss gemacht.«

»Seinen Abschluss gemacht?«, ruft der Mann. »Glückwunsch, mein Junge! An welchem College werden Sie studieren?«

Camerons Ohren sind unglaublich rot, aber ein winziges Lächeln stiehlt sich in sein Gesicht. »Yale.« In seiner Stimme schwingt Stolz mit.

»Yale?« Jeanette regt sich zum ersten Mal, seitdem wir das Zimmer betreten haben. Ihre Stimme klingt, als könne sie jede Minute in tausend Stücke zersplittern. »Mein Harv war in Yale.«

»Tatsächlich?«, fragt Cameron und dreht sich Harv zu.

»Vor langer, langer Zeit.« Harv lacht. »Was wollen Sie studieren?«

Harv und Cameron vertiefen sich in ein angeregtes Gespräch über Kurse und Campus-Aktivitäten und die zahlreichen Yale-Traditionen. Harv gibt ein paar besonders lebhafte Geschichten aus seiner Zeit dort zum Besten. Einmal versetzt Jeanette ihm einen spielerischen Hieb und befiehlt ihm, still zu sein.

»Wie lange sind Sie verheiratet?«, frage ich die beiden.

Jeanettes Gesicht ist unglaublich schrumpelig, die Haut besteht aus so vielen verschiedenen Falten, dass sie wie ein schiefgelaufenes Origami-Experiment aussieht. Doch die Liebe in ihrem Blick und die Bewunderung, die sie für ihren Ehemann empfindet, leuchten durch all das hindurch, und sie ist wunderschön. »Nächsten Monat sind es zweiundsechzig Jahre«, erklärt sie.

»Das ist unglaublich«, erwidere ich, und der ganze Tisch gratuliert den beiden.

Harv küsst Jeannette seitlich am Kopf, die Lippen laut und schmatzend, und sie wehrt ihn lachend ab. »Das hier ist unsere Jubiläumsreise«, erklärt er. »In zwei Wochen werde ich operiert, also wollten wir es vorher hinbekommen. Wir versuchen, jedes Jahr eine kleine Reise zu machen.«

»Nichts Ernstes, wie ich hoffe?«, erkundigt sich die Frau mir gegenüber.

»Oh, nein, nein. Es ist nichts Ernstes.« Harvs Stimme ist unbeschwert, doch seine Miene ist sorgenvoll, und Jeanettes Augen füllen sich mit Tränen. »Also«, sagt Harv mit einem Räuspern und versetzt Cameron einen Klaps auf die Schulter, »was ist mit Ihnen beiden? Wie lange sind Sie schon zusammen?«

Wir sehen uns an, und mir fällt wieder ein, was Cameron mir erst gestern gesagt hat. Wenn die Liebe einmal vorhanden ist, ist es, als wäre da nie etwas anderes gewesen. Ist unser erster Kuss wirklich erst vier Tage her? Es fühlt sich an, als wäre es nie anders gewesen – Cameron und ich, zusammen, so natürlich wie das Atmen.

»Ähm …« Cameron lacht. »Noch nicht ganz eine Woche?«

Die Frau gegenüber starrt uns ausdruckslos an. Ihre Stimme ist bei Weitem nicht mehr so süßlich, als sie fragt: »Und Sie machen bereits gemeinsam Urlaub?« Ihre Worte triefen vor Missbilligung.

»Eigentlich ist es nicht so«, erwidert Cameron.

»Na, wie ist es denn dann, junger Mann?«

Am liebsten würde ich sie unter dem Tisch treten. Zorn kriecht unter meine Haut. Wie sie mich ansieht, ihre Verurteilung und Verachtung führen dazu, dass ich um mich schlagen möchte. Cameron drückt meine Hand, zweifellos um mir ins Gedächtnis zu rufen, wo wir uns befinden, um mich zu zwingen, Ruhe zu bewahren, aber ich kann nicht anders.

Meine Stimme klingt völlig ruhig und leblos. »Es ist folgendermaßen: Meine Schwester, meine beste Freundin auf der ganzen Welt, ist gestorben. Am Abend der Highschool-Abschlussfeier. In der einen Minute hier, in der nächsten tot, zu Tode gequetscht in meinem Auto.« Der Tisch ist still, sämtliche Gäste starren mich entsetzt an. Cameron drückt meine Hand so fest, dass meine Finger wehtun, aber ich kann nicht aufhören. »Storm – das ist meine Schwester, die Tote –, sie wollte diese Reise machen, aber sie kann es nicht. Und Cameron ist seit der Kindheit ihr bester Freund gewesen. Also sind wir zusammen hergekommen. Wir haben diese Reise unternommen, weil Storm es nicht kann, weil sie tot ist. Reicht Ihnen das als Erklärung?«

Gerade als ich fertig bin, eilt Nancy ins Zimmer zurück. Hinter ihr trägt ein großer Mann mit schütterem Haar Teller mit Essen. Die Stille im Raum lässt Nancy stocken. »Ist alles in Ordnung?«, erkundigt sie sich.

Harv, der, wie ich herausfinde, Meister des Pokerface ist, bricht das Schweigen für uns. »Großartig, Nancy! Danke für dieses wunderbare Frühstück.« Bei seinen Worten regen sich wieder Geräusche, Gabeln und Messer schaben über Teller, als alle wieder ans Weiteressen denken.

»Oh, bedanken Sie sich nicht bei mir, mein Guter. Tom hat das hier zubereitet.«

»Mein Kompliment an den Küchenchef.« Harv tippt sich vor Tom an einen unsichtbaren Hut und zwinkert mir zu. Ich forme lautlos ein Danke mit den Lippen.

Die Frau mir gegenüber starrt weiter entsetzt vor sich hin, während ihr Mann seine Mahlzeit beendet, dann gehen sie eilig. Sobald sie den Raum verlassen haben, hebt wieder Geplauder an, und mein Gefühlsausbruch scheint zum Glück vergessen zu sein.

Nachdem wir fertig gegessen haben, stapelt Cameron meinen Teller auf seinen und fragt dann Harv, ob er seinen mitnehmen kann.

»Machen Sie sich darum keine Sorgen, Cameron«, sagt Nancy. »Das ist unsere …«

»Ich weiß! Das ist Ihre Arbeit. Aber ich komme mir komisch vor, wenn ich nicht helfe, also lassen Sie mich einfach, okay?«

»Wenn Sie darauf bestehen«, sagt Tom. »Sie können sie in die Spüle stellen, danke.«

Cameron bringt einen viel zu hohen Tellerstapel in die Küche und verschwindet hinter der Tür. Sobald er fort ist, fragt Tom mich: »Was werden Sie beide heute unternehmen?«

»Eigentlich weiß ich es nicht. Ich glaube nicht, dass wir Pläne haben.«

»Haben Sie sich den Waggon angesehen?«

Ich schüttele den Kopf. »Welchen Waggon?«

»Moment mal, meine Liebe.« Mit klackernden Absätzen auf den Holzböden läuft Nancy aus dem Zimmer und kehrt mit einer Broschüre in der Hand zurück. »Das ist eine historische Rundfahrt in einem Wagen, der einer Straßenbahn nachempfunden ist. Der Waggon fährt Sie durch die Stadt, und Sie erfahren etwas über die Geschichte der Häuser und all so was.«

Tom mischt sich ein. »Es klingt kitschig, aber eigentlich ist es ziemlich klasse.«

»Danke«, erwidere ich, als Cameron in den Raum zurückkehrt. »Ich glaube, das machen wir.«

»Was machen?« Cameron steht hinter mir, und ich reiche ihm die Broschüre.

»Tom und Nancy sagen, es ist eine ziemlich coole Fahrt.«

»Super. Danke.« Er drückt meine Schulter. »Wenn wir uns jetzt fertig machen, schaffen wir es zur ersten Rundfahrt.«

Wir verabschieden uns von Harv und Jeanette und gehen wieder nach oben. Sobald wir das Zimmer betreten haben, fragt Cameron mich: »Was ist da unten los gewesen?«

»Ich weiß es nicht. Ich bin bloß …«

»Völlig ausgetickert?«

»Ja.« Bei der Erinnerung an die Frau mit der Honigstimme, die mich angestarrt hat, kriecht mir wieder Wut den Nacken empor. »Es war seltsam. Als würde ich explodieren, wenn ich nichts sage.«

»Na ja, das bist du auch.«

»Ich weiß.« Ich zucke mit den Schultern. »Aber es ist geschehen, und ändern kann ich es nicht.«

Cameron zieht mich zu sich und umarmt mich. »Wenn du darüber reden willst – ich bin da.«

»Ich weiß«, flüstere ich.

»Vielleicht macht es die Sache leichter, wenn wir es tun. Darüber reden, meine ich.«

»Ich weiß«, wiederhole ich. »Aber nicht jetzt, okay? Jetzt muss ich duschen.«

»Hört sich gut an«, sagt er lächelnd. »Geh dich waschen, Stinkstiefel.«

KAPITEL 27

Drei Blocks von dem B&B entfernt steigen wir in den Waggon. Er ist glänzend blau und offen und sieht aus wie die alten Straßenbahntriebwagen in San Francisco. Wir suchen uns einen Platz irgendwo in der Mitte. Cameron bedeutet mir, mich ans Fenster zu setzen, nimmt nach mir Platz und legt einen Arm über meine Schulter.

Eine kleine Gruppe Touristen schließt sich uns an, sodass die Straßenbahn etwa zu drei Vierteln voll ist, bevor der Fahrer losfährt und immer wieder mit der Glocke läutet, während wir vorankriechen.

Wir erfahren einen kurzen Abriss der Geschichte New Berns und kommen wieder an der Geburtsstätte von Pepsi vorbei. Während wir durch die Altstadt fahren, erzählt der Fahrer uns von den Geistern, die angeblich in den alten Häusern herumspuken, und dass es auch eine nächtliche historische Geistertour gibt.

»Das sollten wir machen«, sage ich.

»Die Geistersache?«

»Ja. Ich glaube, das wäre cool.«

»Vielleicht machen wir das, falls wir Zeit haben«, murmelt Cameron seitlich an meinem Hals.

»Falls wir Zeit haben?« Ich drehe mich ihm zu. »Was haben wir denn sonst noch zu tun, während wir hier festsitzen?«

»Och, keine Ahnung.« Seine Hand gleitet meinen Oberschenkel hinauf, und er lehnt sich an mich. »Vielleicht das hier.« Er küsst mich, leidenschaftlich, mitten in dem vollen Wagen. Mein Mund öffnet sich ihm automatisch, seine Lippen passen darauf, als würden sie nur dorthin gehören. Meine Zunge streicht flink über seine, was tief in seiner Kehle ein leises Stöhnen hervorruft.

Jemand auf dem Platz hinter uns lacht auf, aber es ist mir gleich. Wichtig sind mir nur Camerons Lippen auf den meinen. Ich drücke die Hand fester an seine Brust, und er erschaudert unter meiner Berührung. Seine Hand gleitet unter mein Hemd und fährt dort die Haut entlang, berührt ganz behutsam mein Tattoo, das immer noch empfindlich ist.

Mir ist heiß, zu heiß. Ich kann ihm nicht nahe genug sein. Ich möchte, dass jeder Zentimeter seines Körpers jeden Zentimeter meines berührt. Ich biege den Rücken durch, presse mich so eng wie möglich an ihn. Er lehnt sich keuchend zurück.

»Wir müssen aufhören.«

»Nein, müssen wir nicht.« Ich bringe meine Lippen wieder auf seine.

Die Leute hinter uns brechen erneut in Gelächter aus.

»Doch, müssen wir.« Er lehnt sich in seinem Sitz zurück, verschränkt die Hände über dem Schoß. Die Bremsen des Waggons kreischen, als wir an einer roten Ampel halten.

Ich drücke mich seitlich an Cameron, ziehe sein Ohrläppchen in meinen Mund und knabbere zärtlich daran. Sein Atem stockt, und er stöhnt wieder auf, ganz leise.

»Nein, müssen wir nicht«, flüstere ich. Dann klettere ich über seinen Schoß, packe ihn bei der Hand und ziehe ihn zum vorderen Teil des Wagens. »Hey, es ist eine tolle Fahrt gewesen, aber mir geht es nicht so gut. Reisekrankheit.« Ich versuche, überzeugend auf meinen Magen zu deuten.

»Ach, es tut mir leid, das zu hören. Vielleicht kann ich ein paar Reisetabletten für Sie finden.«

»Passt schon. Ich glaube, ich muss mich einfach nur hinlegen.« Ich hüpfe praktisch vor Aufregung, begierig, aus dem Wagen auszusteigen.

»Tja, danke fürs Mitfahren«, sagt der Fahrer. »Gute Besserung.«

»Alles klar, danke.« Ich zwinge mich, die Stufen langsam hinunterzusteigen, und ziehe Cameron hinter mir her.

Die Ampel schaltet auf Grün, und der Waggon rumpelt davon, biegt in die Querstraße ein. Sobald er außer Sicht ist, werfe ich mich in Camerons Arme, und mein Mund trifft auf seinen.

»Komm«, sage ich, als der Kuss endet. Ich führe Cameron in einen kleinen Laden an der Ecke.

Wir schlängeln uns durch die Gänge, vorbei an Batterien und Kekspackungen und Malbüchern, alle nebeneinander aufgereiht. In dem Laden gibt es keine nachvollziehbare Ordnung, abgesehen von Getränken in den Kühlregalen an der Außenwand. Schließlich finde ich das Gesuchte im vierten Gang, den wir probieren, gleich neben einer Auswahl Instant-Nudelbecher.

Ich nehme die Packung vom Haken. Cameron erstarrt, und auf einmal legt sich seine Hand fester um meine. »Anna …«

Mit geöffnetem Mund drücke ich meine Lippen auf seine. Seine Verspanntheit schmilzt beinahe sofort dahin, und ich weiß, dass er es ebenfalls empfindet: dieses Begehren, das an uns zieht, so stark, dass ich es nicht niederkämpfen will.

»Komm schon«, sage ich an seinem Mund.

»Sicher?«

»Völlig.«

Der Mann hinter dem Ladentisch wirkt gelangweilt, während er abkassiert, ohne uns auch nur einmal während der Transaktion anzusehen. Doch als er Cameron die Tüte und das Wechselgeld aushändigt, fügt er ein leises »Viel Spaß, Kollege« hinzu. Noch schmieriger wäre es vielleicht gewesen, wenn er auch noch gezwinkert hätte. Vielleicht.

Der Rückweg zum B&B ist lang, da der Waggon uns über eine Meile von unserem Einstiegsort gefahren hat. Die Vorfreude treibt uns voran, sodass wir schneller als sonst gehen. Zwei Blocks von unserer Bleibe entfernt geraten wir an eine rote Ampel, und wir schlingen sofort die Arme umeinander, Lippen zusammen. Auf einmal fühlt sich das hier wie der weiteste Weg der Welt an.

Als die Ampel umschaltet, rennen wir praktisch über die Straße und den Gehsteig entlang zum B&B. Zum Glück gibt es von Nancy weit und breit keine Spur, das Foyer ist bei unserem Eintreten leer, und wir erreichen unser Zimmer in Rekordzeit. Sobald die Tür hinter uns zugegangen ist, kleben wir wieder aneinander, unsere Körper heiß vor Erregung. Cameron hält mich fest, sein Arm an meiner Seite drückt unangenehm auf mein Tattoo, aber das ist mir längst egal. Am liebsten wäre ich ihm noch näher.

Cameron führt uns rückwärts, bis seine Beine ans Bett stoßen, dann fallen wir. Unsere Lippen trennen sich kaum voneinander, als wir auf dem Bett landen. Ich liege auf ihm, Brust an Brust, und meine Haare bilden einen Käfig um uns herum. Ich küsse ihn erneut, jetzt langsamer, aber kein bisschen weniger begierig. Ich drücke mich an ihn, reibe mich an ihm, und er stöhnt auf, diesmal laut. Auf das tiefe Grollen in seiner Brust hin brennt mein Körper lichterloh. Seine Hände schieben sich mein Hemd empor, heiß auf der Haut an meinem Rücken. Er spreizt die Finger, Handflächen flach, so viel Körperkontakt wie möglich. Ich hebe den Kopf, atme keuchend ein, und sofort ist sein Mund an meinem Hals, drückt in einer Linie Küsse hinab. Er erreicht meine Schlüsselbeine, und seine Zunge spielt in der weichen Mulde dazwischen.

Ich muss mehr von ihm zu spüren bekommen. Die Stoffschichten, die uns voneinander trennen, verhöhnen mich, verspotten mich mit der Barriere, die sie darstellen. Ich setze mich auf, sitze rittlings auf seinem Schoß und ziehe mir das Hemd über den Kopf. Cameron hat mich schon unzählige Male im Bikini gesehen, doch jetzt, da ich bloß in Shorts und einem BH über ihm sitze, starrt er mich an, ganz Ehrfurcht und Lust und Schönheit.

Ich lasse die Hüften an ihm kreisen, seine bäumen sich im Gegenzug auf. Nachdem ich mich vorgebeugt habe, um ihn zu küssen, hüpfe ich vom Bett und lasse die Shorts zu Boden gleiten.

Er schält sich aus seiner Kleidung, ohne den Blick von mir zu nehmen, und wir stehen da, nur einen knappen Meter voneinander entfernt, und betrachten uns. Selbst so nah wirkt er zu weit weg von mir. Ich durchsuche das Zimmer, finde die Plastiktüte, wo Cameron sie bei unserem Eintreten hingeworfen hat. Nachdem ich die Schachtel herausgeholt habe, nehme ich eine der Folienverpackungen heraus. Wir ziehen uns noch die restlichen Kleidungsstücke aus.

Haut an Haut prallen wir aufeinander, jeder Zentimeter meines Körpers steht durch seine Berührung in Flammen. Er legt mich aufs Bett und verharrt dann über mir, stützt vorsichtig sein Gewicht ab. Er küsst mich so zärtlich, dass es beinahe wehtut, und lässt sich dann auf mich sinken.

Zuerst sind wir unbeholfen, als wir versuchen, einen Rhythmus zu finden, einen, der nur für uns perfekt ist. Doch selbst als wir ungeschickt gemeinsam kommen, noch nicht aufeinander abgestimmt, fühlt sich irgendetwas einfach richtig an, zum ersten Mal seit langer Zeit.

Ich rolle mich in Camerons Armen ein und presse das Gesicht an die Rundung seines Halses. Dort liege ich, bis er einschläft, seine Atmung langsam und gleichmäßig wird. Dann lasse ich mich ebenfalls von seinem Rhythmus in den Schlaf lullen.

KAPITEL 28

Sechzehn Stunden. So lange ist es her, seit ich das letzte Mal an Storm gedacht habe. Seit ich mich das letzte Mal gefragt habe, was sie tun würde, wenn sie immer noch hier wäre. Sechzehn Stunden, seit wir in der Straßenbahn gesessen und von den Geistertouren gehört haben, die sie toll gefunden hätte. Sechzehn Stunden, die ich neben Cameron eingerollt verbracht, die Welt verdrängt habe, die Erinnerungen, überhaupt alles außer uns beiden. Ich fasse es nicht, dass ich es zugelassen habe zu vergessen.

Doch das habe ich nicht – Storm vergessen. Das könnte ich niemals. Aber während ich hier sitze, auf dem Beifahrersitz ihres Autos, und Cameron aus dem Augenwinkel beobachte, erfüllt es mich mit Staunen, dass die vergangene Nacht überhaupt passieren konnte. Dass wir in dem Kummer, den wir teilen, so viel Freude finden konnten.

»Bereit?«, bricht Cameron das Schweigen. Wir sind im Auto, das frisch repariert und startklar ist, immer noch auf dem Parkplatz der Werkstatt.

»Bereit.« Wir fahren auf die Straße, und ich krame das Handy aus meiner Handtasche. »Ich rufe ganz kurz bei Tante Morgan an, okay?«

Cameron nickt, wechselt die Spur, während ich wähle. Sie geht beinahe sofort ans Telefon, ihre Stimme viel zu aufgekratzt für die frühe Morgenstunde. »*Banana!*«

»Hi«, sage ich ins Handy und muss ein Gähnen unterdrücken.

»Du rufst früh an.«

»Ja, ich dachte, ich melde mich mal. Wir haben eben den Wagen abgeholt ...«

»Wie viel hat euch das gekostet?«

»Darüber will ich nicht reden.« Cameron hat versucht, sich an den Reparaturkosten zu beteiligen, aber ich habe mich geweigert. Mein Bankkonto hat diese Entscheidung zu spüren bekommen. Trotzdem haben wir insgesamt genug Geld, um unsere Reise zu Ende machen zu können, also ist alles gut. »Egal«, spreche ich weiter, »wir fahren heute die Küste runter nach Wilmington und Carolina Beach.«

»Soll ich euch ein Zimmer suchen?«

»Ich glaube, wir kommen klar. Ich rufe an, falls wir Hilfe brauchen sollten.« Wir haben vor, #13 abzuhaken: im Studentenwohnheim in Wilmington übernachten. Wenn wir es allerdings nicht schaffen sollten hineinzugelangen, müssen wir uns etwas anderes einfallen lassen.

»Hört sich gut an. Habt ihr beiden das Wochenende genossen?« Ich erröte in Gedanken an gestern und werfe Cameron einen Seitenblick zu. Er hebt fragend eine Augenbraue. »Ja, es war toll«, antworte ich Tante Morgan.

»Das freut mich. Du klingst glücklich.«

»Weißt du was? Das bin ich.« Ein Lächeln schleicht sich um meine Mundwinkel.

Tante Morgan lacht leise. »Gut. Das hast du verdient. Oh, und, *Banana?*«

»Ja?«

»Ihr beide habt aufgepasst, ja?«

Ich stoße ein Ächzen aus und verdrehe die Augen, auch wenn sie es nicht sehen kann. »Natürlich haben wir das«, flüstere ich.

»Will bloß auf Nummer sicher gehen.« Ihre Stimme ist voller Gelächter. »Hey, ich muss los. Meine Schicht fängt in einer Stunde an, und ich muss noch duschen.«

»Okay. Wir sprechen uns. Hab dich lieb.«

»Ich dich auch. Und ich freue mich wirklich sehr für dich, Anna.«

»Danke.« Ich lege auf und lasse den Kopf an den Beifahrersitz sinken, drehe ihn, um Cameron anzusehen. »Sie weiß ja so was von Bescheid.«

»Bescheid worüber?« Er hält den Blick auf die Straße gerichtet, um uns zum Stadtrand von New Bern zu lenken.

»Du weißt schon – weiß Bescheid.«

Seine Ohren verfärben sich rot, und er zieht ein wenig die Schultern hoch. »Oh«, ist alles, was er hervorbringt.

»Aber mach dir deswegen keine Sorgen. Tante Morgan ist total cool. Sie wird meinen Eltern nichts verraten, du bist also in Sicherheit.«

Wir halten an einer roten Ampel hinter einem alten blauen Lieferwagen mit verrosteter Stoßstange. Cameron nimmt meine Hand und legt sie in seinen Schoß, fährt die Linien meiner Handfläche mit einem Finger nach. Er sieht mich verschmitzt an. »Was meinst du, würden sie tun, wenn sie es herausfänden? Dass ich ihr kleines Mädchen entjungfert habe, meine ich? Wahrscheinlich würde ich wohl nicht mehr montagabends zum Essen eingeladen werden, was?«

»Na ja, entjungfert hast du mich eigentlich nicht, schon vergessen? Ich bin mir ziemlich sicher, dass Mom und Dad wissen, dass ich nicht mehr ihre reine Prinzessin bin. Sie tun nur gern so, als wäre ich es noch. Aber ich garantiere für nichts, falls sie die Sache mit dir und Storm herausfinden sollten. *Sie* war immer noch ihr kleines Mädchen.«

Die Stimme bleibt mir im Hals stecken, ein Geräusch irgendwo zwischen Überraschung und Traurigkeit. Camerons Hand erstarrt über meiner, dann packt er fest das Lenkrad. Räuspert sich.

»Tut mir leid.« Es gelingt mir kaum, einen Ton herauszupressen. »Das war …«

»Alles in Ordnung.« Doch seine Stimme verrät mir, dass es alles andere als in Ordnung ist.

Sie ist hier gewesen, bei uns, schon den ganzen Morgen lang. Hat uns unseren Verlust ins Gedächtnis gerufen, schwer auf unseren Schultern gelastet. Dürfen wir ohne sie derart glücklich sein? Es wirkt verkehrt, als hätten wir etwas getan, das wir nicht hätten tun sollen. Aber ich kann nicht anders. Selbst während ich das schlechte Gewissen verspüre, blubbert es in meinem Innern vor Aufregung und Anziehungskraft und dem lächerlichen Bedürfnis, Cameron nahe zu sein. Letzte Nacht hat mir nicht gereicht. Ich will ihn. Immer.

»Es war nicht in Ordnung«, widerspreche ich. »Ich habe nicht nachgedacht.«

Auf einmal dreht Cameron sich auf dem Sitz um, blickt hinter uns, dann lenkt er das Auto jäh an den Straßenrand und tritt auf die Bremse.

»Wow! Alles in Ordnung?«

Er wendet sich mir zu, das Gesicht schmerzvoll verzogen. »Anna …«, flüstert er.

Mein Herz bleibt stehen, meine Schultern verspannen sich, schieben sich langsam bis an meine Ohren. Das war's – ich kann es in seinen Augen ablesen. Vergangene Nacht war ein Fehler. Es war ein Fehler. Ich mache mich auf die Abfuhr gefasst, doch sie kommt nicht. Stattdessen starrt er mich an, sein Gesicht ein Durcheinander der Gefühle, ohne dass sicher wäre, welches den Sieg davontragen wird. Mir ist übel, Unglaube und Verblüffung erdrücken mich. Er sagt noch immer nichts, bis ich es nicht länger aushalte. Ich würde es lieber hinter mich bringen und dann weitersehen. *Zieh es einfach schnell ab,* hat Mom mir immer geraten, wenn ich als Kind ein Pflaster entfernen musste, *dann tut es nicht so weh.* Also sage ich: »Hör mal, letzte Nacht war keine große Sache, okay, du musst also nicht …«

»Was?« Sein Entsetzen bringt mich zum Schweigen, bevor ich den Satz beenden kann. »Letzte Nacht war eine *Riesen*sache.«

Er beugt sich vor und legt seinen Mund auf meinen, fest und heiß. Dieser Kuss ist anders als alle anderen. Nicht süß und zart, neues Terrain erforschend, und er ist auch nicht wie die übereilten, lusterfüllten Küsse, die wir gestern ausgetauscht haben. Dieser Kuss ist eine Erklärung, fest und unmissverständlich: Er will hier sein, bei mir, keine Fragen. Wir lösen uns voneinander, und ich schnappe nach Luft.

»Würdest du einfach den Mund halten und zuhören?«, fragt er.

Ich nicke.

»Anna …« Er hält inne, seine Augen mustern forschend meine Gesichtszüge, er versucht, auf der Suche nach den richtigen Worten meine Gedanken zu lesen. »Wenn ich es gewusst hätte, hätte ich es nicht getan.«

»Hättest nicht …«

Er hält eine Hand hoch. »Warte einfach, okay? Ich muss es sagen. Wenn ich gewusst hätte, dass du und ich – dass irgendetwas hiervon möglich wäre –, hätte ich es nicht getan. Storm war meine beste Freundin. Manchmal habe ich geglaubt, sie wäre meine andere Hälfte, dass wir Seelenverwandte wären. Aber ich habe sie nicht geliebt.«

»Doch, hast du.«

Er nickt, und ein Lächeln lässt sein Gesicht weicher werden. »Natürlich habe ich das. Aber nicht auf die Art. Nicht wie … Nicht wie ich dich liebe. Ich habe es getan, weil sie mir das Versprechen abgenommen hat. Es war ein dummer Pakt, und manchmal fasse ich nicht, dass ich tatsächlich mitgemacht habe, aber du weißt ja …«

Ich beende den Satz für ihn, übertöne seine Worte. »Ja, ich weiß, wie Storm war.«

Er lacht, ein wenig gezwungen, aber es ist nahe an dem Cameron-Lachen, das ich liebe, das, bei dem ich einfach mitlachen muss.

Auf einmal wird seine Miene wieder ernst. »Ich möchte nicht, dass sie über uns hängt.«

»Sie wird immer da sein«, flüstere ich.

»Wird sie. Und ich bin so unglaublich froh darüber. Es ist das Einzige, was mich ohne sie aufrechterhält, zu wissen, dass sie hier bei uns ist, in unseren Erinnerungen. Ich sehe sie, wenn du lächelst, Anna, und es bricht mir das Herz und lässt mich dich sogar noch mehr lieben, alles auf einmal.« Mit der Handkante wischt er mir eine Träne unter dem Auge fort.

»Ich habe nie gedacht, dass wir uns irgendwie ähnlich sehen«, sage ich.

»Tut ihr auch nicht.« Er lacht wieder. »Bis ihr lächelt. Dann seid ihr beiden – ihr seid die schönsten Mädchen, die ich je gesehen habe. Aber das hier …« Er zieht meine Hand an den Mund, küsst sie leicht, drückt dann meine Handfläche auf seine Brust, wo sein Herz schnell und stark schlägt. »Ich will, dass es hierbei nur um uns geht. Ich will bei dir sein und dich lieben und dich küssen können, wann immer ich möchte. Ich will kein schlechtes Gewissen wegen dem haben, was Storm zugestoßen ist. Okay?«

Mein Atem kommt bebend, während ich versuche, mich zu beruhigen und meine Stimme wiederzufinden. »Ich habe das Gefühl, dass es falsch ist, so glücklich zu sein, wenn sie tot ist«, gebe ich zu.

»Aber das ist es nicht. Es ist okay, glücklich zu sein, Anna. Storm würde es furchtbar finden, wenn wir die ganze Zeit damit verbrächten, ihretwegen Trübsal zu blasen.«

Er hat recht, und ich fasse es nicht, dass mir diese Erkenntnis nicht schon vorher gekommen ist. Ich liebe Storm, vermisse sie mit jeder Faser meines Körpers, aber ich kann nicht glauben, wie ich sie vergessen konnte – die Achtjährige, die es hasste, wenn Leute sie wegen ihrer Krankheit bemitleideten, die Jugendliche, die mehr als alles andere daran glaubte, ihrem Herzen zu folgen und sie selbst zu sein. Sie liebte das Leben, sie liebte die Liebe, und sie war immer lebendiger als jeder andere im Raum. Und sie würde es mir niemals verzeihen, wenn ich sie als Vorwand hernähme, um die Liebe von mir zu stoßen.

Während ich mir die Tränen wegwische – und zwar nicht behutsam, wie Cameron es getan hat, sondern fest, indem ich mir die Augen mit den Handflächen reibe –, kommt mir eine Idee in den Sinn. »Ich muss ein Party-Geschäft finden.«

Er ist sichtlich überrascht. »Was?«

»Du weißt schon«, sage ich und starre ihn an, »einen Laden mit Partybedarfsartikeln. Ich muss einen Helium-Luftballon auftreiben.«

Er nickt und tippt bereits auf seinem Handydisplay herum. Nachdem er über GPS eine Wegbeschreibung gefunden hat, fährt er wortlos auf die Straße zurück. Nervosität und Aufregung stürmen von allen Seiten auf mich ein.

Die Fahrt dauert fünf Minuten. Als wir auf dem Parkplatz sind, springe ich aus dem Auto, bevor es völlig zum Stehen gekommen ist. So schnell ich kann, renne ich auf den Laden zu. Ich suche den Storm-haftesten Luftballon aus, den ich finden kann, knallig grüne und blaue Wirbel mit winzigen weißen Pünktchen. An der Kasse bitte ich um einen Notizblock und einen Stift. Der Junge hinter dem Ladentisch, um die fünfzehn Jahre und voller Akne, sieht mir neugierig zu, während ich mein Geheimnis auf das Papier kritzele. Ich falte die Notiz zu einem winzigen Quadrat, stopfe sie in den Ballon und bitte den Jungen, ihn aufzupumpen.

Cameron sagt nichts, als ich wieder auf den Beifahrersitz klettere, sondern sieht mich nur erwartungsvoll an. »Jachthafen«, ist alles, was ich zu sagen habe, und er fährt uns schweigend dorthin.

Ich laufe an den Anlegestellen vorbei, halte nach den Bootsnamen Ausschau, während Cameron mir mit dem Polaroidapparat folgt. Wir rennen die Reihen auf und ab, und ich schiebe schon Panik, weil ich glaube, dass ich nicht fündig werde, da kommt *Persephone* in Sicht. Ich bleibe vor dem Boot stehen, mitten auf dem Anlegesteg. Den Luftballon halte ich hoch über meinen

Kopf und sehe zu, wie er am Ende der Schnur tanzt, darauf wartend, freigelassen zu werden und in den blauen Himmel aufzusteigen.

Ich vernehme den Auslöser genau in dem Moment, als ich die Schnur loslasse. Cameron tritt neben mich und schlingt einen Arm um meine Taille, aber ich schaue ihn nicht an. Ich sehe zu, wie mein Luftballon nach oben schwebt, in der leichten Brise sinkt und dann wieder hochschnellt, bis ich ihn im grellen Blau des Himmels verliere. Dann wende ich mich Cameron zu, schlinge die Arme fest um seinen Nacken und gebe ihm einen Kuss. Über uns schwebt mein Geheimnis ins Nichts, endlich frei.

Liebe Storm,

du hast geschrieben, dass man ein Geheimnis in einen Luftballon stecken und ihn steigen lassen soll, also kommt es jetzt: mein tiefstes Geheimnis.

Ich war neidisch auf dich. Nicht auf den Krebs und darauf, wie krank du warst, aber auf alles, was es mit sich gebracht hat. Die Aufmerksamkeit, dass du immer ein bisschen besonderer warst als wir Übrigen. Ich weiß, dass du es gehasst hast, nie anders behandelt werden wolltest, aber ich konnte nicht anders. Ich war neidisch. Ich hatte immer das Gefühl, zu Hause die zweite Geige zu spielen.

Ich liebe ihn, Storm. Das tun wir alle, ich weiß. Es ist schwierig, Cameron Andrews nicht zu lieben. Aber bei ihm bin ich der wichtigste Mensch auf der ganzen Welt, und dafür liebe ich ihn nur noch mehr. Danke, dass du mir Cameron geschenkt hast, jemanden, den ich lieben kann, und der dich genauso liebt wie ich. Ich vermisse dich unglaublich, und das werde ich mein ganzes Leben lang tun. Ich werde nie aufhören, dich zu vermissen. Aber ich weiß jetzt, dass ich es schaffen werde. Ich werde mein Leben so intensiv leben, wie du es immer getan hast.

Und ich werde dich immer lieben.

KAPITEL 29

Sobald wir auf dem Highway sind, singt mich das Summen der Reifen in den Schlaf. Ich verschlummere die ganze Fahrt und wache erst auf, als Cameron mich an der Schulter schüttelt und flüstert: »Wir sind da.«

Ich blinzele, bis ich nicht mehr verschwommen sehe, und betrachte die Landschaft, die am Fenster des Autos vorüberfliegt. Ein leeres Feld weicht ein paar Gebäuden, erst große Abholmärkte, dann Ansammlungen gleich aussehender Backsteinhäuser, an kurvenreichen Straßen aneinandergereiht.

Die Straße führt in die Stadt, und wir kommen an Parks voller Bäume und einem riesigen Einkaufszentrum vorbei. Zu unserer Rechten befindet sich eine winzige Burgerbude, vor deren Bestellfenster sich die Schlange um den Block windet.

Cameron fädelt sich in die Abbiegespur ein – und wir starren geradewegs auf den Eingang der University of North Carolina at Wilmington. Ich kann mir Storm hier vorstellen, wie sie zwischen den Kursen herumläuft, unter einem der gewaltigen Bäume sitzt und lernt. Wir biegen in den Parkplatz ein, und ich schicke Tante Morgan eine kurze SMS.

ICH: Wir haben's geschafft. Kannst du in Storms Schreibtisch nach ihrem College-Papierkram schauen?

TANTE MORGAN: Ich sehe nichts. Was genau denn?

ICH: Keine Ahnung. Etwas, worauf steht, welches Zimmer ihr zugewiesen wurde. Infos über ihre Zimmergenossin und so.

TANTE MORGAN: Sorry, *Banana*. Ich finde bloß ein Formular für ihre Immatrikulationsgebühr.

Ungläubig starre ich das Handy an. Ich weiß noch, wie Storm den Umschlag erhielt, die schriftliche Zusage und das Angebot eines Stipendiums, zudem eine glänzende Kursbroschüre. Das Formular für die Immatrikulationsgebühr war in dem Umschlag, vor all der Zeit im Januar. Ich habe zugesehen, wie Dad den Scheck schrieb. Er reichte ihn Storm eines Morgens, als wir mit dem Frühstück fertig waren, über den Tisch. Warum befindet sich das Formular immer noch in ihrem Schreibtisch? Warum hat sie es nicht weggeschickt? Das hier war ihr Traum, alles, wofür sie seit Beginn der Highschool gearbeitet hatte.

»Tante Morgan findet nicht, in welchem Wohnheim Storm untergebracht werden sollte. Hat sie es dir zufälligerweise erzählt?«, frage ich Cameron.

»Ähm, ich glaube nicht.« Wir sind wie eine Insel in dem leeren Meer des Parkplatzes. Er reibt sich mit der Hand über den Nacken. »Ist das wirklich wichtig?« Er spricht abgehackt.

»Was ist los? Alles in Ordnung?«

»Ja, warum?«

»Tja, kannst du das deiner Stimme sagen?«

»Tut mir leid. Ich bin wohl einfach müde.«

Ich massiere seine Schulter. »Du hättest mich wecken sollen. Ich wäre gefahren.«

»Keine Chance, Lady. Als du das letzte Mal gefahren bist, ist das Auto auseinandergefallen.«

Ich boxe ihn in die Schulter. »Halt den Mund! Du hast gesagt, das war nicht meine Schuld.«

»Ich will dich nur ärgern. Du hast friedlich ausgesehen.« Er gibt mir einen Kuss auf die Wange. »Eigentlich macht mir die Fahrerei nichts aus. Gehen wir ein bisschen herum. Ich fühle mich gleich besser.«

Wir spazieren über den Campus, bewundern die riesigen, schönen Gebäude, die roten Backsteine und weißen Säulen – eine richtige Filmkulisse. Als wir Dobo Hall erblicken, rennt Cameron die Stufen hoch und setzt sich mit dem Rücken an eine der weißen Säulen. Ich folge ihm, und als ich ihn erreiche, zieht er mich auf den Schoß und vergräbt das Gesicht in meinem Haar.

»Besser?«, frage ich.

»Jetzt schon.«

Als Storm in die erste Klasse an der Highschool kam, heftete sie ein Bild von Dobo Hall an die Wand über ihrem Schreibtisch. »Hier hätten ihre Kurse stattgefunden«, erkläre ich ihm. »Die ganze Meeresbiologie. Sie hätte praktisch in diesem Gebäude gelebt.«

»Ich weiß. Sie hat ständig davon geredet.«

Ich springe auf und strecke eine Hand aus, um Cameron auf die Beine zu helfen. »Lass uns unser Zimmer suchen gehen.«

Schon nach kurzer Zeit ist uns klar, dass die Wohnheime über den Sommer geschlossen sind. Wir stoßen überall auf verschlossene Türen, und mit jedem versperrten Eingang steigt meine Frustration.

»Was sollen wir tun?« Ich streiche die Haare über die Schulter nach vorn, aber Cameron hält meine Hände davon ab, mit dem Flechten anzufangen.

»Bleib hier. Ich krieg das schon hin. Bin gleich wieder da.«

Er läuft davon, lässt mich mitten auf dem Rasen stehen. Ich sehe ihm nach, während er um die Ecke des nächsten Gebäudes biegt. Um mir die Zeit zu vertreiben, lege ich mich flach auf den Rücken, das Gras kühl unter mir, und beobachte die wenigen Wolken, die vorübertreiben.

Etwas stimmt nicht. Ich weiß nicht, was, aber ich spüre es nun schon, seitdem wir in die Stadt gefahren sind. Es ist, als würden die Teile dieses Tages nicht ganz passen, ein Puzzle, das ein Kleinkind mit Gewalt zusammengefügt hat. Aus einiger Entfernung mag es in Ordnung aussehen, aber aus der Nähe sieht man, wie verkehrt es ist. Ich öffne die Nachrichten auf meinem Handy, lese erneut meine letzte Unterhaltung mit Tante Morgan. Vielleicht reagiere ich über. Dass Tante Morgan dieses Formular gefunden hat, hat nichts zu bedeuten. Vielleicht ist es eine Kopie, und Storm hat die Gebühr längst eingeschickt. Vielleicht … Ich weiß es nicht, aber es muss eine andere Erklärung geben, als dass Storm dem Traum, den sie hatte, seitdem sie zwölf Jahre alt war, den Rücken zugekehrt hat.

ICH: War da ein Scheck?

TANTE MORGAN: Wo?

ICH: In Storms Zimmer. Bei dem Formular wegen der Immatrikulationsgebühr.

Sie antwortet eine Weile nicht, und schließlich piept mein Handy zum gleichen Zeitpunkt, als Cameron wieder um die Ecke des Gebäudes biegt.

TANTE MORGAN: Ja. Der ist hier. Warum?

Ich lasse mein Handy ins Gras fallen. *Was hast du dir dabei gedacht, Storm?* Sie hat von nichts anderem als dieser Uni gesprochen, hat all die Jahre darauf hingearbeitet. Storm hatte einen Plan, ein Ziel, und sie gab ihre Ziele niemals auf. Warum wollte sie dann die Gebühr nicht einschicken – sich nicht offiziell anmelden?

»Ich habe uns ein Zimmer besorgt«, sagt Cameron. Als ich mich nicht rühre, geht er in die Knie. »Hey, alles in Ordnung?«

Nein, nichts ist in Ordnung, aber ich sage es nicht laut. Stattdessen zwinge ich mich, ihn anzulächeln. »Ja.« Er sieht nicht überzeugt aus.

Ich kann jetzt nicht darüber nachdenken, will nicht damit umgehen, was es bedeuten könnte – dass ich sie eigentlich überhaupt nicht mehr kannte. Ich muss mich konzentrieren, mir ins Gedächtnis rufen, warum wir hier sind. Wir haben fast das Ende unserer Reise erreicht. Auf der Liste sind nur noch drei Dinge übrig: der Dive-in-Film, im Regen küssen, im Wohnheim übernachten, und ich fasse es nicht, dass wir so nah dran sind. Ich schiebe mein Handy in die Tasche, stehe auf und greife nach seiner Hand. »Schauen wir uns unser Zimmer an.«

»Ähm, das können wir noch nicht.«

»Wieso?«

»Na ja, sagen wir einfach, dass es nicht so koscher ist, dass wir da drinnen sind. Aber der Typ, der vor dem Gebäude gearbeitet hat, hat gesagt, wenn wir nach Arbeitsschluss zurückkommen, lässt er uns rein, bevor er nach Hause fährt.«

»Wie viel hat dich das gekostet?«

»Du musst dich vielleicht ausziehen, damit wir durch die Tür kommen.« Er sagt es leichthin, als wäre es nichts.

Ich bleibe wie angewurzelt stehen. »Du hast ihm was gesagt?«

»Entspann dich, Anna. Ich mache Witze. Ich habe ihm bloß erzählt, was los ist. Alles gut.« Er zieht mich näher an sich, legt den Arm um mich, als wir losgehen. »Bist du sicher, dass es dir gut geht?«

Ich weiß nicht, warum ich ihm die Sache mit dem nicht abgeschickten Scheck verschweige. Es ist, als würde ich eine Wahrheit eingestehen, wenn ich darüber rede: Ich kannte meine Schwester nicht. Jedenfalls nicht gegen Ende ihres Lebens. Wenn ich sie gekannt hätte, sie *wirklich* gekannt hätte, hätte ich dann nicht über etwas derart Großes Bescheid gewusst? Also sage ich es nicht, rede mir ein, dass es nicht stimmt. Stattdessen frage ich einfach: »Wohin gehen wir?«

»Jerry hat mir gesagt …«

»Wer ist Jerry?«

»Der Hausmeister des Wohnheims. Denk nach!« Er zwinkert mir zu, und ich muss mich einfach auf die Zehenspitzen stellen und ihn küssen, sodass ich uns ins Straucheln bringe. Als wir das Gleichgewicht wiedergefunden haben, fährt er fort: »Wie dem auch sei, Jerry hat mir von diesem tollen Burgerladen erzählt: P. T.'s. Ich bin am Verhungern.«

Cameron führt uns zu der Burgerbude, die mir schon auf dem Weg zum Campus aufgefallen ist, und wir stellen uns in die Schlange, die zum Glück kürzer als vorhin ist. Wir holen uns Burger und Pommes – himmlisch – und setzen uns an einen kleinen Tisch in der Ecke der Terrasse.

Zwischen zwei Bissen sage ich: »Was machen wir, bis wir in das Wohnheim reinkommen?«

»Tja.« Cameron hält inne, um zu kauen und einen gewaltigen Bissen Burger hinunterzuschlucken. »Wir sind so nah bei Carolina

Beach, dass ich mir gedacht habe, wir könnten nach unserem Dive-in-Kino suchen und schauen, was diese Woche läuft.«

Ich springe praktisch von meinem Stuhl auf. »Ja, bitte! Gehen wir!«

»Beruhige dich, Turbo-Mädchen. Wir können ruhig zuerst aufessen.«

Und das tun wir; ich schlinge meinen Burger und die Pommes in Rekordzeit hinunter, während Cameron langsam macht und jeden Bissen genießt. Als er endlich fertig ist, bin ich kurz davor, in die Luft zu gehen.

»Himmel, Anna, warum die Eile?«, witzelt er.

Wir schenken uns noch einmal Eistee nach und machen uns dann auf den Weg zum Auto. Als wir vom Parkplatz fahren, sage ich: »Ich weiß nicht, ob ich es erklären kann, aber es fühlt sich bloß so an – als hätte alles auf diesen Moment hingeführt. Das hier ist das Einzige auf der Liste gewesen, wofür ich einen konkreten Plan hatte, und jetzt sind wir fast da. Es ist surreal.«

»Bist du bereit? Fertig zu sein, meine ich?«

Bin ich das? Ich bin mir nicht sicher, und auf einmal überkommt mich eine unerklärliche Nervosität. »Eigentlich nicht, aber gleichzeitig freue ich mich auch.«

Er drückt zustimmend meine Hand, und wir machen uns auf den Weg nach Carolina Beach.

Die Fahrt ist schön. Wir fahren am Campus vorbei aus der Stadt hinaus. Ein paar Minuten lang säumen Bäume die Straße, und dann geht es einen Hügel hoch zu einer Brücke. Ich schnappe nach Luft. Das Sumpfland, das den Intracoastal Waterway umgibt, glänzt im hellen Sonnenschein, golden und grün, mit dazwischen glitzerndem Wasser. Vögel sausen über das Wasser, und unter uns tuckert langsam ein Boot entlang. Wir fahren hinüber, und auf der anderen Seite der Brücke begrüßt uns ein Schild: WILLKOMMEN IN CAROLINA BEACH, DEM ZUHAUSE DES PLEASURE ISLAND SEAFOOD BLUES & JAZZ FESTIVALS.

Ich fasse es nicht, dass wir tatsächlich hier sind.

Der Park ist nicht schwer zu finden. Wir halten auf einem kleinen Parkplatz am Parkeingang und gehen hinein, ohne dass einer von uns auch nur ein Wort von sich gibt.

Der Carolina Beach Lake Park ist eine Welt für sich. Von bunten Strandhäusern gesäumt, ist er eine Oase aus Gras, Bäumen und blühenden Pflanzen. Der See am anderen Ende ist eigentlich eher ein Teich – klein, aber schön. Wir gehen direkt darauf zu, folgen einem Pfad am äußeren Rand, bis wir wieder da sind, wo wir losgelaufen sind.

»Hier ist nichts.« Ich starre eine Entenfamilie an, die durchs Wasser gleitet.

»Vielleicht errichten sie das Dive-in-Kino kurz bevor es losgeht?« Cameron wirft einen Stein ins Wasser, und wir sehen zu, wie sich die leichten Wellen auf der ruhigen Oberfläche des Teiches ausbreiten.

Von der anderen Seite des Teichs kommt ein Mann auf uns zu, ein winziges fluffiges Etwas von einem Hund am Ende der strassbesetzten Leine. Wir warten darauf, dass er uns erreicht. Der Hund springt sofort mit wedelndem Schwanz an meinen Schienbeinen hoch, und ich bücke mich, um ihn zu streicheln.

»Das tut mir leid«, sagt der Mann und zieht an der Leine. »Komm schon, Clyde. Lass die beiden in Ruhe.«

»Ist schon gut.« Ich kraule den Hund hinter den Ohren. »Er ist niedlich.«

»Verzeihung«, fragt Cameron den Mann, »aber wissen Sie, wie das mit dem Dive-in funktioniert?«

»Dem Dive-in?« Der Mann blickt verwirrt drein.

»Ja, das Kino«, erläutere ich.

Der Mann lacht. »Oh, ich weiß, was das ist, meine Liebe. Aber sie haben hier schon seit Jahren keine Filme mehr gezeigt.«

»Nicht?«

»Neee. Hurrikan Irene hat die Leinwand zerfetzt, und die Gemeinde entschied, dass es zu teuer wäre, es weiter zu betreiben. Stattdessen wird jetzt einmal die Woche Wasservolleyball gespielt.«

»Es ist also nicht mehr da«, flüstere ich ungläubig. All die Meilen, die Erwartung, alles in der vergangenen Woche hat uns hierhergeführt. Und es ist nicht mehr da. Genau wie sie.

Eigentlich passt es.

Es ist dumm gewesen zu glauben, ich könnte eine Liste zu Ende bringen. Ich kann mich an keinen einzigen Sommer erinnern, in dem wir eine fertig bekommen hätten – warum sollte es diesen Sommer anders sein? Ich habe wohl geglaubt, ich könnte es tun, könnte dieses eine Mal tatsächlich jeden Punkt abhaken. Dann wäre es, als würde ich ihr das geben, was sie sich selbst nicht geben konnte. Als würde es Storm am Leben halten, die Liste vollständig abzuarbeiten. Doch jetzt wird mir auf einmal klar, dass ich die Liste nicht vollständig abarbeiten kann: Storm ist wirklich nicht mehr da. Und für diese Realität bin ich nicht bereit.

Cameron bedankt sich bei dem Mann und führt mich zu einer Bank. Sobald wir sitzen, ist mein Gesicht an seiner Brust, und die Tränen bahnen sich ihren Weg. Es ist noch einmal der Tag nach der Beerdigung, der schmerzliche Verlust genauso akut wie damals, während ich die letzten Schnüre loslasse, die mich noch an meine Schwester binden. Sie ist nicht mehr hier, um mich zu führen. Es ist an der Zeit, allein klarzukommen.

Ich habe noch nie so schreckliche Angst gehabt.

Wir sitzen minuten- oder stunden-, vielleicht sogar tagelang auf der Bank. Cameron hält mich, während mein Herz aufbricht.

Und dann bin ich fertig, selbst für Tränen zu müde. Unvermittelt stehe ich auf. »Gehen wir.«

»Willst du noch ein bisschen herumlaufen?«

Ich schüttele den Kopf. »Ich will nur nach Hause.«

»Okay.« Er greift nach meiner Hand, und wir machen uns auf den Weg zum Wagen. »Ich frage Jerry, ob er uns ein bisschen früher reinlassen kann.«

»Nein, nicht dorthin. Nach Hause, nach Hause. Es ist vorbei. Ich möchte nach Hause.«

»Komm schon, Anna.« Wir sind jetzt beim Wagen, und ich lehne an dem heißen Metall, während Cameron mich fest umarmt. »Fahren wir einfach zum Wohnheim«, sagt er. »Wir können darüber schlafen, noch einen Punkt von der Liste abhaken. Und wenn du dann am Morgen immer noch wirklich zurück nach Hause möchtest, fahren wir. Okay?«

Ich nicke, und er bückt sich, um mich zu küssen. In seinem Kuss schwingt Trauer mit, und ich weiß nicht zu sagen, ob sie von ihm kommt oder von mir. Vielleicht beides.

Auf dem Rückweg halten wir an einer Eisdiele, und Cameron kauft uns mit Gummibärchen gemischtes Vanilleeis in großen Waffeln. Die Gummibärchen sind in der Kälte hart geworden, sodass mein Kiefer beim Kauen wehtut. Es dauert die ganze Fahrt zurück zum Campus, bis ich das Eis gegessen habe.

Wir parken in einer der Straßen abseits der Wohnheime, damit unser Auto über Nacht nicht auffällt. Dann gehen wir über den Rasen auf unsere nächtliche Unterkunft zu.

Von Jerry ist keine Spur zu sehen. »Bist du dir sicher, dass das hier das richtige Gebäude ist?«, frage ich.

»Ja. Er hat gesagt, er würde genau hier sein.«

»Tja, ist er aber offensichtlich nicht.«

»Danke für die scharfsinnige Beobachtung.« Er schüttelt den Kopf. »Tut mir leid. Ich bin ein Idiot.« Er küsst mich auf die Wange und lässt meine Hand los. »Warte hier. Ich schaue mal, ob mir etwas einfällt.«

Ich lasse meine Tasche zu Boden fallen, setze mich mit dem Rücken an das Gebäude und schließe die Augen. Auf einmal möchte ich wieder weinen. Doch stattdessen zwinge ich mich zu tiefen Atemzügen und versuche mich zu beruhigen, die Angst zu besänftigen, die sich in meiner Brust zusammenbraut.

Mein Handy piept. Gerettet.

CAMERON: Das 4. Fenster rechts vom Mitteleingang.

ICH: Der Adler ist gelandet.

CAMERON: Was?

ICH: Du zuerst.

CAMERON: Bitte komm zum 4. Fenster rechts von der Tür.

In der Ferne höre ich leise das kratzende Geräusch eines Fensters, das hochgeschoben wird. Ich raffe mich auf, schnappe mir meine Tasche und laufe auf das Geräusch zu. Cameron ist dort, in einem Zimmer, und stemmt das Fliegengitter hoch. Er winkt mich herein, greift nach meiner Tasche und hilft mir, über das Fensterbrett zu klettern. Sobald ich im Zimmer bin, drückt er das Fliegengitter wieder zu und schließt das Fenster.

»Was zum Teufel war das denn?«

»Ich habe uns reingebracht, nichts weiter.«

»Wie?«

Er zuckt mit den Schultern. »Habe einen Nebeneingang gefunden.«

»Cameron …«

Das Zimmer ist kahl, nur zwei Einzelbetten, die Matratzen nicht bezogen, außerdem zwei eingebaute Schreibtische. Cameron lässt sich auf eins der Betten plumpsen und zieht mich neben sich. »Erinnerst du dich noch an das Jahr, als Storm und ich Privatdetektive sein wollten?«

»Vage.«

»Tja, wir sind total darauf abgefahren. Haben gelernt, Schlösser zu knacken und all so was.«

Ich starre ihn an. »Im Ernst? Dafür können wir mächtig Ärger kriegen!«

Er küsst mich auf die Stirn. »Entspann dich. Ich mache einen Witz. Jerry hat die Hintertür aufgelassen. Alles gut.«

»Trottel.«

»Es war lustig, und das weißt du.«

»Wenn du meinst.«

Cameron fährt mit den Fingern durch meine Haare, löst die Stellen, wo sie verknotet sind. Sein Atem streicht langsam über meinen Kopf.

»Erinnerst du dich noch an unsere erste gemeinsame Übernachtung?« Seine Stimme ist so leise, dass bloß das Grollen in seiner Brust die Wörter verrät.

Ich nicke. »Ich war vier«, sage ich, »und es war das erste Mal, dass ich mit dir und Storm im Zelt übernachten durfte.« Es war eine Riesensache für mich, das erste Mal, dass ich so richtig mit dabei war, ein Teil der Gruppe, statt bloß die kleine Schwester, die ihnen hinterherlief. »Ich finde es unglaublich, dass du dich daran erinnerst.«

»Natürlich tue ich das. Ich erinnere mich an alles.«

»Depp.«

»Yep. Erinnerst du dich daran, wie du Angst vor dem Wind bekommen hast?«

»Hab ich nicht.«

»Hast du wohl. Storm war schlecht, und wir mussten vorzeitig wieder ins Haus, weißt du noch?«

Ich nicke.

»Ihr war eigentlich gar nicht schlecht«, sagt er. »Sie hat es vorgetäuscht, damit wir reingehen konnten und damit du keine Angst mehr haben würdest.«

Ich denke an die Nacht zurück. Mom musste nach draußen kommen und uns nach Mitternacht ins Haus holen. Wir breiteten die Schlafsäcke auf dem Wohnzimmerboden aus, und Mom brachte Storm einen Eimer für den Fall, dass sie sich übergeben musste.

»Ihr war eigentlich gar nicht schlecht?«

»Nein. Sie hat immer auf dich geachtet. Immer.«

Ich fahre mit einem Finger seine Kieferpartie nach, spüre die sandpapierhaften Stoppeln, die dort wachsen. »Ich vermisse sie.«

»Ich auch.«

Als wir diesmal zueinanderfinden, ist es nicht das fieberhafte, verzweifelte Bedürfnis, zusammen zu sein. Diesmal finden wir unseren Rhythmus sofort, langsamer, süßer. Er ergibt sich aus einem Bedürfnis nach Trost und Verbundensein. Er ergibt sich aus Liebe.

KAPITEL 30

Cameron und ich schlafen ineinander verschlungen auf einem der Einzelbetten, und obwohl mein Hals wehtut und ich Kreuzschmerzen von dem seltsamen Winkel habe, in dem ich die ganze Nacht gelegen habe, will ich seine Umarmung nicht verlassen. Ich bleibe in seine Arme geschmiegt, den Kopf auf seiner Brust, während ich das Zimmer im blassen Morgenlicht betrachte. Die Wände sind weiß gestrichener Beton. Ich frage mich, wie das Zimmer während der Semesterzeit ausgesehen hat, als noch Studenten darin wohnten.

Ich kann mir diese Wände voll von Storms Polaroidbildern vorstellen, ordentliche kleine Quadrate, Seite an Seite aufgeklebt, Wörter in schwarzem Textmarker darüber gekritzelt. Ihre Zimmerseite wäre makellos und ordentlich gewesen, alles an seinem Platz, klare Linien und Muster.

Wie wäre ihre Zimmergenossin gewesen? Storm musste einen Fragebogen über ihre Vorlieben und Gewohnheiten ausfüllen, um es der Uni zu erleichtern, ihr eine passende Zimmergenossin zu suchen. Wäre das Mädchen genau wie sie gewesen, sauber und ordentlich? Oder hätte auf der anderen Zimmerseite Chaos geherrscht, ein Kontrast zu Storms ordentlichem Naturell?

»Ich kapiere es nicht«, sage ich auf einmal laut.

»Was?« Cameron ist offensichtlich ebenfalls wach gewesen.

»Warum Storm *das hier* auf ihre Liste gesetzt hat – im Wohnheim zu übernachten. Sie wäre im Herbst sowieso hergekommen, um hier zu leben. Warum sollte sie es in eine Sommerliste mit aufnehmen?«

Cameron schweigt, aber mir fällt auf, dass sich sein Körper seltsam versteift. Sein Herz rast unter meinem Ohr. Ich stütze den Kopf auf die Hand und starre ihn an.

»Oh, du kennst ihr Geheimnis«, necke ich ihn und stupse ihn in die Seite. »Komm schon, spuck's aus!«

Er sieht mich jetzt an, und die Pein in seinem Gesicht reicht aus, um mich entzweizubrechen. Ich halte den Atem an, meine Augen flehen ihn an, etwas zu sagen. Widerwillig setzt er sich auf und rollt mich von sich hinunter. Er zieht seine Schlafanzughose an, lässt sie tief auf den Hüften hängen. Dann setzt er die Brille auf und kramt in seiner Tasche herum. Ich sitze an der Bettkante und sehe zu, wie er einen kleinen Briefumschlag ganz unten aus seiner Reisetasche hervorholt.

Der Umschlag ist ramponiert und abgegriffen, als sei er Dutzende Male geöffnet worden. Cameron hält ihn beschützerisch an die Brust, und ihm ist anzusehen, dass er mir nicht zeigen will, was sich darin befindet.

Angst überwältigt mich. Ich muss wissen, was da drinnen ist, aber gleichzeitig möchte ich es nicht wissen.

Schließlich streckt er mir den Umschlag hin. Seine Stimme ist kaum ein Flüstern. »Es tut mir leid.« Er setzt sich auf das gegenüberliegende Bett, und es fühlt sich an, als wäre er Welten entfernt.

Mit zitternden Händen öffne ich den unbeschriebenen Umschlag. Ich ziehe ein paar Blätter heraus, und ein kleiner Fetzen flattert aufs Bett. Ich greife danach, erstarre aber wie gelähmt, als ich den Briefkopf in meiner anderen Hand sehe. Er stammt vom Krankenhaus.

Storms Onkologe.

Die Wörter verschwimmen vor mir, und es fällt mir schwer, die Seite zu lesen, da ich mich inmitten der Panik, die in mir aufsteigt, nicht konzentrieren kann. Doch ich bekomme genug mit, einzelne Wörter stechen hervor und bilden ein unzusammenhängendes Bild:

Rückfall … Metastasen … Migration … aggressiv … Gehirn … palliativ … nicht heilbar

6–9 Monate.

Ich starre die Zahlen an, ohne verstehen zu wollen, was sie mir sagen. Das Blatt fällt zu Boden.

Das nächste Blatt ist ein spärliches Formular, die Lücken mit Storms Gekrakel gefüllt. Mein Blick fällt auf einen getippten Paragrafen auf der Hälfte der Seite:

Trotz ärztlicher Empfehlung erteile ich meine Zustimmung zu dieser medizinischen Behandlung, Untersuchung oder Vorgehensweise nicht. Von ärztlicher Seite wurde ich über die Risiken aufgeklärt, die damit verbunden sind, die empfohlene Untersuchung/Vorgehensweise/Behandlung nicht durchführen zu lassen.

Weiter kann ich nicht lesen. Mein Blick huscht zum Ende der Seite, wo sich mir Storms Unterschrift einbrennt, das Datum zwei Monate vor dem Unfall.

»Was ist das?« Meine Stimme bebt. Die Wörter hüpfen in meinem Gehirn herum, die ganze Geschichte befindet sich dort, lässt sich aber irgendwie nicht auf eine Art zusammensetzen, die ich glauben kann.

Cameron starrt mich an, sein Blick ist glasig. »Sie hat ihn mir bei der Abschlussfeier gegeben.« Seine Stimme ist rau. »Sie hatte

Angst, dass deine Eltern ihn finden würden. Sie wollte nicht, dass jemand Bescheid weiß. Ich habe ihn erst später geöffnet. Ich … Ich wusste nicht, dass es das letzte Mal sein würde …« Er beendet den Satz nicht, aber ich weiß, was kommt: *das letzte Mal, dass ich sie sehen würde.*

»Wie lange weißt du es schon? Nicht das hier«, ich wedele mit dem Behandlungsverweigerungsformular in der Luft herum, »sondern dass sie krank war, meine ich.«

»Seit dem zwölften März. Es tut mir so leid. Sie hat mir das Versprechen abgenommen, es niemandem zu sagen. Sie hat mich angefleht, und du weißt, wie Storm ist.«

»War! Wie sie *war.*«

Cameron beugt sich vor, macht Anstalten, mich zu umarmen, mich zu trösten, doch ich weiche vor seinen ausgestreckten Armen zurück. Meine Bewegung lässt etwas auf dem Bett rascheln. Der Papierfetzen, der aus dem Umschlag gefallen ist. Ich hebe ihn auf. Meine Finger fühlen sich an dem glatten Papier taub an.

Es sieht aus, als wäre es hastig von einer größeren Seite abgerissen worden. Auf der Rückseite befindet sich willkürliches Gedrucktes, die Wörter ergeben keinen Sinn. Ich drehe ihn um. Auf der Vorderseite des Papiers stehen nur vier Wörter, in Storms Handschrift.

Es tut mir leid.

»Was …« Doch bevor ich fragen kann, trifft mich die Erkenntnis wie ein Schlag, und ich werde am ganzen Körper kalt, so taub wie meine Finger.

Cameron redet, aber ich verstehe seine Worte nicht. Das Einzige, was ich denken kann, das Einzige, was ich weiß, ist Folgendes: Es war kein Unfall.

Jetzt bin ich auf den Beinen. Es war kein Unfall. Meine Schwester hat sich entschieden, mich zu verlassen, aus meinem Leben zu verschwinden. Ich stürze auf die Tür zu. Ich weiß nicht, wohin ich gehe, eigentlich ist es mir gleich, aber ich kann nicht hier in diesem winzigen Zimmer mit Cameron und dem Beweis von Storms Im-Stich-Lassen festsitzen.

»Anna, warte …«

Auf einmal kehrt meine Stimme zurück. Ich wirbele herum und schreie ihn an. »Du hast es gewusst! Du hast es die ganze Zeit gewusst, und du hast trotzdem zugelassen, dass ich – dass ich …« Ich komme stotternd zum Ende. Tränen kämpfen in meinen Augen, und ich versuche, sie zurückzudrängen. Er hat meine Tränen nicht verdient, nicht nach dem hier. Doch sie fließen trotzdem.

»Dass du was?« Seine Stimme ist brüchig, und er steht stocksteif da, als habe er Angst, mich durch eine Bewegung zu verschrecken.

»Du hast zugelassen, dass ich all das«, mein Arm beschreibt einen weiten Kreis, verweist auf die ganze Welt, »mache. Dieser dummen Liste folge. Storm den perfekten Sommer verschaffe, wenn ihr nicht genug daran lag, um selbst hier zu sein – um ihre eigene Liste zu beenden!«

Ich breche zusammen, falle auf die Knie, und ein hysterischer Anfall ergreift Besitz von meinem Körper. Camerons Arme schlingen sich um mich, erst zögerlich, dann zieht er mich an seine Brust, und seine Hand streichelt meine Haare. Er murmelt leise in mein Ohr, Wörter, die ich nicht verstehe, doch das tiefe Brummen in seiner Brust ist trostreich.

Ich weine. Ich weine um Storm, die tot ist. Obwohl mir klar ist, dass sie sich das selbst angetan hat, es mir angetan hat, vermisse ich sie schrecklich. Sie hat ein ganzes Leben zurückgelassen. In neun Monaten werde ich älter sein, als sie es je war, und sie wird nicht mehr meine große Schwester sein.

Auf einmal bin ich es so leid zu weinen, mich so verletzlich zu fühlen. Ich reiße mich von Cameron los. Ich ziehe mich an, schlüpfe in ein Sommerkleid. Dann packe ich meine Tasche.

Cameron atmet scharf ein, doch ich spreche, bevor er etwas sagen kann. »Bitte, Cam«, sage ich, und es ist kaum mehr als ein Flüstern. »Lass mich einfach gehen.«

Ich laufe hinaus, die Tür fällt mit einem Klicken hinter mir zu, und ich lasse Cameron, die Liste und diesen Sommer hinter mir.

KAPITEL 31

Ich gehe stundenlang, bis meine Beine wehtun und meine Füße wund sind. Ich befinde mich in einer Wohnsiedlung. Vor mir endet die Straße vor einem Park, ein breiter Rasen führt zu bunten Spielplatzgerätschaften und Tennisplätzen. Ich setze mich auf eine der Schaukeln und rufe Piper an. Ich gerate an die Voicemail.

»Wo bist du, Pip?« Mit einem Stöhnen lege ich auf. Ich rufe bei ihr an, seit ich das Wohnheim verlassen habe, weil ich unbedingt mit jemandem reden will, aber sie geht weder ans Telefon, noch antwortet sie auf SMS-Nachrichten. Piper ist nie ohne ihr Handy unterwegs. Ich wähle erneut. Diesmal klingelt es noch nicht einmal, bevor sich die Voicemail einschaltet. Ich seufze.

Noch eine SMS-Benachrichtigung piept auf meinem Handy. Cameron hat viermal angerufen und unzählige SMS geschickt. Ich kann mich nicht überwinden, sie zu lesen. Ich wische die Benachrichtigung vom Display und suche nach Jovanis Nummer.

Er geht sofort ran. »Hey, Süße!«

»Hi, Jo.« Beim Klang seiner Stimme durchflutet mich Erleichterung. Ich höre sie zum ersten Mal, seitdem ich weggefahren bin.

»Anna? Alles in Ordnung?« Im Hintergrund höre ich Pipers Stimme, und ich frage mich, ob er bloß ans Telefon gegangen ist, weil sie sich geweigert hat.

»Nein, eigentlich nicht.«

»Moment. Ich fahre an den Straßenrand.«

»Du bist beim Fahren ans Telefon gegangen?«

»Entspann dich, Mom. Jetzt halte ich. Was ist los?«

Langsam auf der Schaukel schwingend erzähle ich Jovani meine Geschichte, angefangen mit dem Abend auf der schrecklichen Party, als ich auf die Liste stieß. Ich erzähle ihm von meinem Plan mit Dad und Tante Morgan, und wie ich Cameron überredet habe, diese verrückte Reise mit mir zu unternehmen. Nichts wird ausgelassen, und mein Gesicht läuft knallrot an, als ich – Einzelheiten übergehend – erzähle, wie ich mit Cameron zu dem B&B zurückgerannt bin. Als ich zu dem Streit am Morgen komme und dazu, was Cameron in dem Umschlag versteckt hat, kommen meine Wörter nur stockend.

Die Geschichte ermüdet mich, und als ich fertig bin, sacke ich gegen die Kette der Schaukel.

»Du hast dich wirklich tätowieren lassen?« Es sind die ersten Worte, die er sagt, und diese absurde Frage nach allem, was ich ihm eben erzählt habe, überrumpelt mich. Ich lache.

Im Hintergrund wiederholt Piper seine Worte. »Sie hat sich tätowieren lassen?«

»Ja.«

»Du musst es mir zeigen, wenn du nach Hause kommst.« Er hält inne, und ich warte. Es ist eins der Dinge, die ich am meisten an Jovani liebe: dass er nie etwas gedankenlos sagt. Er wägt seine Worte sorgfältig ab. »Du liebst ihn?«

»Ja.«

»Und er liebt dich?«

Bei der Frage kribbelt es in meiner Brust. Wenn es eine Sache gibt, an der ich niemals Zweifel hegen könnte, dann daran, dass Cameron mich liebt. »Ja.«

»Dann verzeihst du ihm«, sagt Jovani. So einfach.

»Aber er …«

»Ich weiß, was er getan hat. Es ist echt mies. Ich sage ja nicht, dass du gleich jetzt zu ihm zurücklaufen sollst. Du darfst böse auf ihn sein. Aber finde einen Weg, um ihm zu verzeihen. Wirf das, was ihr habt, nicht wegen dieser einen Sache weg. Lass dir etwas Zeit, und überleg dir, wie du darüber hinwegkommst.«

»Und wenn ich es nicht kann?«

»Das kannst du. Das ist nicht die Frage, die du stellen musst. Die Frage lautet eigentlich: Und wenn du es nicht tust?«

Kann ich Cameron verzeihen? Ich bin mir noch nie so verraten vorgekommen wie jetzt – verraten von den zwei Menschen, die mich am meisten lieben. Ich denke an den Sommer zurück. An die Verzweiflung, die mich zerrissen hat, und die Reise, die mich wieder zusammengefügt hat. Storm und Cameron, im Zentrum von allem.

Ja, ich weiß, dass ich ihm verzeihen kann. Nicht jetzt – jetzt bin ich zu verletzt, zu wütend. Eines Tages, vielleicht morgen, vielleicht in fünf Jahren, wenn wir einander in den Gängen des Supermarkts über den Weg laufen, werde ich ihn ansehen, und das hier wird vergeben sein, bloß ein weiteres Kapitel in der Geschichte, die mein Leben prägt.

»Danke, Jo. Du findest immer die richtigen Worte.«

»Was soll ich sagen, es ist eine Gabe«, erwidert er. »Was wirst du nun also tun?«

Die Wörter bilden sich in meinem Mund, und als ich sie sage, weiß ich, dass sie stimmen. »Ich komme nach Hause.«

»Und was ist mit Cameron?«

»Ich nehme den Bus. Die Fahrt wird mir Zeit zum Nachdenken verschaffen.«

»Gib Bescheid, wenn du wieder da bist. Wir können Mittagessen gehen, vielleicht einen Film ansehen.«

»Das klingt perfekt«, erwidere ich. »Danke, Jo.«

»Jederzeit. Aber kannst du mir einen Gefallen tun?«

»Was denn?«

»Gib Cameron Bescheid. Simse ihm einfach, wenn du nicht reden willst, aber gib ihm Bescheid, dass du losfährst.«

»Mach ich.« Ich will schon auflegen, doch etwas hält mich ab, und ich behalte das Handy am Ohr. »Hey, Jo?«

»Ja.« Seine Stimme klingt weit weg.

»Warum, glaubst du, hat das mit uns nie funktioniert, mit dir und mir?«

Die Frage scheint ihn nicht zu überraschen. »Du liebst mich nicht.« Ich hebe zum Widerspruch an, aber er übertönt mich. »Ich weiß, dass du mich liebst, Anna, und ich liebe dich. Aber wir beide wissen, dass du mich nie so geliebt hast, wie du ihn liebst.«

»Es tut mir leid.«

Er lacht laut auf. »Bloß nicht. Wir hatten Spaß.«

»Das hatten wir.«

»Alles okay bei dir?«

»Noch nicht, aber mir geht's schon besser.«

»Gut. Ich vermisse dich, Süße.«

»Ich dich auch.« Eine Pause. »Ich rufe besser meine Tante an. Wir reden demnächst wieder. Grüß Pip von mir.«

Wir legen auf, aber ich rufe Tante Morgan noch nicht an. Stattdessen suche ich die Nummer einer Taxifirma heraus. Ich sage dem Mann, wo ich bin, und warte ab. Es geht noch eine SMS von Cameron ein, aber ich bin noch immer nicht bereit, sie zu lesen. Ich wische sie vom Display. Vielleicht später.

Ich stoße mich mit den Füßen am Boden ab, sodass die Schaukel höher ist, immer noch höher, bis ich auf Zehenspitzen stehe und nicht mehr weiter hinaus kann. Dann lasse ich mich von der Schaukel auf ihrem sanften Bogen mitnehmen, ein menschliches Pendel. Indem ich die Beine bewege, wie Storm es mir in unserer Kindheit gezeigt hat, treibe ich die Schaukel bis an die Grenzen ihrer Ketten.

Hier oben, während ich zum Himmel aufsteige und die Haare hinter mir herflattern, fällt es leicht zu vergessen, alles verblassen zu lassen, was ich heute Morgen erfahren habe. So zu tun, als wäre es niemals passiert. Ich bin wieder ein Kind, meine einzige Sorge ist, ob Mom und Dad mich länger aufbleiben lassen. Vögel zwitschern in den Bäumen am Rand des Parks. Ich kneife die Augen zu und lasse mich von den Klängen ihres Gezwitschers umhüllen.

Ich schaukele und schaukele, bis meine Beine müde sind, dann mache ich immer noch weiter, da ich noch nicht gewillt bin, auf die Erde zurückzukehren. Ich könnte für immer hier oben bleiben, weg von dem Schmerz und dem Kummer des realen Lebens.

Doch schon viel zu bald höre ich das Knirschen von Kies unter Autoreifen, das untrügliche Quietschen von Bremsen. Der Taxifahrer wartet ab, während ich langsamer schaukele. Ich springe zu Boden, sobald ich mir sicher bin, dass ich nicht mit der Nase im Gras lande. Der Fahrer steigt aus dem Wagen, als ich über den Rasen auf ihn zugehe.

»Sind Sie Anna?«, fragt er.

»Ja.«

Er nimmt mir die Tasche ab und legt sie in den Kofferraum, geht dann um den Wagen, um mir eine Hintertür zu öffnen. »Wohin soll's gehen?«

»Ähm, zu einem Busbahnhof?«

»Greyhound?«

Ich nicke. »Ja, bitte«, antworte ich, während ich mich auf dem Sitz niederlasse und die Augen schließe.

Das Taxi fährt los, und wir schlängeln uns durch labyrinthhafte Straßen. Der Fahrer unternimmt ein paar Versuche, ins Gespräch zu kommen, doch als er nur einsilbige Antworten und ein gelegentliches Grunzen erntet, stellt er seine Bemühungen ein.

Wir treffen überraschend schnell an dem Busbahnhof ein. Ich bezahle den Fahrer und sehe ihm nach, als er davonfährt. Nachdem ich meine Tasche neben einer einsamen Bank auf den Boden habe fallen lassen, ziehe ich das Handy aus der Handtasche und setze mich.

Tante Morgan geht sofort ans Telefon. »Anna! Oh, dem Himmel sei Dank! Wo bist du?«

Ich nehme das Handy vom Ohr und sehe auf dem Display nach. Ich habe zwölf Anrufe verpasst, seit ich auf die Schaukel gestiegen bin.

»Was ist denn los?«, frage ich gelassen.

»Warum sagst du es mir nicht? Cameron hat hier auf dem Festnetz angerufen …«

»Ach ja?«

»Er schiebt totale Panik! Hat mir erzählt, du seist weggelaufen und würdest nicht auf seine Anrufe und SMS reagieren. Wo steckst du?«

Ich wickele Haare um mein Handgelenk. »Hast du es gewusst?« Meine Stimme ist eiskalt.

»Was?«

»Die Wahrheit, Morgan? Hast du Bescheid gewusst?«

»Ich bin mir nicht sicher … Was meinst du?«

Sie klingt überzeugend, und mir bricht das Herz angesichts dessen, was ich ihr mitteilen werde. Ich war so sicher gewesen, dass ich die Einzige war, die man im Dunkeln gelassen hatte, dass meine gesamte Familie wusste, dass Storm krank war und mich belogen hat – bisher habe ich es noch nicht einmal in Erwägung gezogen, dass sie die Wahrheit vielleicht auch vor ihnen verheimlicht hat. Dass mich vielleicht nur Storm und Cameron belogen haben.

Ich bin mir nicht sicher, welche Version mehr wehtut.

»Anna?«, fragt Tante Morgan besorgt, als ich mehrere Momente lang nicht antworte.

»Sie war krank. Wieder.«

»Wer war …?«

»Storm! Der Krebs ist zurückgekommen, diesmal schlimmer. Und sie hat entschieden …« Ein Schluchzen erhebt sich in meiner Brust und schnappt sich die Wörter zwischen meinen Lippen, bevor sie die Chance haben, nach draußen zu gelangen. Ich kann es nicht, ich kann den Rest nicht laut aussprechen. Denn es laut zu sagen bedeutet, die Wahrheit anzuerkennen – dass Storm mit Absicht gegen den Baum gefahren ist. Stattdessen sage ich: »Und Cameron hat Bescheid gewusst. Die ganze Zeit über. Er hat Bescheid gewusst, und er hat nie etwas gesagt.«

»Oh, Anna«, sagt sie. »Es tut mir so leid.«

Mit der Handkante wische ich eine Träne weg, weil ich es hasse, wieder zu weinen. Ich hole tief und bebend Luft. »Ich komme nach Hause.«

»Okay.«

Auf einmal weiß ich wieder, warum ich Tante Morgan so innig liebe. Sie kennt mich manchmal besser als ich mich selbst, und sie weiß genau, wann sie in mich dringen kann und wann sie die Dinge lieber auf sich beruhen lassen sollte. Sie versucht nicht, mich zu überreden, darüber zu sprechen, oder verteidigt Storm und Cameron. Sie sagt einfach »Okay« und dann: »Brauchst du Geld?«

»Ich weiß es nicht«, gebe ich zu. »Ich bin am Busbahnhof, aber ich habe nicht nachgesehen, wie viel die Fahrkarte kostet. Ich werde jetzt reingehen und ruf dich an, falls ich etwas brauchen sollte.«

»Okay. Halt mich auf dem Laufenden. Ich hab dich lieb, *Banana*.«

»Ich dich auch.«

Es dauert fast eine Viertelstunde, bis die Fahrkartenverkäuferin in ihrem alten Computer eine Strecke herausgesucht hat, die mich so von Wilmington nach Muscatine bringt, dass ich möglichst wenig umsteigen muss. Die Fahrtkosten leeren praktisch mein Bankkonto, aber ich muss Tante Morgan nicht wegen des Geldes anrufen. Die Frau reicht mir die Reiseroute zusammen mit einer Quittung, die sie von einem Drucker holt, der vielleicht sogar noch älter als der Computer ist, über den Ladentisch. Mein Bus fährt in anderthalb Stunden ab.

Wieder im Freien nehme ich die Bank fest in Beschlag, suche Camerons Nummer auf meinem Handy heraus und schicke ihm eine SMS.

ICH: Ich fahre nach Hause. Nehme den Bus. Mir geht's gut.

Seine Antwort kommt sofort, und zum ersten Mal heute lese ich, was er schickt.

CAMERON: Anna, bitte red einfach mit mir. Ich liebe dich.

Sein Gesicht blitzt vor meinem geistigen Auge auf, wie es sich schmerzlich verzog, als er den Umschlag aus der Tasche holte. Die Schmerzen fühlen sich wieder ganz frisch an, während ich in Gedanken die Papiere durchgehe, die er vor mir versteckt gehalten hat, den winzigen Papierfetzen, auf den Storm geschrieben hat. Ich wiederhole ihm gegenüber jetzt ihre Worte.

ICH: Es tut mir leid.

Ich schalte das Handy aus und stecke es in die Tasche, bevor ich es mir bequem mache, um auf den Bus zu warten. Es wird eine lange Heimfahrt werden.

AUGUST

KAPITEL 32

Tante Morgan sitzt neben mir auf der harten, gnadenlosen Bank. Ihr Knie wippt ungefähr sechstausendmal pro Minute, aber ich versuche gar nicht erst, etwas dagegen zu tun. Ihre äußere Emotionalität spiegelt meine innere vollkommen wider. Meine Eltern werden jede Minute zurück sein. Ich schaue immer wieder durch das Panoramafenster und frage mich, wann ich ihr Flugzeug als Punkt am Himmel erkennen werde.

Ich bin nun schon eine Woche zu Hause und habe Tante Morgan noch nicht die ganze Wahrheit erzählt. Dieser kleine Papierfetzen, Storms Entschuldigung, lässt mich nicht los und verhöhnt meine Anstrengungen, ins reale Leben zurückzukehren, seitdem der Shuttlebus nach Muscatine gefahren ist und mich wieder in der Normalität abgeladen hat.

Cameron habe ich nicht gesehen, nicht mit ihm gesprochen. Er kam am Tag seiner Rückkehr vorbei und stellte Storms Auto in der Einfahrt ab, aber ich blieb auf meinem Zimmer und ignorierte die Türklingel. Seitdem hat er es ein paarmal probiert, stand vorn auf der Veranda und versuchte, Tante Morgan zu überreden, ihn ins Haus zu lassen. Schließlich hörte ich, wie sie ihm riet, mir Raum zu lassen, und seine Besuche hörten auf, zusammen mit seinen SMS-Nachrichten und Anrufen.

Jovani drängt mich, mit Cam zu reden, aber ich kann mich nicht überwinden. Nach meiner Rückkehr versuchte ich, eine Entschuldigung zu verfassen, aber sobald ich die ersten paar Wörter getippt hatte, war ich fertig. *Es tut mir leid.* Die Wut packte mich wieder, genauso heftig wie in dem Moment, als ich eben diese Wörter zum ersten Mal in Storms Handschrift erblickte und herausfand, dass mich der Junge, in den ich mich verliebt hatte, den ganzen Sommer über belogen hatte.

Piper will nicht mit mir reden. Ich habe sie am Tag nach meiner Rückkehr angerufen, aber sie ging nicht ans Telefon. Ich habe gesimst, angerufen, sogar bei ihr zu Hause vorbeigeschaut. Sie hat auf nichts reagiert. Vor zwei Tagen habe ich meine Versuche eingestellt. Ich vermisse sie sehr, aber sie braucht offensichtlich immer noch Zeit, ist nicht darüber hinweg, dass ich verreist bin, ohne ihr Bescheid zu geben. Allerdings bin ich mir nicht sicher, wie lange ich noch warten kann. Ich brauche meine beste Freundin.

»Da ist es«, sagt Tante Morgan und stößt mich mit dem Knie an.

Das Flugzeug ist unglaublich riesig am Himmel, überdeckt das Blau, während es auf die Landebahn niedersinkt. Gemeinsam treten wir ans Fenster und gesellen uns zu der Menge, die auf ihre Lieben wartet. Es dauert eine Ewigkeit, bis das Flugzeug am Gate hält. Müde aussehende Menschen strömen von der Gangway. Manche laufen und umarmen ihre wartenden Familien, andere strömen an uns vorbei, die Treppe hinunter zu den Gepäckbändern.

Ich sehe Dad zuerst, da sein Kopf über der Menge hervorlugt, dann setzt sich eine Familie in Bewegung, und da steht Mom und lächelt. Sie sieht entspannter aus, als ich sie seit dem Unfall erlebt habe. Meine Eltern halten sich an den Händen, bewegen sich als eine Einheit, und auf einmal überwältigt es mich, wie sehr ich sie vermisst habe. Ich schlängele mich durch die Menschenmenge, bis ich vor ihnen stehe, Tränen in den Augen.

Dad drückt mich fest an seine Brust. In diesem Moment bin ich wieder sechs Jahre alt, und mein Dad ist der mutigste Mann der Welt. Niemand kann mich so trösten oder mir ein Gefühl der Geborgenheit geben wie er. Ich lasse meine Nerven von seiner gleichmäßigen Atmung besänftigen, bevor ich mich von ihm löse und Mom umarme.

Sie ist weich, ein Kopfkissen, auf das ich mich fallen lassen und auf dem ich einschlummern kann. Sie riecht nach Vanille und abgestandener Flugzeugluft. Ich atme tief ein und finde tief vergraben ihren typischen leichten Zitrusgeruch. »Willkommen zu Hause«, sage ich.

Wir warten auf ihr Gepäck und zwängen uns dann alle in den SUV, Tante Morgan am Steuer. »Wollt ihr Mittagessen gehen?«, fragt sie. »Oder einfach nach Hause fahren?«

»Nach Hause bitte«, antwortet Mum. »Ich bin fix und fertig.«

Auf der Fahrt gibt es verlegenen Smalltalk: Wie war der Flug? Ihr werdet uns eure Bilder zeigen müssen. Ist etwas Aufregendes passiert, während wir weg waren? Bei der Frage verfallen sowohl Tante Morgan wie auch ich in Schweigen, und die Last des Sommers wird in der Luft spürbar, doch Mum und Dad scheint es nicht aufzufallen.

Als wir in die Einfahrt einbiegen, kommt mir in den Sinn, wie gleich immer noch alles aussieht, ein krasser Gegensatz dazu, wie sehr sich meine Welt verändert hat. Die Taschen werden aus dem Wagen geholt, und wir vier gehen schweigend hintereinander ins Haus. Tante Morgan greift nach meiner Hand, drückt sie so heftig, dass es schmerzt. Ich weiß.

Es ist an der Zeit.

»Mom, Dad, könntet ihr euch – ähm – kurz hinsetzen?« Meine Stimme verrät ihnen sofort, dass etwas los ist, und Sorge gräbt sich in Dads Gesichtszüge. Die Frage deutlich ins Gesicht geschrieben sieht er mich an, und ich nicke kaum merklich. Er führt Mom ins Wohnzimmer, und sie sitzen als eine Einheit auf dem Zweiersofa. Ich hocke wie gewöhnlich auf dem großen Sofa, dankbar, dass Tante Morgan neben mir ist. Trotz all ihrer Nervosität und dem Kniegewippe am Flughafen ist sie jetzt ruhig, stark und trostreich neben meiner wachsenden Angst.

Mein Rocksaum rollt sich zwischen meinen zitternden Fingern ein, während ich tief durchatme, um Zeit zu schinden und Worte zu finden, von denen ich jetzt schon weiß, dass sie niemals ausreichen werden. »Erstens«, setze ich schließlich an, »möchte ich euch nur sagen, dass ich unglaublich froh bin, dass ihr wieder da seid. Ich habe euch vermisst.«

Meine Stimme ist seltsam förmlich, als hätte ich diese Rede vorbereitet. Ich frage mich, ob ich es hätte tun sollen. Es wäre einfacher, wenn ich wüsste, was ich sagen soll. Moms Fingerknöchel treten weiß unter ihrer Urlaubsbräune hervor, ihre Hände sind im Schoß zu Fäusten geballt. Sie hat Angst, und ich bin schuld daran.

Ich beeile mich, die Lage zu beruhigen, auch wenn das eigentlich nicht möglich ist, wenn man bedenkt, was ich gleich sagen werde. Aber ich versuche es trotzdem. »Na schön, Folgendes.« Zum Glück klingen meine Worte wieder mehr nach mir. »Ich möchte nicht, dass ihr sauer auf Tante Morgan seid, okay? Sie hat nur versucht, mir zu helfen …«

Dad sieht mir unverwandt in die Augen, wartet auf den Rest, doch ich merke, wie Moms Blick zu ihrer Schwester wandert. Sie beobachtet meine Tante, in Erwartung einer Erklärung, also gebe ich ihr eine, bevor Tante Morgan etwas sagen muss.

Ich erzähle ihnen von der Liste und der Reise, präsentiere ihnen die leicht verdauliche Version der Ereignisse, gerade so viel, um sie wissen lassen, dass ich gefahren bin und Tante Morgan mich gelassen hat. Mich überrascht die Stärke in meiner eigenen Stimme und wie gelassen ich mir vorkomme, während ich ihnen die Ereignisse des Sommers vortrage. Selbst als ich zu dem Teil komme, als Cameron mir den Umschlag gegeben hat, hört sich die Geschichte an, als stünde sie irgendwie nicht mit mir in Zusammenhang, als würde ich bloß einen Live-Kommentar zu etwas abgeben, das einem anderen Menschen zugestoßen ist. Nicht mir.

Als die Geschichte zu Ende ist, legt sich Schweigen über das Zimmer. Dad ist blass, aschgrau, entsetzter, als ich gedacht hätte. Moms Gesicht ist tränenüberströmt, aber sie gibt keinen Ton von sich. Die Stille ist bedrückend, sie lässt mich in die Ecke des Sofas zurückweichen. Ich hatte mit Zorn gerechnet. Entsetzen. Geschrei. Hausarrest. Alles, bloß nicht diese ruhige, stille Hinnahme.

»Ihr habt Bescheid gewusst, nicht wahr?«

Mom starrt schweigend auf ihre Hände.

Dad räuspert sich. »Wir hatten den Verdacht«, sagt er. »Sie hat uns nie etwas gesagt, aber die Anzeichen sind da gewesen.«

Anzeichen? Ich denke an Storms letzte Monate zurück, das Ende der Highschool. Was ist mir entgangen? Wie konnte ich etwas derart Großes übersehen? Selbst jetzt, da ich auf diese Monate zurückblicke, kann ich mich an nichts erinnern, was an meiner Schwester anders gewesen wäre.

»Warum habt ihr nichts *getan?*«, frage ich. Warum hat Dad es mir nicht gesagt? Ich denke an unser Frühstück zurück, als ich ihm von der Liste erzählt habe und wir den Plan ausgeheckt haben, um diesen ganzen Sommer zu ermöglichen. Er wusste es die ganze Zeit, und er hat *nichts* gesagt.

»Das ging nicht. Sie war achtzehn – eine Erwachsene.« Moms Stimme ist leise, aber kristallklar. »Ich habe ein paarmal versucht, sie darauf anzusprechen, aber sie hat jedes Mal, wenn ich nachgebohrt habe, das Thema gewechselt. Sie wollte nicht, dass jemand Bescheid wusste, und ich wollte nicht, dass es stimmte. Also haben wir nicht darüber gesprochen.« Weitere Tränen.

»Dad?« Ich starre ihn an, sein hageres Gesicht und die glänzenden Augen, und ich erkenne meine eigene Traurigkeit in ihm. Er sieht aus, als werde er gleich zusammenbrechen, die ganze Entspannung aus dem Urlaub hat sich in seinem Gesicht in spröde, harte Kanten verwandelt. »Was ist?«, flüstere ich.

»Ich habe mit Howard geredet«, würgt er hervor, »um zu sehen, ob wir etwas hätten tun können.«

Moms Überraschung ist unmittelbar. »Ja?«, fragt sie. »Wann denn?«

Tante Morgans Blick huscht zwischen den beiden hin und her, bevor sie sich zu mir beugt. »Wer ist Howard?«, flüstert sie.

Ich zucke mit den Schultern, aber Dad liefert die Antwort. »Unser Anwalt.« An Mom gerichtet sagt er: »Am Tag vor der Abschlussfeier. Ich wusste, dass etwas nicht stimmte, dass es schlimmer geworden war. Und sie …« Er gräbt die Fäuste in die spärlichen Haare seitlich an seinem Kopf und zerrt an der Kopfhaut, während sich sein Gesicht verzieht. »Sie hat nichts unternommen. Ihr war es einerlei!«

»Roger?« Moms Stimme zittert. Sie wird von Angst gepackt.

»Ich wollte nur sehen, ob es etwas gab. Um sie zu zwingen, sich behandeln zu lassen. Um ihr klarzumachen, was sie uns antut.« Er bricht unter der Last seiner eigenen Worte zusammen. »Wenn ich früher nachgefragt hätte, dahintergekommen wäre – ich weiß auch nicht, sie hätte einweisen lassen? Sie dazu gebracht hätte, sich der Behandlung zu unterziehen. Vielleicht wäre sie dann noch hier.«

Tränen strömen Moms Gesicht hinunter. Ich spüre meine eigenen, die meine Wangen hinablaufen. Sie legt eine Hand auf Dads Knie und drückt seine Hand mit der anderen. »Du hättest es nicht aufhalten können, Liebling. Du hättest nicht …«

»Ich hätte etwas tun sollen«, flüstert er.

Seine Augen richten sich nur eine Sekunde lang auf meine, aber das reicht. Mit einem Blick ist mir klar, dass er Bescheid weiß. Der Papierfetzen, der mich nicht eine Sekunde am Tag loslässt – er hat ihn nie zu Gesicht bekommen, aber er weiß Bescheid. Und er gibt sich die Schuld. Ich wünschte, ich könnte ihm das abnehmen, seinen Schmerz auffangen, ihn zu meinem eigenen tun, damit er ihn nicht empfinden muss. Aber das kann ich nicht. Wir werden für immer mit diesem Schmerz leben, wir beide, und wissen, dass sie sich entschieden hat, uns zu verlassen.

Und genau wie ich ihm seinen Schmerz nicht abnehmen kann, weiß ich, dass ich Mom davor beschützen kann, das Gleiche zu empfinden. Wir beide, Dad und ich, wir können diese Last tragen, damit sie es nicht muss. Wir werden das Wissen tief vergraben, es unter Verschluss halten und sie schützen. Storm können wir ihr nicht zurückgeben, aber diese eine Sache können wir für sie tun.

»Stecke ich in Schwierigkeiten?« Nach den Enthüllungen, die wir gerade ausgetauscht haben, ist es schwach, aber mir fällt sonst nichts ein, was ich sagen könnte.

»Wir sind enttäuscht«, sagt Mom, die bewusst mich und dann Tante Morgan ansieht. »Ihr hättet es uns sagen sollen.«

Ich werfe Dad einen Blick zu, sehe, wie er den Teppich anstarrt, und frage mich, ob wir Mom jemals die Wahrheit sagen, ihr erzählen werden, dass Dad von Anfang an eingeweiht war. Vielleicht wäre es besser, wenn wir es täten. Doch im Moment halte ich es zusammen mit der Wahrheit über Storm unter Verschluss. Noch ein Geheimnis, das Dad und ich fortan hüten werden. »Hättet ihr mich fahren lassen, wenn ich es euch gesagt hätte?«, frage ich.

»Wahrscheinlich nicht«, erwidert Mom.

»Dann bin ich froh, dass wir euch nichts gesagt haben«, sagt Tante Morgan, und ihre Worte schallen laut durchs Zimmer. Der Satz schließt mich in die Arme, umgibt mich mit Tante Morgans Liebe und ruft mir in Erinnerung, dass sie auf meiner Seite ist, ganz gleich, was als Nächstes passieren wird.

»Das ist fair.« Dad nickt, und ein flüchtiges Lächeln huscht über sein Gesicht. Dann schenkt er mir ein verschmitztes Grinsen. »Hast du wenigstens gelernt, dein Auto zu fahren?«

Zuerst ist mir nicht klar, was er da sagt. Die Worte hängen zwischen uns, stolpern über den Wohnzimmerläufer und warten darauf, dass ich es verstehe.

»Ihr gebt mir Storms Auto?«

»Wir haben darüber gesprochen, und du hast recht. Wir können dich nicht einsperren, und wir können dich nicht dafür bestrafen, was deiner Schwester zugestoßen ist. Es gehört dir, wenn du es haben willst.«

»Ja, das will ich. Danke.«

»Das heißt nicht, dass du aus dem Schneider bist«, wirft Mom ein. »Über deine Strafe reden wir morgen, wenn ich nicht mehr so müde bin. Bis dahin solltest du wahrscheinlich losziehen und deinen letzten Abend in Freiheit genießen.«

»Danke«, flüstere ich, und nachdem ich beide umarmt habe, stürze ich aus dem Zimmer. Es ist bloß ein Akt der Reisegötter, dass ich heute aus dem Haus komme, also sollte ich besser jede Minute nutzen, die mir bleibt. Ich brauche diesen letzten Abend in Freiheit, um die Sache mit Piper zu bereinigen.

KAPITEL 33

»Wo ist Pip?«, frage ich beim Einsteigen in den Minivan.

Jovani zuckt mit den Schultern und fährt rückwärts aus der Einfahrt. »Keine Ahnung. Ich bin bei ihr vorbeigefahren, aber sie war nicht da. Vielleicht trifft sie uns einfach bei Shelly?«

»Ja, vielleicht.« Piper hat nicht auf meine Anrufe oder SMS-Nachrichten reagiert, aber Jovani hat vorhin mit ihr über Shellys Party geredet, und sie sollte dort sein. Ein Knoten bildet sich tief in meinen Eingeweiden. Unerklärlicherweise macht es mich nervös, meine beste Freundin zu sehen. So lange haben wir noch nie nicht miteinander geredet, und es jagt mir Angst ein.

Shelly wohnt am anderen Ende der Stadt, in einem der nagelneuen Häuser oben auf dem Hügel. *Protzige Schandflecke* hat Dad sie während der Bauphase genannt, als sie den bis dahin freien Horizont sprenkelten. Jo und ich fahren schweigend und lassen uns von den Straßengeräuschen und dem Klimpern der Klaviermusik, die immer im Minivan läuft, Gesellschaft leisten.

Erst als Jo in der Nähe von Shellys Haus vom Highway fährt, ergreift er wieder das Wort. »Wie viel Ärger hast du dir eingehandelt?«

Ich seufze. »Ich weiß es nicht. Mom ist zu müde, um wütend zu sein, also ist jegliche Bestrafung bis morgen ausgesetzt. Aber es wird schlimm werden, da bin ich mir sicher.«

Jovani nickt bestätigend. Er muss es wissen – schließlich hat er den Zorn meiner Mutter bei einem Wutausbruch mehr als jeder andere zu spüren bekommen, nachdem er mich eines Abends zwei Stunden später als vereinbart nach Hause gefahren hatte. Dass er heute überhaupt noch unter uns weilt, hat er wahrscheinlich nur dem Umstand zu verdanken, dass Mom bei Weitem nicht über die Intuition ihrer Schwester verfügt und nicht ahnte, was wir gemacht hatten, um uns derart zu verspäten.

»Schon mit Cameron geredet?«, fragt Jo.

»Nein.«

»Anna …«

»Ich weiß«, unterbreche ich ihn, »aber ich bin nicht so weit. Ich denke ständig, ich kann rübergehen und mich aussöhnen, aber dann kommt es mir wieder in den Sinn. Er hat mich belogen, Jo. Und zwar nicht bloß eine kleine Lüge, sondern eine große. Wie verzeihe ich das?«

Wir bleiben vor Shellys Nachbarhaus stehen. Shellys Einfahrt ist voller Autos, weitere säumen die Straße.

Ich schnalle mich ab, doch Jovani rührt sich nicht. »Darf ich etwas sagen?«, fragt er.

»Ja?«

»Ich meine, darf ich etwas sagen, das du wahrscheinlich nicht hören willst? Und kann ich dann anschließend immer noch auf eigenen Beinen gehen?«

Ich halte die Hände in gespielter Kapitulation hoch. »Ich beiße nicht. Sag's einfach.«

»Cameron hat das Richtige getan.«

Blut strömt in mein Gesicht, hämmert in meinen Ohren. Trotz meines Versprechens, nicht gewalttätig zu reagieren, verspüre ich auf einmal das heftige Verlangen, ihn zu erwürgen. »Wie kannst du so etwas sagen?«, frage ich mit kalter, harter Stimme.

»Hör mir einfach zu, okay?« Er holt tief Luft und drückt das Lenkrad mit beiden Händen. »Storm wollte nicht, dass jemand erfährt, dass sie wieder krank war, stimmt's? Also konnte er natürlich nichts sagen, solange sie am Leben war – dazu war er ein zu guter Freund. Und dann, nach ihrem Tod? Was hätte es genutzt? Er ...«

»Was es genutzt hätte? Ich hätte Bescheid gewusst! Dann wäre ich nicht von den Menschen, die ich liebe, belogen worden.«

»Aber das wärst du trotzdem!« Zum ersten Mal hebt Jovani die Stimme, nähert sich meiner eigenen Dezibelzahl an. »Wenn er dir gleich nach ihrem Tod davon erzählt hätte, als alles so neu und wund war, hätte es dich sogar noch mehr verletzen können. Und weißt du was? Du hättest dich trotzdem von ihm und Storm verraten gefühlt, weil sie dich belogen haben, als sie noch am Leben war. Daran hätte nichts etwas geändert, weil Storm es nicht anders wollte.«

»Und ich weiß ja, wie Storm war«, flüstere ich vor mich hin.

Jo sieht mich fragend an, spricht aber weiter. »Also hat er abgewartet. Er ist mit dir auf diese verrückte Reise gegangen, damit ihr das Geschehene verarbeiten konntet, und er hat damit gewartet, dir die Wahrheit zu sagen. Vielleicht hat er zu lange gewartet, aber ich verstehe, warum er es getan hat. Ich wette, du verstehst es auch, wenn du einmal richtig darüber nachdenkst.«

Doch genau das ist der springende Punkt – ich will nicht darüber nachdenken, warum Cameron das getan hat, was er getan hat. Denn Jovani hat recht, falls ich es täte, würde ich

Cams Antrieb vielleicht verstehen. Und ich will ihn nicht verstehen. Ich will sauer auf ihn sein, so wütend, dass ich rotsehe, wenn ich an den Morgen im Wohnheim zurückdenke. Wütend zu sein ist viel einfacher als der Schmerz und die Traurigkeit, die ich die erste Hälfte des Sommers mit mir herumgeschleppt habe. Wenn ich von dem Zorn ablasse, wird es nichts mehr geben, was den Kummer abhalten kann, mich von Neuem zu überwältigen.

Ohne ein Wort steige ich aus dem Wagen und folge dem Gehsteig zu Shellys Haustür. Jo beeilt sich, mich einzuholen, sagt aber nichts. Er begreift, dass das Gespräch beendet ist.

Shelly begrüßt uns an der Tür, indem sie Jovani leidenschaftlich küsst und mich dann umarmt. »Ich habe dich vermisst«, sagt sie. »Hat die Reise Spaß gemacht?«

»Ja«, bringe ich hervor. »Ist Pip da?«

»Wohnzimmer«, zwitschert Shelly, bevor sie Jovani in die Küche führt. Ich mache mich auf den Weg in das gewaltige Wohnzimmer.

Die Sofas und Sessel sind voller Leute, und die Aufmerksamkeit aller ist auf die Vorderseite des Zimmers gerichtet, wo Taylor und irgendein Typ, den ich nicht wiedererkenne – älter, mit schmuddeligem schwarzem Haar und Bartstoppeln –, ein Duett auf einem riesigen Karaokegerät singen. Ich entdecke Piper am Ende eines Sofas, ihr Haar zu einem chaotischen Knoten aufgetürmt, ihre Beine zwei weiße Zahnstocher, die aus gefährlich kurzen Shorts ragen.

Ich schlüpfe durchs Zimmer und lasse mich auf der Armlehne des Sofas nieder. »Hey«, sage ich, als sie mich nicht zu bemerken scheint.

Sie wendet sich mir kurz zu, ein winziges Lächeln im Gesicht. »Oh, hey«, erwidert sie gleichgültig, um sich dann wieder nach vorn zu drehen.

Das Duett kommt allmählich zum Ende, Taylor und der Typ blicken einander tief in die Augen, während sie die Schlussnoten schmettern. Als die Musik aufhört, küsst sie ihn auf die Wange, und sie reichen die Mikrofone an zwei Mädchen weiter, die auf dem Zweiersofa sitzen und unter Gelächter ein Songbuch durchblättern.

»Was geht so?«, frage ich Piper und ziehe die Knie an die Brust. Meine Zehen hängen von der Kante der Armlehne, und ich rolle sie ein, um mir ein wenig mehr Halt zu verschaffen.

»Ach, nicht viel.« Sie steht auf. »Ich brauch was zu trinken.« Sie eilt davon, ohne mich auch nur eines Blickes zu würdigen.

Es fühlt sich an, als wäre jedes Augenpaar in dem Zimmer auf mich gerichtet. Rational betrachtet weiß ich, dass das Blödsinn ist, dass die meisten Leute Pipers Abfuhr nicht mitbekommen haben, und es denjenigen, die etwas bemerkt haben, wahrscheinlich egal ist, aber die Demütigung ist echt. Ich gleite vom Rand des Sofas und folge Piper in die Küche. Abgesehen von Jovani und Shelly, die knutschend an der Arbeitsfläche lehnen, ist das Zimmer leer. Piper wühlt in einer Kühlbox am Boden. Ich stehe im Türrahmen und starre sie an.

Jovani und Shelly fahren gerade einmal lange genug auseinander, um nachzusehen, wer sich zu ihnen gesellt hat. Jo sucht meinen Blick und zieht eine Augenbraue zu einer stummen Frage hoch. Ich reagiere mit einem kaum merklichen Kopfschütteln, und er und Shelly verziehen sich durch die Anrichtekammer. Piper und ich sind allein.

Sie wühlt weiter in der Kühlbox herum – überprüft offensichtlich jede einzelne Dose und Flasche darin, bloß um sich nicht umdrehen zu müssen. Ich wende mich an ihren Hinterkopf. »Was ist los?«

»Nichts«, sagt sie über die Schulter. »Alles gut.«

»Komm schon, Pip. Nichts ist gut. Bist du sauer, weil ich dir nicht von der Reise erzählt habe? Dafür habe ich mich entschuldigt. Und es tut mir *wirklich* leid. Ich weiß auch nicht, warum ich dir nicht gleich etwas davon gesagt habe.«

Endlich dreht sie sich um, eine dunkelblaue Flasche in der Hand. Sie lehnt sich an die Seite des Kühlschranks, schraubt den Verschluss ab und trinkt einen großen Schluck. »Deswegen bin ich nicht sauer«, sagt sie.

»Okay, weswegen dann?«

Sie zuckt mit den Schultern. »Nichts. Ich bin nicht sauer.«

»Hör auf. Du gehst mir ständig aus dem Weg. Komm schon, Pip. Was ist los?«

Sie trinkt noch einen Schluck, diesmal einen größeren. Als sie die Flasche sinken lässt, starrt sie mich direkt an. »Ich gehe in ein paar Wochen aufs College. Du warst schon weg, also ist es auf diese Weise einfacher.«

»Inwiefern denn einfacher?«

»Einfacher, wenn wir nicht so aneinander hängen. Ich dachte, es würde unmöglich werden, aufs College zu gehen, ohne dich von hier wegzugehen. Ich hatte solche Angst, dich zurückzulassen. Aber dann bist du einfach auf und davon, ohne auch nur anzurufen, und mir ist klargeworden, dass es dir kein bisschen schwerfallen wird – nur mir. Warum sagen wir also nicht einfach, wie es ist? Du brauchst mich nicht, und ich kann mir an der Uni jemand anderen suchen. Meine Zimmergenossin scheint echt nett zu sein.« Ihre Augen füllen sich mit Tränen, und sie sieht weg, während sich ihre Miene verhärtet.

»Das stimmt nicht«, flüstere ich, und sie schnaubt höhnisch. »Das schwöre ich, Pip.« Ich durchquere das Zimmer und bleibe unmittelbar vor ihr stehen. »Es tut mir so leid, dass ich dir nicht von der Reise erzählt habe. Du weißt, wie durcheinander ich bin, seitdem Storm … Aber ich hätte dich anrufen sollen.« Jetzt berühre ich sie, zögerlich, eine Hand an ihrer Schulter. »Ich vermisse dich, Pip, und ich will nicht, dass die Dinge so stehen. Du hast ja keine Ahnung, wie sehr ich dich vermissen werde, wenn du fort bist. Du wirst es so leid sein, wenn ich ständig zu Besuch komme und bei dir im Wohnheim auf dem Boden penne.«

»Versprochen?« Ihre Stimme ist kaum zu hören.

»Versprochen. Deine Zimmergenossin sollte besser nichts gegen Besuch haben, denn ich werde so oft kommen, wie es nur irgendwie geht. Ich bin nicht bereit, dich ziehen zu lassen.«

Sie lächelt, sieht mich aber immer noch nicht an. »Du musst mich nicht jedes Wochenende besuchen«, sagt sie. »Ein paar solltest du wahrscheinlich für Cameron aufsparen.«

»Was?«

»Komm schon, Anna, ich bin doch nicht blöd. Du bist total in ihn verliebt. Und er ist so verrückt nach dir, dass es schon nicht mehr lustig ist.«

»Woher …?«

»Ich bin ihm gestern im Walmart über den Weg gelaufen. Er hat gefragt, wie es dir geht. Was mir ziemlich eigenartig vorkam, weil ihr eigentlich aufeinanderhocken solltet.«

»Was hat er gesagt?«

»Nichts.« Endlich sieht sie mich an. Ihre Augen strahlen. »Was ist zwischen euch beiden gewesen?«

»Setzen wir uns«, erwidere ich. »Das könnte eine Weile dauern.«

KAPITEL 34

Mom stand zu ihrem Wort. Sobald sie am nächsten Morgen aufwachte – was viel zu früh geschah –, stürmte sie in mein Zimmer, schüttelte mich wach und präsentierte mir eine Liste mit Aufgaben, die ungefähr eine Meile lang war. Ich habe den ganzen Tag geschuftet, habe geputzt und sortiert, im vernachlässigten Garten Unkraut gejätet und Dad geholfen, den hinteren Zaun nachzustreichen. Wir beendeten den Tag zusammen mit der Sonne und hörten erst auf, als es zu dunkel wurde, um zu sehen, was wir machten. Meine Muskeln schmerzten, und meine Haut war heiß vom Beginn eines gewaltigen Sonnenbrands.

Als wir hineingingen, wartete Mom bereits mit dem Abendessen und dem Rest meiner Strafe: Hausarrest für den restlichen Sommer, und ich darf nur hinaus, um sonntags mit ihnen in die Kirche zu gehen und in Dads Büro zu arbeiten und mitzuhelfen, Papierakten zu digitalisieren.

Heute Morgen ist eine Woche seit dem Beginn meiner Strafe vergangen. Als ich zum Frühstück herunterkam, wartete Mom am Tisch.

»Morgen«, sagte ich.

»Guten Morgen, Süße.« Ich nahm mir einen Bagel von dem Haufen auf der Arbeitsfläche und beschmierte ihn mit Erdnussbutter und Honig. Sie schenkte mir ein Glas Milch ein, und wir nahmen Platz.

»Ich habe nachgedacht«, sagte sie.

»Ach ja?«

»Du hast immer noch Hausarrest. Aber es wäre in Ordnung, wenn deine Freunde zu Besuch kämen. Ich weiß, dass Cameron und Piper bald an die Uni gehen, und ich finde, du solltest Zeit mit ihnen verbringen können, bevor sie weg sind.«

»Echt?« Ich zwang meinen Bissen hinunter und ließ ihm einen Schluck Milch folgen. Auf einmal hatte ich einen Kloß im Hals.

»Ja, echt.«

»Vielen Dank.« Ich ging um den Tisch und umarmte sie von hinten. Nachdem ich ihr einen Kuss auf die Wange gegeben hatte, sagte ich: »Du bist die Beste.«

»Vergiss das ja nicht«, erwiderte sie. »Und nun geh deine Freunde anrufen.«

Jetzt fläzen Piper, Jovani und ich zusammen auf dem Sofa, eine Schüssel mit Moms Karamellpopcorn auf meinem Schoß, während ein Horrorfilm läuft. Es ist unser dritter Film an diesem Nachmittag, und wir laufen ernsthaft Gefahr, in den Sofakissen Wurzeln zu schlagen. Piper schläft, und ihre gleichmäßige Atmung lullt auch mich fast ein.

Jovanis Handy leuchtet auf, und er beugt sich vor, um es vom Tisch zu angeln, wobei er mir fast die Popcornschüssel vom Schoß fegt. »Shelly?«, erkundige ich mich.

»Nee.« Er wischt über das Display und tippt dann ein paar kurze Wörter. Dann lässt er das Handy aufs Sofa fallen und greift über meine Schultern, um Piper zu schütteln. »Hey, Pip, wir müssen los.«

»Mmhhäh?«

»Zeit zu gehen.«

»Moment!« Ich stellte die Popcornschüssel auf dem Couchtisch ab und halte den Film an. »Wohin geht ihr beiden?«

»Ähm …« Jovani starrt wieder auf sein Handy und tippt hektisch. »Wir haben – etwas …«

»Wir haben Shelly gesagt, wir helfen ihr bei – ähm – etwas, das ihre Mom macht. Tut mir leid, wir dachten, die Filme wären mittlerweile zu Ende.« Piper sieht mein Ohr an, weil sie mir nicht in die Augen schauen kann. Gut möglich, dass sie die mieseste Lügnerin unter der Sonne ist.

»Was geht hier vor sich?«

Bevor sie antworten können, klingelt es an der Tür, und beide erstarren. Es dauert nur eine Sekunde, gerade einmal so lange, dass es mir auffällt, dann sind sie wieder in voller Aktion.

»Leute?«

Es klingelt erneut, und beide blicken auffordernd zur Tür. Ich seufze. »Schön«, sage ich. »Dann sagt ihr es mir eben nicht.« Ich gehe an die Tür und öffne, ohne mir die Mühe zu machen, durchs Fenster zu spähen.

Als ich sehe, wer dort steht, setzt mein Herz aus.

»Hey«, sagt Cameron, der auf den Boden in der Nähe meiner Füße starrt.

»Was machst du denn hier?«

»Wir haben ihn eingeladen.« Piper tritt neben mich, dicht gefolgt von Jovani.

»Ihr habt *was?*« Aber ich bekomme keinen Zorn in meine Stimme.

»Es ist an der Zeit«, sagt Jo. Er küsst mich auf die Wange und flüstert mir ins Ohr: »Sei nicht zu streng mit ihm.«

Meine beiden besten Freunde gehen, und ich bleibe mit dem Jungen von nebenan in der Diele zurück.

»Anna«, sagt Cameron nach einer Minute Schweigen. »Es tut mir so leid. Ich …«

»Es ist okay.«

»Nein, ist es nicht. Ich hätte dich nicht …«

»Es *ist* okay«, sage ich, und als die Wörter meinen Mund verlassen, weiß ich, dass sie wahr sind. Ich habe ihm verziehen. Ich bin mir nicht sicher, wann ich es getan habe, aber als ich ihn jetzt ansehe, kann ich nicht mehr wütend auf ihn sein. Und ich will es auch nicht.

»Danke.« Er tritt auf mich zu, macht Anstalten, nach meiner Hand zu greifen, überlegt es sich dann jedoch anders und bleibt knapp außer Reichweite. »Komm mit«, sagt er. »Ich muss dir etwas zeigen.«

»Geht nicht.« Ich sehe die Treppe hoch, wo Mom und Dad im Bett liegen und ihren eigenen Film ansehen. »Lebenslänglicher Hausarrest. Mom hat unsere kleine Reise nicht so gut aufgenommen.«

»Ich weiß.« Er tritt näher. Ich müsste nur die Hand ausstrecken, um ihn zu berühren, um mit den Fingern über seine zu streichen. Ich tue es nicht. »Ich habe mit deinem Dad geredet. Es ist in Ordnung.«

»Du hast mit Dad geredet?« Ich höre, wie Jos Auto losfährt. »Das warst du, der da eben Jovani gesimst hat, nicht wahr?«

Er nickt. »Bitte komm mit«, sagt er. »Ich verspreche, dass es sich lohnt.«

Mein Körper schreit mir zu, seine Hand zu ergreifen und mich von ihm führen zu lassen, wohin auch immer er mich bringen will. Da ich nun so dicht vor ihm stehe, vermisse ich ihn so sehr, dass der Schmerz körperlich spürbar ist. Doch ich stehe wie angewurzelt da, auf einmal auf eine Art nervös, die Cameron noch nie bei mir hervorgerufen hat. Und wenn ich durch die Tür gehe, ihm wieder vertraue und es böse endet? Ich kann das alles nicht noch einmal durchmachen!

Die Tür steht offen, und die Abendluft lockt mich. Trotzdem kann ich mich nicht von der Stelle rühren.

»Anna, Süße?«, ruft Mom vom Kopf der Treppe.

Ich erstarre. »Ja?«

»Geh ruhig. Es ist in Ordnung.«

Ich sehe Cameron ungläubig an, dann nach oben, wo Mom steht, außer Sicht. »Ähm, okay«, sage ich. Ich wende mich Cameron zu und sage es noch einmal. »Okay.«

Weit müssen wir nicht. Cameron geht meinen Gartenweg entlang, ich neben ihm her. Die Luft zwischen uns knistert vor Begehren und Sehnsucht und Angst. Cam biegt in seine eigene Einfahrt. Ich bleibe neben seinem Pick-up stehen, bereit, mich von ihm fahren lassen, wohin auch immer wir unterwegs sind, doch er geht weiter zum Hintertor.

»Kommst du?«

Verwirrt nicke ich und gehe auf ihn zu. Er streckt zögerlich eine Hand aus. Ohne mir Zeit zum Nachdenken zu gönnen, greife ich danach, und unsere Finger verschränken sich ineinander. Er stößt das Tor auf.

Sein Garten ist wie verwandelt. Verschwunden sind die breite Rasenfläche und das allgegenwärtige Badmintonnetz. Stattdessen befindet sich dort ein willkürliches Netzwerk aus Kinderplanschbecken, inmitten unterschiedlich großer Pfützen aneinandergestellt. In jedem Becken ist eine Schwimmhilfe – Styropornudeln und aufgeblasene Walfische und Kinderschwimmreifen. Am anderen Ende des Gartens, am Holzzaun, hängt ein weißes Laken.

»Was ist das?«

Camerons Gesicht strahlt vor Aufregung. Er führt mich zu einem kleinen Tisch, der an der Seite der Garage aufgestellt ist, und lässt dann meine Hand los. Auf dem Tisch stehen zwei Flaschen Dr Pepper neben einem Eimer Popcorn und einer Packung Nachos. Am Tischende befindet sich ein kleiner schwarzer Projektor, der an Camerons Laptop angeschlossen ist. Cameron klickt sich durch die Fenster auf dem Bildschirm, den er sorgsam vor mir verdeckt.

»Willkommen«, sagt er und dreht sich zu mir um, »in Andrews Dive-in.«

»Im was?« Ich drehe mich um und lasse die Szenerie auf mich wirken, diesmal langsamer, und die Teile ergeben Sinn, der Groschen fällt. Ein Bild erscheint auf der Leinwand am Zaun, Cinderellas Schloss vor dem Disney-blauen Hintergrund. Vor dem größten Planschbecken stehen zwei Gartenstühle. Als ich auf meinem Stuhl Platz nehme, lasse ich die Füße in das kühle Wasser des Beckens sinken, greife wieder nach Camerons Hand und drücke fest zu.

»Danke«, flüstere ich.

Seine Antwort wird von den Eröffnungstakten von *Der König der Löwen* übertönt, und der Zeichentrick-Sonnenuntergang kriecht über die Leinwand. Wie oft haben wir diesen Film in unserer Kindheit gesehen – Cameron, Storm und ich, in einer Reihe auf dem Wohnzimmerboden, mit Dr Pepper, Popcorn und Nachos? Es war unsere Standardbeschäftigung, die Unterhaltung an Regentagen, oder wenn einer von uns zu krank war, um draußen zu spielen.

»Es ist perfekt«, sage ich.

Er drückt meine Hand. »Es tut mir wirklich leid, dass ich es dir nicht gesagt habe.«

»Ich weiß.«

»Und ich liebe dich.«

Indem ich meinen Stuhl in seine Richtung kippe, lege ich den Kopf an seine Schulter. Die Haare fallen mir übers Gesicht, und er streicht sie hinter mein Ohr,verweilt mit der Hand an meiner Kieferpartie.

»Ich liebe dich auch.«

Er küsst mich auf den Kopf, und so sitzen wir da. Die Armlehne meines Stuhls drückt gegen meine Rippen, aber ich bin ihm zu nah, als dass es mir etwas ausmachen würde, während der Film vor uns spielt.

Das Popcorn bleibt unberührt, die Limonade ist vergessen. Aber wir teilen uns die Tüte Nachos. Simba singt gerade »Ich Will Jetzt Gleich König Sein«, als mein Stuhl zu kippen beginnt. Camerons Beine schnellen vor, klatschen ins Planschbecken, als er versucht, Halt zu finden, doch es ist zu spät. Wir stürzen rasend schnell, verlieren völlig die Balance, und die metallenen Armlehnen der Stühle klappern aneinander. Ich lasse Cameron los, versuche mich aufzusetzen. Cameron knallt zu Boden und zwar fest, ihm entringt sich ein tiefes Stöhnen. Ich hänge gerade einmal lange genug in der Luft, um zu wissen, dass ich auch fallen werde.

Das Wasser ist kalt, ein Schock auf meiner Haut, und steht in krassem Gegensatz zu dem warmen Augustabend. Ich bin klitschnass. Als ich auf dem Boden sitze, geht mir das Wasser bis zum Brustkorb. Ich zittere. Dann packt mich Gelächter, unvermittelt, heftig und unkontrollierbar.

»Es freut mich, dass du meine Schmerzen so lustig findest«, sagt Cameron, doch in seiner Stimme schwingt ebenfalls ein Lachen mit.

»Sei still. Ich bin auch hingefallen.«

Er arbeitet sich unter seinem Stuhl hervor und steht langsam auf. Dann schüttelt er die Arme und hebt die Schultern, rollt den Kopf hin und her. »Aua«, sagt er.

»Tut mir leid. Mir war nicht klar, dass du dir tatsächlich wehgetan hast.«

»Möchtest du das noch mal versuchen, ohne dabei zu grinsen?«

Ich schüttele den Kopf. »Tut mir leid, geht nicht.« Wieder packt mich eine Lachsalve.

Cameron hält mir eine Hand entgegen. Ich ergreife sie, lasse mich aber nicht von ihm auf die Beine ziehen. Stattdessen reiße ich an seinem Arm. Überrascht neigt Cameron sich nach vorn, findet jedoch seine Balance wieder, bevor er hineinfallen kann. »Netter Versuch«, sagt er.

»Komm schon.« Ich ziehe erneut, diesmal sanfter. »Wo ist der Spaß bei einem Dive-in, wenn man gar nicht wirklich ins Wasser geht?«

Er lässt sich von mir nach unten ins Becken ziehen. Behutsam klettert er hinein und lässt meine Hand los, damit er auf Händen und Knien durch das seichte Wasser auf mich zukriechen kann. Ich lehne mich zurück, bis mein Rücken an die Seite des Beckens stößt, halte dann inne und lasse ihn noch näher kommen. Mein Herz rast im Galopp, meine Haut kribbelt, und ich öffne den Mund, während meine Augen sich erwartungsvoll schließen.

Der Kuss kommt nicht. Cameron wartet, den Mund Zentimeter von meinem entfernt, so nah, dass ich ihn beinahe schmecken kann. Statt die Lücke zu schließen, setzt er sich im Wasser zurück und lehnt sich an die andere Beckenseite. Er legt einen Arm über das aufgeblasene Plastik, eine deutliche Einladung. Ich nehme sie an und lasse mich neben ihm nieder, unsere Hitze im Widerstreit mit dem kalten Wasser.

Meine Zehenspitzen sind längst verschrumpelt, als der erste Regentropfen fällt. Auf der Leinwand frisst Simba gerade mit Pumbaa und Timon Larven und versucht, seinen eigenen Kummer zu vergessen. Ich denke an Storm, wie sie beim Ansehen dieses Films immer den Bildschirm anschrie, der junge Löwe solle ins Leben zurückkehren. Sie begriff nie, warum er sich fernhielt, warum er nach dem Tod seines Vaters nicht dem Rudel entgegentreten konnte. Ich kann sie hören, die Stimme laut und schrill in meinem Ohr: »Reiß dich zusammen, Simba! Du hast ein Leben! Geh und lebe es!«

Ich kann mein Leben leben, denke ich. Sogar ohne sie kann ich mein Leben leben. Ich werde sie vermissen, immer. Aber ich darf nicht zulassen, dass ihr Tod die eine Sache ist, die den Rest meiner Tage definiert. Ich kann die Scherben aufsammeln und zurückkehren – nein, zurückkehren kann ich nie. Aber ich kann weitergehen, an meiner restlichen Zukunft arbeiten. Ich kann so lieben, wie Storm es immer tat, offen und furchtlos. Und ich kann so leben, wie sie es wollte, ohne zu zaudern. Sie wird für immer bei mir sein, diejenige, der ich als Erster aus meinem Leben erzählen möchte, diejenige, die ohne ein Wort meine Zukunft prägen wird. Sie würde wollen, dass ich weitermache, sie zwar nicht vergesse, mich aber auch nicht von ihrem Tod zurückhalten lasse. Ich weiß es – ich weiß es nun schon seit Wochen. Während ich in einem aufblasbaren Kinderplanschbecken in den Armen des Jungen von nebenan sitze, bin ich endlich bereit weiterzuleben.

Ein gewaltiger Regentropfen platscht auf mein Gesicht, dann noch einer. Das Wasser tröpfelt auf meine Schultern und bespritzt meine Haare. Der Regen fällt, immer schneller, da springt Cameron auf. Fast rutsche ich ganz ins Becken.

»Tut mir leid«, sagt er. »Ich muss meinen Laptop abdecken.« Er trabt zur Garage.

Ich folge ihm und erreiche die Garagentür in dem Moment, in dem er nach draußen kommt, eine Plane in der Hand. Gemeinsam legen wir sie über den Tisch, seinen Laptop und den Projektor in ihrem Schutz einhüllend, und befestigen sie mit Spannern. Die Leinwand wird schwarz, da das Licht des Films nun unter dem Plastik gefangen ist. Allerdings machen wir uns nicht die Mühe, den Projektor auszustöpseln, und der Film läuft ins Leere, ohne Publikum.

Jetzt regnet es sogar noch stärker, die Art Augustschauer, die weder warm noch kalt ist, bloß schnell, nass und heftig. Es wird bloß ein paar Minuten anhalten, das weiß ich. Der Regenguss nimmt schon allmählich ab, der schlimmste Schauer hat nur eine Minute gedauert. Wir stehen unter dem vorspringenden Teil des Garagendachs an der Wand, aber der Regen erwischt uns trotzdem, da das Dach nur wenig Schutz bietet.

Wir rühren uns nicht.

Wir stehen so dicht beieinander. Es ist dunkel, und Camerons Gesicht befindet sich im Schatten. Das blasse Licht der hinteren Veranda spiegelt sich im Regenwasser wider und erschafft ein Bild, das völlig vertraut und gleichzeitig surreal ist. Wasser tropft aus seinem Haar, rinnt an seiner Nase entlang zur Oberlippe.

Er starrt mich genauso an wie ich ihn, und ich frage mich, was er im Halbdunkel sieht. Seine Brust bewegt sich gleichmäßig unter tiefen, kontrollierten Atemzügen. Er kommt näher. Mein Kopf reckt sich nach oben, während mein Blick seinem folgt.

Unvermittelt holt mich der ganze Sommer ein. Cameron und ich zusammen, ein Team, das Punkte auf einer Liste abhakt. Im Juni hatten diese Aufgaben, die Storm hinterlassen hatte, unmöglich gewirkt. Aber hier stehen wir nun, am Ende des Sommers, und uns bleibt nur noch eine Sache zu tun. Ich bin noch nicht bereit, dass es zu Ende geht, möchte mich an das letzte Stück von Storm klammern, das mir noch bleibt. Ich recke den Kopf himmelwärts und lasse den Regen auf mich niederprasseln.

✓1. Den Sonnenaufgang erleben.
✓2. ALLES fotografieren.
✓3. Ein Tattoo stechen lassen.
✓4. Einen Leuchtturm besuchen.
✓5. ~~Meinem Seelenverwandten begegnen~~.
Mich verlieben.
✓6. Nackt baden.
7. Im Regen küssen.
✓8. Ein Geheimnis in einen Luftballon stecken & wegfliegen lassen.
✓9. Road Trip!
✓10. Eine Hochzeit crashen.
✓11. Dive-in-Kino
✓12. Einen ganzen Tag lang mit britischem Akzent sprechen.
✓13. Im Studentenwohnheim in Wilmington übernachten.
✓14. Parasailing.
15. Mehr Mut im Leben.

Mehr Mut im Leben. Diesen Sommer habe ich damit angefangen. Ich habe mich meiner Höhenangst gestellt und bin von einer Klippe gesprungen. Ich bin mit dem Fallschirm über dem Meer geschwebt, Cameron an meiner Seite. Höhen – ich habe einer Angst die Stirn geboten. Aber es gibt so viel mehr, so viele Dinge, die ich tun kann.

Die Liste wird nie fertig sein. Solange ich am Leben bin, weitermache, werde ich Storm bei mir haben, ihre Wörter in die letzte Seite des Notizbuchs geätzt und auf meine Rippen tätowiert, um mich zu ermahnen, mehr Mut im Leben zu haben. Das ist nichts, was ich in einem Sommer oder einem Jahr oder einem Jahrzehnt tun kann. #15: Mehr Mut im Leben ist ein Punkt, den ich niemals abhaken kann, und dieses Wissen birgt etwas unglaublich Trostreiches.

Ich sehe Cameron an. Er beobachtet mich, seine Miene sanft, besorgt. Mit einem Schritt stehe ich direkt vor ihm, und meine Hand packt sein T-Shirt. Ich ziehe ihn an mich.

»Nummer sieben?«, flüstert er.

Ich nicke. »Nummer sieben und so viel mehr.«

Mein Mund trifft auf seinen, ein Kuss, der ein Versprechen ist. Ein Versprechen, mehr Mut im Leben und mit meinem Herzen zu beweisen. Ein Versprechen von tausend Küssen, die noch kommen werden. Wir stehen da, die Arme umeinander geschlungen, die Lippen zusammen, während der Regen in ein Nieseln übergeht, das Unwetter so schnell weiterzieht, wie es gekommen ist. Und dann küssen wir uns noch ein wenig länger, bis Cameron sich von mir löst und in der Garage verschwindet.

Er ist nur einen Moment lang fort und kehrt mit dem vertrauten alten Polaroidapparat in einer Hand zurück, die Liste in der anderen. Er reicht mir das Buch, und ich nehme es, ohne es aufzuschlagen. Es ist die Geschichte eines Sommers, eines Lebens, eines Todes. Ich werde es bewahren, in Zukunft liebevoll daran zurückdenken und mich an die Liste erinnern, die alles änderte. Jetzt halte ich es fest, den Umschlag versiegelt. Ich bin noch nicht bereit zurückzublicken – will mich nicht erinnern. Ich will jetzt leben, hier mit Cameron, und gemeinsam nach vorn blicken. Ich stecke das Buch unter die Kante der Plane, sicher auf dem Tisch, und nehme Cameron dann den Fotoapparat aus der Hand.

Wir stehen gemeinsam da, wie wir es diesen Sommer für so viele Bilder getan haben, die Planschbecken und die behelfsmäßige Kinoleinwand hinter uns. Ich halte den Fotoapparat auf Armeslänge weg, und als Cameron sich nach unten beugt, um mich zu küssen, drücke ich auf den Auslöser.

Gemeinsam stellen wir unsere Stuhllehnen in die aufrechte Position. Dann lassen wir uns darauf sinken, Seite an Seite, und sehen zu, wie sich das Foto entwickelt.

DANKSAGUNG

Mein Dank gilt Ashley Maker, ohne die Annas und Camerons Geschichte immer noch auf meiner Festplatte wäre. Vielen Dank für deine endlosen Ermunterungen und die Lektüre von Rohfassungen, die so frisch waren, dass ich noch nicht einmal das Rechtschreibprogramm habe darüberlaufen lassen, und dafür, dass du meine Figuren manchmal besser kennst als ich selbst. Du weißt immer genau die richtigen Methoden, um meine Bücher zu verbessern, und du gibst mir immer die kleinen Anstöße, die ich brauche, um *etwas* mit ihnen zu *machen*.

Ein RiesenDANKESCHÖN an alle hinter Pitch Madness. Brenda Drake für die ganze Zeit, die du investierst, um so tolle Wettbewerbe zu veranstalten, eine Million glitzernde Regenbogen. Summer Heacock und Dee Romito, die furchtlosen Anführer vom Team Rainbow Road, weil sie mein kleines Buch aus dem Manuskriptstapel gezogen und ihm eine Chance gegeben haben – »danke« reicht nicht aus. Hier, nehmt ein Einhorn. Und den Mitgliedern meines Teams für ihre Unterstützung. Ihr seid die Besten. #TeamRainbowRoad ein Leben lang.

Meiner wunderbaren Agentin Liza Fleissig: Ich bin mir ziemlich sicher, dass du dieses Buch sogar noch mehr liebst als ich. Deine Begeisterung vom ersten Tag an ist fantastisch gewesen, und ich kann mir nicht vorstellen, in besseren Händen zu sein. Du bist ein Champion.

Julie Matysik, Lektorin der Sonderklasse –, was wäre dieses Buch ohne dich? Danke, dass du meine Figuren und meine Geschichte liebst. Und noch mehr dafür, dass du mir gezeigt hast, wo ich falsch lag, und dieses Buch zu etwas so viel Besserem gemacht hast. Die Zusammenarbeit mit dem Team von Running Press war großartig – ich bedanke mich bei Ihnen allen dafür, dass Sie sich so gut um mich gekümmert haben. Mein besonderer Dank geht an Kristin Kiser, Adrienne Szpyrka, Amber Morris, Susan Hom, Cassie Drumm und Emily Epstein White.

Mein Dank gilt meiner Montana-Mythcreants-Schreibgruppe: Ihr seid die Besten. Es ist so toll, eine Gruppe zu haben, mit der ich während des Schreibens abhängen kann, die meine Motivation aufrechterhält und mit mir lacht, wenn die Dinge schwierig sind. Danke für eure Unterstützung! Und dem Personal des Great Falls Hastings Cafés. Jedes Wort dieses Buches ist an euren Tischen geschrieben worden, und ihr wart immer so freundlich. Ich vermisse euch.

Zum Schluss und am allerwichtigsten danke ich meiner Familie. Ohne eure Unterstützung wäre das hier nie passiert. Kelvin, geduldigster Ehemann aller Zeiten, danke, dass du mit dem unordentlichen Haus und der ungewaschenen Wäsche und den Spätschichten klargekommen bist. Du bist der Beste. Und Connor, mein kleiner Lieblingsmann, du hast so viel ertragen, während ich an diesem Buch gearbeitet habe, und du hast dich nie beklagt. Wie kommt es, dass ich so ein Glück habe? Ich liebe euch, meine Jungs.